L'ÉCOLE BUISSONNIÈRE

NICOLAS VANIER

AVEC LA COLLABORATION DE
VIRGINIE JOUANNET ET DIANE VANIER

L'ÉCOLE BUISSONNIÈRE

LE ROMAN DU FILM

D'APRÈS LE SCÉNARIO DU FILM ÉCRIT PAR
JÉRÔME TONNERRE ET NICOLAS VANIER

ADAPTÉ POUR LA JEUNESSE
PAR CHRISTINE FÉRET-FLEURY

hachette
ROMANS

Adapté pour la jeunesse par Christine Féret-Fleury.

Hachette Livre, 58, rue Jean-Bleuzen, CS 70007, 92178 Vanves Cedex.

PROLOGUE

Août 1910.

Le cervidé émergea du taillis. Mathilde se figea. C'était un jeune cerf puissant, à peine âgé de trois ans. À condition d'échapper aux battues, il deviendrait un mâle exceptionnel. Un frisson la secoua, mais elle n'osa s'avancer par crainte de le faire fuir. Après avoir humé l'air, le cerf laissa échapper une plainte rauque et se mit à piétiner le sol avec nervosité. Il aurait dû accompagner la harde, or il semblait vagabonder en solitaire. Elle ne l'avait jamais repéré en sillonnant la forêt. C'était sa terre pourtant, elle en connaissait chaque parcelle, chaque étang et mare, chaque taillis, chênaie, hêtraie, et les bêtes qui la peuplaient…

La « sauvageonne » : c'est ainsi, au village, qu'on nommait la fille du comte. Elle se moquait bien de ses quartiers de noblesse. Derrière ce surnom un peu moqueur, mais affectueux, perçait le respect. Même les anciens reconnaissaient que la gamine était douée d'un flair sans pareil pour deviner le déplacement d'une harde, repérer une trace ou présager la tournure d'une battue. Elle comprenait le bois mieux que n'importe qui au pays, braco ou chasseur, et savait quelle bête prélever, quelle autre préserver. Son père, le comte Antoine de La Chesnaye, propriétaire du grand domaine des Herteignes, s'amusait secrètement de cette réputation de jeune sauvage, même s'il feignait de s'en offusquer en société. Que Mathilde billebaude dans les bois de l'aube à la nuit noire, vêtue de pantalons, plutôt que d'apprendre le pastel et la danse comme le faisaient les jeunes filles de bonne famille n'était pas pour lui déplaire. Il lui arrivait de songer qu'il faudrait qu'elle se marie et se promettait d'être plus sévère, mais chaque fois elle réussissait à l'amadouer, et Antoine remettait à l'année suivante le devoir de la tenir… Lors de ses réceptions, devenues rares depuis le décès de son épouse, Mathilde lui évoquait un bel oiseau encagé. L'adolescente ne retrouvait sa lumière qu'en repartant vers la lande ou la forêt. Contrairement à son frère aîné, qui venait au domaine uniquement pour éblouir ses amis parisiens lors de fêtes bruyantes…

Le daguet renifla la mousse avant de bâiller comiquement, puis il avança, la tête haute. Brusquement alerté, il se figea, les narines frémissantes. L'animal fit quelques pas vers elle, la fixa puis s'ébroua, gracieux, avant de s'enfoncer dans l'épaisseur du boqueteau.

Mathilde prit conscience qu'elle avait retenu son souffle tout le temps qu'avait duré l'apparition. Le cerf l'avait troublée, peut-être à cause de sa grâce encore fragile et de la puissance qu'il promettait. Elle n'en parlerait pas à son père. À coup sûr, Antoine de La Chesnaye n'y résisterait pas ; il attendrait le moment de le traquer, dans trois ou quatre étés, pour accrocher son massacre dans le grand escalier. Mathilde avait beau aimer certaines chasses bien conduites, elle supportait mal l'indécence de cet étalage macabre. Pour sa part, elle préférait mille fois capturer l'image des cerfs dans son carnet de croquis où, saison après saison, elle dessinait les bêtes encore jeunes, notant chaque détail qui permettrait de les reconnaître. Elle leur donnait des noms en fonction de leur caractère ou de leur singularité : Le Rouge, Cabriole, le Moine, l'Endiablé ou l'Ancêtre… S'il revenait, ce daguet fourchu deviendrait « le Seigneur », évidemment, car il promettait d'être magnifique, sans doute le plus beau qui ait jamais foulé leurs terres… Elle sortit son carnet de la poche de son havresac et crayonna hâtivement l'envol des dagues et la cambrure de la tête, afin de se souvenir, puis griffonna *: « Le Seigneur », surpris au petit bois, le 21 août 1910.* Enfin elle repartit d'un pas vif, joyeuse. Comment pouvait-elle imaginer que ce même jour, le destin allait changer le cours de son existence ?

Mathilde se dirigea vers la voie de chemin de fer en construction ; de là, une allée forestière la conduirait au manoir. À l'endroit où la ligne amorçait un virage, elle aperçut un petit groupe de cheminots travaillant sur un aiguillage, à quelques pas du plus grand chêne du domaine, un arbre vieux de trois cents ans. Elle s'approcha plus lentement, intimidée. L'un des cheminots se releva pour la regarder venir. Le soleil rougeoyant embrasait ses yeux verts. Incapable de baisser les yeux, elle articula un « bonjour » troublé. L'homme fit un pas vers elle et sourit largement, avec une douceur qui la stupéfia.

— Je m'appelle Jean.

1

1922, banlieue nord de Paris.

Les cheminots se tenaient penchés, chalumeaux ronflants, autour des monstrueuses barres de fer qui constitueraient l'armature d'un puissant renfort. Les visages des hommes étaient dissimulés derrière des masques encrassés. Jean se redressa un instant pour vérifier que ses gars avançaient à la même cadence. L'assemblage d'acier devait stabiliser les bases d'un pont fragilisé par des bombardements datant de la fin de la guerre, et il ne s'agissait pas de saloper l'ouvrage, malgré leurs outils mal adaptés. Il allait se remettre à la tâche quand une voix l'arrêta.

— Les gars, chez Magnans. Maintenant !

Juché sur l'escalier métallique, au-dessus des ateliers, le contremaître avait hurlé, mais seul Jean l'entendit. Il tapa sur l'épaule de Patrice.

— Arrête ton bazar… faut aller voir Magnans. Je te parie qu'il va encore gueuler pour les délais. Il a qu'à venir souder lui-même !

— Ça nous fera toujours une pause !

Tous s'étirèrent et firent quelques pas pour soulager leurs muscles endoloris avant d'ôter leur masque. Une convocation en plein labeur, ça n'était pas normal. Pourtant, en cas de souci, ils savaient que Caradec ne se laisserait pas faire : c'était un homme au caractère bien trempé, même s'il pouvait se montrer ombrageux parfois. Ils grimpèrent en file indienne sur la passerelle qui menait à un long couloir éclairé par des néons aveuglants. Au bout, un escalier menait au bureau de la direction. Véronique les regarda approcher.

— C'est l'un après l'autre. Jean, vas-y le premier !

La secrétaire, qui plaisantait facilement d'habitude, gardait une expression indéchiffrable.

— Qu'est-ce qu'il nous veut ?

— Rien de réjouissant, il va t'expliquer.

Jean fronça les sourcils. Véronique n'aurait pas arboré cet air grave sans raison. Il était devenu ami avec son mari rencontré lors d'un pot de fin d'année. Lucien travaillait dans une bibliothèque et on pouvait discuter de tout avec lui. Ils se voyaient presque chaque fin de semaine pour boire un verre, et Lucien lui apportait régulièrement des livres pour son fils.

À son entrée, le directeur hocha la tête sans faire mine de l'inviter à s'asseoir. Soit il tenait à expédier son affaire, soit il voulait montrer son autorité. Cela ne fit que renforcer la méfiance de Jean, qui resta silencieux.

— Monsieur Caradec. J'ai une bonne nouvelle. Vous allez gagner plus et voyager.

— Voyager ?

— Vous connaissez l'Algérie ? On a besoin de quelqu'un pour superviser les aiguillages de la nouvelle voie qui va ouvrir entre Banshouette et Zhinghaouer.

— Mais je ne peux pas ! J'ai un fils.

— Votre fils, vous le laisserez à sa mère…

— Monsieur, ma femme est morte, je vous l'ai déjà dit ! Je n'ai personne à qui le confier, et je n'irai pas en Algérie, même pour une bonne paie.

Le directeur se redressa sur sa chaise, blême de colère.

— Vous n'avez pas bien compris, monsieur Caradec : c'est un ordre. Nous sommes réquisitionnés par l'armée. Vous n'avez pas le choix. Au pire, mettez-le en pension, votre gosse !

En sortant de l'école, Paul empruntait toujours le même chemin afin de remonter la rue commerçante, car les vitrines des boutiques ressemblaient à des mondes en miniature. Il y avait l'épicerie où trônait un bocal plein de guimauves au milieu des piles de conserves et où, chaque jeudi, il venait acheter une sucette à deux sous ; le café bruissant de rires et d'engueulades, la marchande de nouveautés dont le nom seul ravissait l'enfant, et qui exposait sur des plateaux en velours un éboulement de dentelles, gants et chapeaux à voilette ; puis la boucherie, à l'odeur entêtante de sang, juste avant l'immeuble de Mme Commare, leur cuisinière – ainsi la nommait son père pour plaisanter. Après avoir appuyé sur la troisième sonnette, il patientait, car la brave femme traînait une douleur à la hanche depuis les bombardements de 1918, sans qu'on sache bien en quoi la grosse Bertha avait pu causer cette boiterie. Elle lui tendait une gamelle pleine d'un brouet tiédi. C'était leur repas du soir, un de ces plats bon marché à base de pommes de terre ou de choux agrémentés de lard ou d'une viande de second choix. Ce jour-là, pourtant, quand la porte finit par s'ouvrir en laissant échapper une vapeur d'oignons frits, Mme Commare montra une mine renfrognée. Paul tenta de sourire.

— Il est pas avec toi, ton père ?

— Non. Il travaille toujours à cette heure-ci.

— Il t'a rien donné pour moi ?

— Non.

— Eh bien, tu lui passeras le message qu'ici, c'est pas l'armée du salut ! Ça fait la semaine qu'il traîne à me payer ce qu'il doit. Et la gamelle, bientôt elle restera vide.

De mauvaise grâce, elle lui passa le récipient avant de lui claquer la porte au nez. Demain, il faudrait la payer, sans quoi elle râlerait davantage ! Pourvu que son père ait de quoi… Il avait parfois quelques jours de retard, et la vieille bique ne se privait pas pour crier et menacer, à croire qu'on l'avait dévalisée ! C'était injuste, parce que Jean Caradec détestait être en dette, il prétendait que l'honneur des petites gens c'était justement de rester intègre et loyal ! Encore mortifié, Paul fit halte à la boulangerie située à l'angle de la petite rue ouvrière où ils logeaient, acheta un pain pour deux jours. Là aussi on leur faisait crédit, pourtant la boulangère ne lui fit aucune méchante remarque.

De retour à leur appartement, il s'empressa d'expédier ses devoirs pour se plonger dans *Sans Famille*, qu'il avait déjà lu. Sa préférence allait aux romans d'aventures et de voyages, mais il lisait trop vite et se retrouvait régulièrement à court de livres.

Vers sept heures du soir, il alluma le petit poêle à charbon pour mettre la gamelle à chauffer. Son père tardait, mais Paul ne s'en inquiéta pas. Le vendredi, il lui arrivait de passer au Branly, le bar jouxtant l'usine, avec son ami bibliothécaire. Il lui rapporterait peut-être des romans que l'institutrice lui avait conseillés.

Il s'accouda à la fenêtre. Une pluie fine s'était mise à tomber. Deux ouvriers passèrent au galop, la main plaquée sur leur casquette, suivis par une camionnette bâchée qui bringuebalait. La porte d'entrée claqua et Jean entra en pestant.

— On a un problème, mon Paulo, dit Jean. On est réquisitionnés pour aller travailler en Algérie.

— Chouette ! On ira dans le désert, tu crois ? Il y aura des chameaux et peut-être même que je monterai dessus, et on couchera dans des oasis, on mangera des dattes, pas vrai, et…

— Non, mon Paul. Je n'ai pas le droit de t'emmener. Les familles restent en France.

— Mais où je vais vivre si tu me laisses ?

— J'ai eu une idée. Si tout se passe bien, dans moins d'un mois tu partiras aussi…

Célestine était en train de dépiauter un lapin que son mari avait colleté à l'entrée du potager lorsqu'on frappa à la porte, ce qui l'intrigua, car personne ne faisait de manières pour entrer chez le garde-chasse. En découvrant le facteur, elle sentit un petit coup au cœur. C'était ce même homme qui, cinq ans plus tôt, lui avait remis le télégramme bordé de noir.

— Tiens, Ernest. Bien le bonjour ! Du courrier pour Borel ?

— Non. C'est adressé à Mme Célestine Borel. De Paris.

En déchiffrant le nom de l'expéditeur, *Jean Caradec*, le cœur de Célestine bondit dans sa poitrine. Pourvu qu'il ne s'agisse pas d'une mauvaise nouvelle !

Saint-Denis, le 5 juin 1922

Ma chère Célestine,

Ne m'en veuillez pas de vous avoir laissée sans nouvelles depuis tout ce temps. Le petit va bien. Il reste un peu chétif, mais il a bien grandi, et ses résultats scolaires sont excellents. De mon côté, il n'y a pas de grand changement depuis la mort de ma Mathilde bien-aimée : le travail m'occupe et je consacre mon temps libre à mon fils.

Il se trouve que je viens d'être réquisitionné pour aller travailler au moins quatre mois en Algérie et je ne sais comment faire avec lui, car il m'est impossible de l'emmener. Je n'ai personne à qui le confier. La seule qui se soucie de lui et qui nous a déjà tant aidés, Mathilde et moi, c'est vous. Pourriez-vous le prendre en pension dès la fin de ce mois et jusqu'à la Noël ? Il faudrait le faire passer pour un enfant de votre connaissance… Si vous acceptez, j'organiserai le voyage avec Paul pour la dernière semaine de juin, juste avant mon embarquement.

Très affectueusement,

Jean

Célestine relut la missive plusieurs fois. Pouvait-elle tenir sa langue sur un si gros secret ? Pour le comte, ce serait difficile, mais elle saurait se débrouiller, en revanche son mari était d'un naturel méfiant et elle ne se sentait pas de lui raconter la vérité – il ferait trop d'histoires, surtout si cela mettait sa place en péril. Elle réfléchit un moment. Mais la tentation de voir le fils de Mathilde l'emporta sur ses scrupules, et elle se dépêcha d'aller chercher une feuille de papier. Demain, elle profiterait du marché pour aller poster sa lettre.

Jean se doutait que, pour Célestine, mentir ne serait pas simple. Avant de devenir la confidente du couple, puis leur complice, elle avait été la nourrice de Mathilde. Serait-elle prête à mentir encore au comte pour un gamin quasi inconnu ? Après tout, elle n'avait vu le bébé que lors de son premier voyage à Paris, après la mort de la femme qu'il aimait. Paul était alors un nourrisson malingre. Sa mère avait succombé en lui donnant la vie, sans avoir eu le temps de le prendre dans ses bras.

Jean n'avait gardé de ces journées qu'un souvenir vague, un cauchemar dont il n'avait émergé qu'un mois plus tard, dévasté par le chagrin. Durant cette période, Célestine l'avait aidé en dépit de son propre chagrin, du comte et de Borel à qui elle venait de se fiancer. Jean n'était plus que l'ombre de lui-même et le bébé, fruit de son amour avec Mathilde, était son unique raison de rester en vie.

Après le départ de Célestine, ils avaient échangé quelques lettres. Tous deux évitaient soigneusement d'évoquer leur douleur. Ensuite, à mesure que les mois passaient, pour ne pas lui causer d'ennuis et parce qu'elle demeurait liée à un souvenir trop vif, il avait négligé de donner des nouvelles. La Grande Guerre était venue et avait balayé nombre d'hommes et d'idées de justice. Fin 1918, Jean avait repris son travail de cheminot, au rang de chef d'équipe. Il tentait d'élever Paul de son mieux, mais le souvenir de Mathilde l'empêchait de vivre tout à fait, même onze ans après.

Si Célestine refusait, il se trouverait sans autre solution que le pensionnat et cette idée lui retournait le cœur. Ses parents étaient morts et le seul cousin à qui il aurait pu s'adresser était resté dans une tranchée, en novembre 1914. Quant à la famille de Mathilde… Le comte avait déshérité sa fille en apprenant son mariage et la naissance du petit n'y avait rien changé. Jean s'était juré de rayer le vieil homme insensible de leur existence. Il avait simplement expédié un faire-part de décès et la date d'arrivée de la dépouille au domaine, conformément aux vœux de Mathilde. Bien avant la tragédie, parce qu'elle pressentait peut-être que sa vie serait brève, elle lui avait fait promettre de la laisser reposer auprès de sa mère, dans le caveau familial.

La lettre arriva une semaine avant son départ pour l'Algérie, alors qu'il n'y croyait plus.

Mon cher Jean,

C'est un accord joyeux que je vous donne ! Je ferai passer Paul pour un petit-neveu. Je vous attends donc, vous et votre fils, avec l'impatience que vous imaginez. Je vous embrasse affectueusement.

Votre dévouée,
Célestine

Jean en eut les larmes aux yeux. Célestine, qui les avait aidés à fuir, Mathilde et lui, n'avait rien renié, rien oublié non plus !

2

Paul était aux anges à l'idée de prendre le train. C'était un peu comme s'élancer dans le grand Far West ou prendre le transsibérien, pour le plus long voyage du monde ! Pourtant, rien ne l'avait préparé à la surprise qui l'attendait. Alors qu'il s'apprêtait à monter dans un wagon, son père l'entraîna vers la grosse locomotive et lui fit signe de grimper. Caradec connaissait assez son fils pour savoir que ce périple dans la motrice ferait un merveilleux cadeau avant cette longue séparation. Dimanche, son bateau quitterait Marseille pour Alger ; pourtant, même s'il était persuadé d'avoir fait le bon choix en confiant Paul à Célestine, il redoutait de savoir le comte dans les parages. Se croiseraient-ils ? Il y avait peu de chance pour que le vieil homme remarque un gamin d'ouvrier, mais l'appréhension ne le lâchait pas.

L'enfant était allé se poster près de la portière ouverte, en proie à la fièvre du départ. Paul aurait voulu aller en Algérie lui aussi, pourtant, d'une certaine manière, ce brusque changement dans sa vie ressemblait aux bouleversements des romans qu'il dévorait avec passion. Il se sentait proche du Rémi de *Sans Famille* et des héros de Jack London. La Sologne pourrait-elle se comparer à la taïga du Grand Nord ? Son père lui avait parlé de forêts si profondes qu'on s'y perdait, de marais, de tourbières où l'on pouvait mourir noyé et de la lande sauvage…

Il fut arraché à son rêve par l'appel du chauffeur, un moustachu au visage rougi par la fournaise. L'homme lui faisait signe. Il s'approcha timidement et se sentit hissé sur une caisse en fer ; le gaillard lui désigna le manche du régulateur et lui cria de le pousser, de façon à accélérer dans la longue ligne droite. Sur le compteur vissé à droite du levier, la flèche grimpa à 80 km/h. Paul voulut retirer sa main, mais le chauffeur la remit sur le manche avec un rire.

— Elle va se mettre à chanter vers les 100 km/h, on a de la marge !

Alors il continua, grisé par le mouvement et le vacarme.

— Ma foi, tu ferais un sacré cheminot, mon bonhomme ! cria le chauffeur.

L'enfant se rengorgea. La locomotive menait plus de cent passagers, des tonnes de wagons, de bagages et de marchandises, et c'était lui qui donnait l'impulsion, emporté à toute allure, comme grimpé sur le dos d'un dragon ! Paul songea qu'il n'avait jamais rien connu d'aussi fou, un vertige qui donnait envie de crier ou de rire. Au loin apparurent les contours d'une bourgade et il commença à freiner. Approuvant d'un grognement, le cheminot lui désigna une manette.

— Tu vois cette poignée ? À mon signal, tire dessus ! Maintenant !

Paul tira, déclenchant un sifflement strident qui lui perça les oreilles.

— Encore ! Très bien ! Tu te débrouilles comme un chef !

Ivre de joie, Paul éclata de rire. Juché sur sa caisse de fer, maître de l'énorme machine, il prévenait le monde entier de leur passage ! Gagné par l'euphorie, il tira une troisième fois et se fit reprendre aussitôt.

— Ah non ! Pour les villages c'est deux. Trois dans un tunnel !

— Oh… pardon ! Un village, deux. Un tunnel, trois !

— Viens, Paul !

Jean l'appelait. Depuis un moment, l'étouffante chaleur dégagée par les machines l'oppressait, et il voulait profiter de ses derniers instants avec son fils. Il sortit sur la courte avancée de tôle ceinturée d'une rambarde par laquelle on accédait à la cabine de conduite, en plein vent. Paul le suivit, contenant à peine son excitation.

— Jamais ils me croiront, à l'école, quand je leur raconterai !

L'enfant se rembrunit soudain, conscient que la rentrée se ferait sans lui. Émile et Jacquot se trouveraient d'autres copains et à son retour les choses auraient changé.

Jean posa sa main sur l'épaule frêle. Depuis toujours, face à son fils, il se sentait maladroit, comme dépossédé de ses mots. Il aurait fallu avouer trop de choses difficiles, alors il s'était tu. À présent, il le regrettait, car il aurait aimé le mettre en garde. Contre quoi, exactement ? Un vieil homme aigri ? Les sortilèges de ce pays ?

Jean n'avait jamais pu se résoudre à retourner en Sologne, pas même pour accompagner la dépouille de Mathilde. Jean pleurait encore sa femme et portait cette douleur comme une brûlure. Bien sûr, les années passant, il s'était habitué au manque, mais l'idée de reconstruire sa vie avec une autre femme lui semblait absurde, et il préférait encore rêver à ce qui aurait pu être que de se résigner à la perte. Or, voilà qu'il revenait sur la terre natale de son amour, et cela le troublait d'autant plus violemment qu'il devrait y abandonner leur fils.

Mathilde. Dans le foisonnement végétal, Jean reconnaissait les pins au vert sombre, le houppier rond des chênes, des charmes ou des châtaigniers, l'éclat blanc de l'écorce des bouleaux et il s'étonnait d'avoir pu oublier cette splendeur. Tandis qu'ils filaient, ivres de vent et des parfums, il devinait la trace des sentiers dans le moutonnement des fougères, le scintillement d'un marais, d'un étang. Pour ne pas se laisser emporter trop loin dans ses souvenirs, il s'inclina vers son fils.

— Ça te plaît ?

L'enfant hocha vigoureusement la tête.

— Tu viendras chez la dame ?

— Non, bonhomme. On en a déjà parlé, je n'aurai pas le temps. Tu verras, je suis certain que tu vas bien aimer Célestine. Elle est tellement gentille, et pas sévère pour un sou !

— Sauf que je la connais pas !

— Moi, je la connais. Et je ne te donne même pas deux jours pour la faire tourner en bourrique !

Le convoi franchit un mamelon herbu où paissaient des brebis tandis que se dessinaient les contours d'une gare de campagne. Le sifflet brisa l'enchantement, et Jean sourit à son fils, blotti contre lui. Déjà le train ralentissait…

Célestine attendait au bout du quai depuis une bonne demi-heure. Elle était si absorbée par le chamboulement des retrouvailles et le souci de ne pas se faire remarquer par quelqu'un du village qu'elle ne vit pas tout de suite l'enfant et son père, masqués par un trio de voyageurs lourdement chargés. Jean, lui, la reconnut au premier coup d'œil. Elle devait avoir passé la quarantaine à présent, mais les années n'avaient guère altéré sa tournure de belle femme solide. Dès que leurs regards se croisèrent, son visage s'illumina.

— Jean, Sainte Mère ! Vous n'avez pas changé !

— Vous non plus, Célestine.

— Toujours galant, mon Jean ! Et toi, jeune monsieur, tu es le fils de ce gaillard-là ! Cela t'ennuie si je te prends dans mes bras ?

— Non, madame.

— Ne me donne pas du madame. Je suis Célestine. Tu peux me tutoyer ! Et si on te questionne, tu diras que tu es le fils du neveu de ma cousine…

— Le neveu de qui !?

— Aucune importance, ne va pas t'encombrer la tête.

Elle prit les mains de Jean.

— Je vous aurais volontiers gardé, mais si des gens du manoir nous aperçoivent…

— C'est qui les gens du manoir ? interrogea Paul, perplexe.

— Personne, des histoires de grands…

Jean sortit une enveloppe de sa poche. D'une voix enrouée, il dit :

— Je vous ai mis mon adresse là-bas, au chantier… et de quoi voir venir pour les dépenses. Je serai de retour à la fin de l'automne.

Jean s'accroupit pour étreindre son fils, qu'il embrassa en lui chuchotant :

— Souviens-toi que je t'aime et que je reviendrai te chercher dans quelques mois. On aura plein de choses à se raconter.

Paul hocha la tête. Il s'était promis de ne pas pleurnicher ; malgré cela, lorsque Célestine prit doucement sa main pour l'emmener, il lutta de toutes ses forces pour ravaler ses sanglots. Arrivé devant la grande porte vitrée de la gare, il se retourna. Son père se tenait immobile, le visage grave. Il voulut lui crier quelque chose, mais sa gorge était trop serrée, et il était trop tard…

3

De la gare jusqu'au château, il y avait quatre bons kilomètres, qu'ils parcoururent en moins d'une heure. Célestine portait le sac de l'enfant. Ils avançaient sans se presser, en silence. Rien que pour ça, Paul sentit qu'il l'aimerait bien et aussi parce qu'elle avait un visage doux et beau.

Ils suivirent un petit chemin de terre qui sinuait à travers une friche couverte de bruyères. L'enfant entendit le chant de l'eau et distingua le filet argenté d'un ru entre les herbes folles. Célestine semblait soudain impatiente d'arriver.

Après un tournant, la route se séparait sur une allée bordée d'arbres géants. Tout au bout, on distinguait une imposante demeure en briques roses. Paul ne put retenir une exclamation.

— Tu habites un château ?

— Grands Dieux, non ! Et d'abord ce n'est pas un château… Par chez nous, on appelle ça un manoir, et c'est monsieur le comte qui y loge. Ici, tout lui appartient, la maison, le parc et aussi la forêt, les étangs et les vignes… Même les gens… ajouta-t-elle plus bas.

Paul aurait voulu savoir pourquoi, mais un bruit de moteur les poussa à se réfugier sur le talus. Une automobile pila sèchement après les avoir dépassés. Elle était brillante, d'un bleu profond. Le conducteur – un homme encore jeune, élégant – le toisa d'un œil sévère.

— C'est qui ce petit drôle-là ?

Il cachait à moitié une jeune femme qui leur adressa un sourire contrit. Loin de se formaliser, Célestine répondit poliment :

— C'est le fils du neveu de ma cousine, monsieur. Je l'ai pour les vacances.

Paul n'eut pas le temps de rectifier : elle avait saisi son poignet et le serrait, en guise d'avertissement.

— Tu sais pourtant que tu as du travail au manoir et guère le temps de lambiner.

Sa compagne intervint d'un ton léger :

— Je crains que nous ayons brisé une lampe dans la chambre bleue ! Je suis désolée, Célestine.

— Ne vous en souciez pas, mademoiselle, je m'en arrangerai. Tout sera en ordre au retour de monsieur !

Paul était émerveillé. Jamais de sa vie il n'avait vu une telle machine. Il tendait déjà la main pour caresser la carrosserie vernie quand l'homme l'apostropha sèchement :

— Bas les pattes, le mouflet, on ne touche pas !

Et il redémarra. Paul, rouge de honte, secoua la main de Célestine.

— C'est lui, le comte ?

— Non. Lui, c'est son fils. J'étais sa nourrice avant.

— Toi ? Il est pas très gentil, alors. Pourquoi tu lui as dit que j'étais le fils de je sais plus qui ?

— Du neveu de ma cousine. Parce que… je n'ai pas le droit de loger qui bon me semble, tu comprends ? Au manoir, ils ont leurs manières… Mieux vaut me laisser arranger ça à ma façon, d'accord ?

— D'accord.

Paul hocha la tête sans conviction. De toute façon, les adultes faisaient toujours un tas de mystères. Il préféra poser une question banale.

— Alors toi, tu loges où ?

— Au bout de l'allée. Tu dois être fatigué, pauvre petiot, viens, on est presque rendus…

Le pavillon des gardiens se tenait en retrait de l'imposant manoir. Paul pénétra dans une pièce assombrie de tentures. Le salon dallé était meublé d'une table trapue, d'une horloge aussi haute qu'une tour et de deux buffets en bois sombre. Célestine avait grimpé quelques marches d'un escalier et lui faisait signe de la suivre. Dans le corridor, elle poussa la première porte qui donnait sur une chambrette, laissa tomber le bagage et soupira d'aise.

— Te voilà chez toi. Tu sauras te débrouiller ? Quand tu auras fini de remiser tes affaires dans l'armoire, rejoins-moi dehors. Et ne t'en fais pas, tu vas vite t'habituer…

Une fois seul, Paul put examiner l'endroit à son aise. La courtepointe du lit, d'un rose passé, lui parut douillette. Deux poupées trônaient sur une étagère, près de quelques livres, d'un coffre à dominos et d'une boîte d'images. Une chambre de fille. Il soupira et entreprit de vider sa valise. Jean y avait rangé deux pantalons courts, des tricots et quatre chemises, des chaussettes en laine, sa veste des dimanches, un sarrau d'écolier et sa liquette de nuit. Il y avait ajouté le livre préféré de son fils, *L'Appel de la forêt*. Paul frissonna en songeant qu'il ne connaissait personne ici. Y aurait-il seulement des enfants de son âge dans le coin et le verrait-on d'un bon œil, lui qui venait de la ville ?

Quand tout fut rangé dans l'armoire, il ferma la valise, la rangea au fond du meuble puis s'assit sur l'épaisse courtepointe, mal à l'aise. Son père lui manquait déjà. Il songea qu'il devait être dans le train, sur le chemin du retour. Il sentit les larmes monter et respira un grand coup. C'étaient des manières de poule mouillée, et d'ailleurs la dame l'attendait !

Il passa par la cuisine et emprunta une porte qui donnait sur un potager où s'épanouissaient des choux violets et trois rangées rigides de poireaux. Au fond, il vit un poulailler flanqué de clapiers grillagés. Célestine était occupée à distribuer des épluchures qu'elle puisait dans un seau. Sa bonne humeur lui revint, et il se dépêcha de la rejoindre. Dans un des clapiers ouverts, il distingua une boule de fourrure et les yeux vifs d'un gros lapin brun-roux.

— Ils mangent beaucoup ?

— Diable oui, de vrais gloutons !

— Je peux lui en donner ?

— Si ça t'amuse… Je finis avec les autres.

Paul tendit une épluchure de pomme à l'animal et, comme ce dernier se jetait dessus, ne put réprimer un recul qui fit s'esclaffer Célestine.

— Vas-y franchement ! Il ne te mangera pas, ce serait plutôt le contraire !

— Comment tu l'appelles ?

— La bestiole ? Ma foi… Jeannot ! Ça te convient ?

Elle souriait, attendrie. Jusqu'à présent, craignant la réaction du comte, elle ne s'était guère préoccupée de savoir comment le gamin s'accoutumerait. À présent, elle cherchait en lui les traits de sa mère. L'enfant de sa Mathilde… Elle avait bien fait de l'accueillir.

— Allons, je crois qu'il en a bien assez pour le souper. Je t'ai préparé un bol de lait. Tu peux le boire et aller jouer pendant que je cuisine.

Elle empoigna par les oreilles Jeannot, qui fut secoué de soubresauts violents. Paul n'osa lui demander pourquoi elle l'emportait.

Le crépuscule tombait quand le père Borel entra dans la maison à pas lourds. Il apportait avec lui les odeurs de la forêt et des effluves de tabac piquant. Il déposa son piège à mâchoires sur le sol, à l'entrée de la cuisine. Sur les dents acérées, Paul crut reconnaître des poils ensanglantés. Il était en train de trancher le pain de seigle en s'appliquant à tailler des tranches régulières, tout fiérot de l'importance de sa tâche. De saisissement, il lâcha le couteau qui rebondit bruyamment sur les tomettes.

— Ah bah ! C'est donc ça, ton drôle ?

L'homme s'adressait à Célestine, mais son œil noir ne lâchait pas l'enfant. Il était vêtu d'une veste en épais velours marron qui – Paul l'apprendrait par la suite – était son costume de garde-chasse, ainsi que d'un pantalon luisant d'usure qu'il avait rentré dans des bottes montantes.

— Le drôle, y s'appelle Paul…

Elle se tourna vers l'enfant.

— Voilà Borel, mon mari. Ne t'effarouche pas de ses manières, il est bourru mais point méchant.

Le bonhomme haussa les épaules et se défit de son fusil pour l'accrocher au râtelier, puis alla se savonner les mains sur l'évier en pierre. Paul ne savait quelle contenance adopter. Depuis que l'homme était entré, l'atmosphère avait changé.

Ils s'assirent autour de la table, devant les assiettes fumantes. Paul allait se saisir de la cuillère quand Célestine l'arrêta d'un geste et entreprit de réciter, les paupières baissées :

— Seigneur, bénis notre repas et sois remercié de nous tenir en ta sainte grâce. Nous te remercions aussi pour la présence de cet enfant et pour tous tes bienfaits ; garde nos âmes dans la paix et procure du pain à ceux qui n'en ont pas. Amen.

Borel marmonnait un peu n'importe quoi et Paul, faute de connaître les usages, l'imita. Après un court silence, le bruit des cuillères le libéra de sa gêne. Il ne savait ni le catéchisme, ni aucune prière, car son père l'interdisait. « Tu peux lire autant que tu veux, Paulo, mais pour ce qui est de Dieu, je préfère encore t'apprendre le chinois que ces bondieuseries ! »

La soupe était brûlante et délicieuse. Il mourait de faim, soudain ; de fatigue, ses yeux piquaient. Occupé à manger, le garde-chasse lui semblait moins redoutable. Celui-ci termina en aspirant le fond de son écuelle, attrapa une bouteille de vin et se servit un verre qu'il lampa.

— Alors, qu'as-tu préparé de bon, ma femme ?

— Tu aurais pu attendre que le petit finisse !

Sans répondre, l'homme se resservit un verre qu'il savoura à petites gorgées, tandis que Paul se dépêchait de finir en aspirant le fond, comme lui. Célestine s'empara de son assiette et la remplit d'un ragoût nageant dans une sauce épaisse. De l'autre main, habilement, elle écarta la bouteille de vin.

— Tu ne crois pas que tu as assez bu comme ça ?

Paul interrompit l'amorce de dispute.

— Qu'est-ce que c'est ?

Irrité par la remontrance, Borel répondit d'un ton rogue :

— De la bouse de vache aux petits oignons.

Voyant que l'enfant hésitait, les yeux écarquillés, Célestine le sermonna.

— Mais non bêta, tu ne vois pas qu'il te fait enrager ? C'est le lapin.

— Le lapin ?

— Ma foi oui, le lapin… Jeannot.

L'enfant blêmit et se leva d'un bond en repoussant l'assiette. Elle ne comprit sa bévue qu'une fois qu'il eut monté les marches quatre à quatre et claqué la porte de sa chambre. Il s'était donc entiché de cette bestiole. Borel secouait la tête, la mine faussement consternée. « Jeannot ! Tu parles d'une affaire », grommela-t-il. Secrètement, il se réjouissait. Il avait prévenu sa femme qu'en acceptant de rendre service elle allait se créer des soucis inutiles, mais c'était une bourrique !

Ils mangèrent dans un silence contraint. Célestine ne pouvait guère confier ses inquiétudes, car son mari détestait voir sa routine bousculée et elle avait dû batailler ferme pour lui faire accepter la venue d'un neveu parisien. Quant au gamin, il ne savait rien des choses de la campagne… Un accès de nostalgie lui serra le cœur ; elle se rappelait Mathilde à son âge, si farouche, un vrai garçon manqué. Et si c'était plus compliqué qu'elle ne l'avait imaginé ? Jean serait loin, à des milliers de kilomètres…

Elle chassa ses inquiétudes d'un soupir et décida de porter à l'enfant son dessert : ainsi, ils feraient la paix.

— Tu sais, bonhomme, les lapins sont faits pour être mangés. Sinon, on mangerait quoi ? De l'herbe et des pluches de légumes ?

En guise d'excuse, elle offrit une part de flan bien crémeux, mais l'enfant refusa de bouger, caché derrière son livre. Il avait posé une photographie sur la table de chevet. Célestine eut le cœur serré en reconnaissant Jean et Mathilde, le jour de leur mariage. Brièvement, elle se demanda où elle avait pu ranger l'unique portrait qu'elle possédait du couple. Borel n'aimait pas qu'elle rabâche ses souvenirs d'avant-guerre.

— Ici, c'était la chambre de tous mes petits, tu sais… dit-elle pour amadouer l'enfant.

Cette fois, il mordit à l'hameçon, incapable de refréner sa curiosité.

— Tu en as eu combien ?

— Je sais même plus…

Devant sa mine ahurie, elle gloussa, soulagée.

— Ils n'étaient pas vraiment à moi. Le bon Dieu n'a pas voulu que j'en aie, alors je me suis consolée en faisant la nounou des enfants des autres. Ils m'appelaient « maman Célestine »…

— On les avait abandonnés ?

— Sainte Mère, non, seulement placés ! Toi aussi, tu as eu une nourrice quand tu étais petit, une concierge à Saint-Denis, la mère Haricot.

— Comment tu le sais ?

— Ton papa m'écrivait pour me donner des nouvelles.

— Comment tu le connais ? Et maman, tu la connaissais aussi ?

— Ta mère…

Célestine offrit le dessert pour détourner la conversation. Paul avait faim et dévora la moitié du flan avant de l'interroger encore.

— C'était ta cousine ?

— Quelle idée ! D'où ça te vient ?

— C'est toi qui l'as dit, que je suis le fils de…

— Du neveu de ma cousine, parfaitement ! Tu as une bonne mémoire… sauf que j'ai tout inventé !

— Pourquoi ?

— Célestine !

L'appel de Borel la tira de son embarras.

— Il se couche avec les poules, celui-là ! dit-elle en adressant un clin d'œil à l'enfant.

— Dans le poulailler ?

— Mais non ! Coucher avec les poules, ça veut dire que tu te couches tôt ! Borel il se lève aux aurores, parfois même il s'en va faire sa ronde en forêt en pleine nuit.

— Dans le noir ?

— Si fait. Il est le garde-chasse et tu sais, il s'en passe des choses dans la forêt pendant que tu dors !

Le garçon risqua un regard inquiet vers les ombres du dehors.

— J'ai pas trop envie de savoir…

— Ça tombe bien, ce n'est pas ton affaire. Allez ouste, tu te couches maintenant et tu nous fais un gros dodo !

L'enfant la dévisageait, les yeux écarquillés.

— Et si je veux faire pipi ?

— Tu as un pot, sous le lit.

— Et si c'est pas pipi ?

— Alors tu vas dans le cabanon au fond du jardin avec la chandelle. Je t'ai mis une boîte d'allumettes dans le tiroir, mais ne les gâche pas.

Il se laissa embrasser avant de demander timidement :

— Tu peux fermer le carreau ?

— Et pourquoi donc, pardi ! La nuit, pour bien dormir il faut de l'air. Tu manques de sang à force de respirer en ville. Ici je m'en vais te retaper, foi de Célestine ! Quand ton papa reviendra te chercher, il aura de la peine à te reconnaître tellement tu seras grand et fort !

Paul laissa passer un moment pour être sûr qu'elle ne remonterait pas. Puis il s'extirpa du lit, se hissa sur la pointe des pieds pour fermer la fenêtre et guetta, à l'affût d'un mouvement. Le crépuscule enténébrait déjà le jardin, créant des ombres mouvantes du côté du bosquet. C'est par là, sans doute, que Borel partirait faire sa ronde… Le cri d'un oiseau de nuit rompit le silence, un peu effrayant. Plus haut, la charpente craqua. Il résolut de frotter une allumette pour inspecter la chambre à la lueur de la bougie. L'armoire était telle qu'il l'avait laissée et sous le lit il n'y avait personne, rien que le pot de chambre. Il était seul et en sûreté. Il se remit au lit et souffla la bougie pour ne pas user trop de cire. Demain, il lirait, mais ce soir il n'en avait pas le courage. Les larmes qu'il était parvenu à contenir tout le jour affluèrent brusquement et se mirent à rouler, toutes chaudes, sur sa peau. Il aurait tellement voulu retrouver son lit, entendre la rumeur de la ville, le cri des poivrots et le glissement feutré des pas de son père au salon, tout près…

Il s'endormit ainsi, les joues encore humides, avec l'image de Jean, debout dans une gare où filaient deux rails luisants, déroulés à perte de vue.

Le garde-chasse désigna deux seaux. L'un était plein d'eau, l'autre rempli d'une pâtée à l'aspect répugnant.

— Au boulot, mon gars ! Tu veux te rendre utile, pas vrai ?

Paul acquiesça avec conviction, heureux de l'attention du colosse. Célestine protesta, pour la forme :

— Tu crois que c'est bien prudent de l'emmener ?

— Si ça le défrise, il n'avait qu'à rester à Paris.

Sur ces mots, le gaillard s'éloigna d'un bon pas, laissant les seaux à l'enfant qui se dépêcha de suivre malgré le poids qui lui sciait les épaules. Borel était une sacrée peau de vache, mais son aplomb brutal le fascinait. Tandis qu'il s'efforçait de le rattraper, il avisa l'écusson « La Loi », brodé sur sa manche et demanda, à bout de souffle :

— Dites, monsieur, vous avez le droit d'arrêter des gens ?

— Affirmatif ! Garde-chasse, c'est le gendarme de la forêt.

— Il y a des voleurs, alors ?

— Pour sûr ! On appelle ça des bracos ou des braconniers si tu préfères, une sale engeance de bandits ! Ça vole le gibier, le poisson, les champignons ou le bois de remise, tout ce qui peut se chaparder !

— Vous en connaissez ?

— Le pire de tous est un dénommé Totoche, toujours à fomenter des mauvais coups ! Si tu le vois, reste au large ou préviens-moi, que je le foute en cabane !

Ses paroles furent soudain couvertes par des hurlements rageurs. Ils étaient arrivés devant un chenil où quarante bêtes affamées avaient senti venir l'homme et surtout la nourriture. Les chiens se pressaient contre le grillage, jappant d'impatience et d'excitation. Paul se figea. Il imagina leurs crocs plantés dans ses bras maigriots ou ses mollets couverts de chair de poule et voulut battre en retraite, mais Borel l'apostrophait déjà, goguenard :

— Voilà les chiens à monsieur le comte, sa meute de chasse… Pour sûr que tu n'as pas dû en voir de semblables dans ta capitale !

— Ils vivent enfermés ?

— Baste, on les fait courir chaque jour pour les tenir en forme… Sont pas des toutous de salon, c'est une meute aguerrie à traquer le cerf ! Et le chenil les empêche de divaguer partout.

Comme les jappements redoublaient, il s'adressa aux bêtes d'une voix tonnante :

— Arrière ! Lucifer, Tapageaut, Vol-au-vent ! Arrière, j'ai dit !

Les chiens obéirent et refluèrent, l'échine basse, les queues battant le sol. On les sentait sur le point de s'élancer, pourtant la crainte respectueuse du garde-chasse était la plus forte. Paul resta pétrifié, même quand Borel lui fit signe.

— Vas-tu entrer ? Vont pas te bouffer, t'es pas du gibier.

Brusqué, l'enfant se décida enfin. Au moment où il passait dans l'enclos, deux poitevins jaillirent de la mêlée, flairant les seaux. Il fut incapable de maîtriser un sursaut et une bonne quantité d'eau se déversa, sans compter une giclée de pâtée sur laquelle les bêtes se jetèrent aussitôt avec des claquements de mâchoire.

— Pas possible, un empoté pareil ! ragea Borel. Sors d'ici avant de m'en gâcher davantage ! J'aurais plus vite fait tout seul !

Malgré sa honte, l'enfant ne s'attarda pas à demander pardon et fila rejoindre Célestine. Celle-ci, qui avait observé la scène de loin, lui ébouriffa les cheveux d'un geste tendre.

— Ne te soucie pas de ce ronchon, bientôt tu t'habitueras…

Paul ne sut dire si elle pensait à Borel ou aux molosses. Mortifié, il suivit Célestine, remâchant son humiliation. Arrivée dans la cuisine, elle saisit un tablier immaculé qu'elle venait de passer au fer, le disposa par-dessus ses jupes noires et fit un nœud bouffant d'un geste adroit. Avec ses cheveux lissés en bandeaux, son chignon lourd et ses yeux brillants, elle lui parut soudain très belle.

— Je dois aller prendre mon service au manoir. Pendant ce temps, tu vas t'occuper du potager. Il faut repiquer les jeunes poireaux, la terre est prête, et avec un plantoir ça ira tout seul. Je vais t'expliquer comment faire, d'accord ?

— Je peux pas venir avec toi ?

— Non...

Elle ajouta, très vite :

— Le comte déteste les enfants. Si tu le vois arriver, surtout, cache-toi !

Paul n'insista pas. Il savait depuis longtemps qu'il ne servait à rien de questionner les adultes, mais il n'était pas idiot : il se passait des choses étranges par ici.

Fusil dans le dos, Borel marchait le long de la bouchure du bois de Trémaille. Il avait repéré une série d'empreintes fraîches et les suivait. Il s'agissait d'un homme et de son chien, une trace familière qui lui chauffa les sangs. Depuis l'arrivée du gamin, il se sentait mis de côté, et l'irritation le gagnait. Cette nervosité n'était pas bonne pour le travail : il bâclait ses tournées, rentrait fatigué et se disputait avec Célestine... Rien ne valait une bonne traque, presque aussi plaisante que de foutre une raclée à certain braco de sa connaissance !

La piste le mena au cœur d'un taillis de bouleaux où le gibier abondait, et son excitation grimpa d'un cran. Il aperçut le premier lacet dissimulé entre un fossé et un bouquet de fougères ; c'était un câble en laiton destiné aux lapins. Il s'accroupit pour observer la terre encore humide. Il finit par distinguer dans l'entrelacs végétal la trouée quasi invisible d'un sentier, puis découvrit les autres pièges, une bordée de collets disposés sur une centaine de mètres, cachés sous des amas de feuilles mortes ou dans l'épaisseur d'un buisson. Il accéléra le pas, car les empreintes étaient assez fraîches pour que l'eau dans les flaques reste boueuse, signe que le braco n'était pas loin. Il avançait, l'oreille tendue, et finit par percevoir le bruissement d'une fuite dans les profondeurs du bois. Borel crut voir une ombre se faufiler entre les arbres. Il se jeta vers la bouchure, mais l'autre avait déjà disparu. La colère et l'envie d'en découdre le jetèrent en avant.

Le braconnier courait à demi courbé, sa petite chienne sur les talons. Sa musette et le carnier plein battaient lourdement son flanc. Il aurait pu se débarrasser du gibier qu'il venait de relever, mais cela aurait été faire trop d'honneur à ce foutu garde-chasse. C'était sa faute, il aurait dû poser ses pièges bien avant l'aube. Il devenait un peu trop sûr de lui depuis que la chance lui souriait, à force, il finirait par se faire poisser ! Quelque part derrière, il entendit

Borel s'égosiller : « Halte-là ! Au nom de la Loi ! » Ce sagouin possédait du flair et une sacrée résistance.

L'homme força la cadence, inquiet de se voir talonné de si près. Flairant son anxiété, la chienne le dépassa d'un bond vif, comme pour l'encourager. Soudain, elle pila devant un fossé enfoui sous l'amas des fougères et tourna la gueule vers lui, comme pour sourire. Il se glissa dedans et progressa plié en deux. Les feuilles poussaient tellement serrées qu'elles formaient une arche de verdure, opaque, au-dessus de sa tête. Quand la tranchée naturelle bifurqua, il se hissa hors du fossé en veillant à ne laisser aucune trace. Il stoppa juste avant une zone sablonneuse, farfouilla sous son pied et actionna son mécanisme avant d'empoigner la petite chienne et de la serrer contre lui. Ensuite, il entreprit de marcher franchement, de façon à laisser de belles empreintes sur le sol. Au bout d'une trentaine de mètres, il rejoignit d'un bond un autre fossé et revint sur ses pas, puis s'éloigna à couvert.

À peine une minute plus tard, Borel débouchait du sous-bois, haletant. Il sentait le braco à sa portée ! Il ne tarda pas à apercevoir la trace et se précipita, ravalant un cri de victoire. Une fois agenouillé, un soupçon lui vint : le sagouin était trop malin et ces empreintes trop belles pour ne pas avoir été laissées intentionnellement ! Il remonta néanmoins la piste jusqu'au bout, là où elle semblait jaillir de nulle part, retourna sur ses pas, jusqu'aux dernières empreintes. La piste stoppait net au milieu du sable, comme si un ange était descendu là, ou le diable, pour se rire de lui. De rage, le garde-chasse se mit à gueuler vers le ciel : « Charogne, je sais que c'est toi, espèce de saligaud ! Totoche, je t'aurai, tu m'entends, je t'aurai et ce jour-là tu pourras prier le diable qu'il te garde ! »

La colère qui enrouait sa voix fit sourire le braco. Ce n'était pas demain la veille que Borel l'aurait, foi de Totoche !

4

Paul était arrivé au domaine depuis une semaine ; Célestine commençait à souffler. Pour tarir les ragots autant que pour le distraire, elle s'était décidée à lui faire visiter l'auberge du village qui faisait tout à la fois office de buvette, d'épicerie et de poste. L'établissement jouissait d'une belle renommée et on y venait de loin se régaler du gibier braconné, car il était de notoriété publique que Lucien, le patron, se moquait de la provenance de sa viande. Même Borel fréquentait les lieux en faisant mine d'ignorer le trafic, puisque la maréchaussée y avait ses habitudes… Tant qu'on était entre soi, l'honneur était sauf, et tout le monde se retrouvait là, chasseurs, pêcheurs, gendarmes ou tâcherons agricoles qui se louaient pour quelques sous… Paul choisirait une carte pour Jean qui avait dû rejoindre l'Algérie ; Célestine avait promis des nouvelles.

En arrivant à l'auberge, face à l'enseigne peinte, l'enfant s'exclama :

— Le Raboliot ! C'est ici ?

— Pardi, c'est ma foi vrai que tu connais ton alphabet ! Et sais-tu d'où nous vient le mot de Raboliot, monsieur le lettré ?

— D'un outil à raboter ?

— Dame, il faudra que je la répète, celle-là ! Un outil à raboter !

Elle rit si fort que son appréhension s'envola. Qui irait se méfier d'un gosse ? Une fois calmée, elle désigna l'enseigne figurant un lièvre.

— Tu vois la peinture ?

— C'est un lapin… comme Jeannot.

— Presque. Cette bête-ci est sauvage et vit dans une rabolière qui est le terrier du garenne, et un terrier…

— C'est sa maison, je sais, je l'ai lu dans un livre.

À leur entrée, les conversations baissèrent d'un ton. Les regards se fixèrent sur le nouveau venu, un petit-neveu du garde-chasse à ce qu'on disait… Célestine s'assit à une table au fond de la petite salle et fit signe au gamin d'aller au tourniquet. Les photographies de la région montraient les halles d'un bourg voisin, une église, des étangs, un château… Paul hésita et finit par choisir un étang que le soleil rasant faisait étinceler ; au premier plan, au milieu des roseaux, une barque semblait attendre. Son père aimerait sûrement l'image. Y avait-il seulement des arbres, là-bas, dans son désert ? Il allait retourner vers la nourrice quand un bruit de poulie rouillée l'arrêta. De la porte ouverte jaillit une brouette poussée par un homme à la figure tout de traviole, vêtu d'un habit rapiécé. Le patron l'interpella vivement :

— Dédé, combien de fois faut te le répéter ? Tu laisses ton engin dehors, compris ?

L'autre maugréa avant d'entamer un demi-tour. Fasciné, Paul l'observa ranger sa brouette sous l'auvent, aussi près que possible de la porte. Quand il fit de nouveau son entrée, un chasseur lança, moqueur :

— Dis donc, le Dédé, t'as passé ton permis ?

— Le permis de quoi ?

— Le permis de conduire ta *bérouette,* té ! Ça vient de sortir dans le département.

Devant l'air ahuri du paysan, il prit les gendarmes à témoin :

— Pas vrai, messieurs ?

Les trois hommes en uniforme hochèrent gravement la tête.

— Tout à fait vrai, Auguste. Et pas que dans le département ! Dans tout le pays !

Ravi de se voir approuvé, Auguste enfonça le clou :

— Peut-être que tu devrais aussi poser des clignotants et une roue de secours, vu que tu la mènes partout avec toi !

Dédé, inquiet, se tourna vers les représentants de l'ordre. Le brigadier-chef dut le prendre en pitié, car il assura avec bonhomie :

— Pour ton engin, c'est pas encore obligatoire, mais pour les voitures Auguste a raison. Le permis remplace le certificat de capacité, et tant que tu dépasses pas les trois tonnes, tu es tranquille !

Dans le brouhaha qui s'ensuivit, Paul retourna à la table du fond. Il n'eut pas le temps de s'assoir qu'une grosse voix tonna au-dessus de lui. Venu prendre la commande, Lucien le désignait du doigt.

— C'est qui, le loupiot ?

Célestine attendit quelques secondes avant de répliquer d'un ton froid qui surprit l'enfant, car elle était toujours gentille, sauf quand Borel l'agaçait :

— Un petit Parisien. Tu nous mettras un chocolat chaud et un café, si c'est pas trop demander, et ta curiosité tu la gardes.

— Tu m'en diras tant ! Et qu'est-ce qu'il vient faire par chez nous ?

Peu désireux d'écouter les inventions de Célestine, Paul leva le doigt, pressé par une envie subite.

— C'est où les WC ?

— Les vécés ?

L'aubergiste s'esclaffa.

— Ici, on dit les latrines. Fond de la cour.

Il retourna derrière son zinc. L'homme se sentait vexé. Célestine était une forte gueule, toujours à vous rabattre le caquet, et ses manières supérieures l'énervaient d'autant qu'on ne pouvait guère s'empêcher de lui trouver des attraits, il aurait fallu être aveugle !

N'empêche, il n'y avait pas de quoi prendre la mouche pour un mioche pas même fichu d'employer le langage des gens normaux !

Paul rabattit le loquet du cabanon. Il n'était pas mécontent d'échapper à l'attention générale. Il finissait de se soulager quand un grand vent lui souleva les cheveux, lui arrachant un couinement de peur. Il se reculotta d'une main, débloqua le verrou de l'autre et se jeta dehors, horrifié d'être pris au piège par une bête inconnue. En fait de monstre, une poule battait furieusement des ailes. Une basse-cour flanquait les cabinets qui tenaient lieu de perchoir aux plus aventureux des volatiles. Le grognement enragé d'un sanglier fit écho au caquètement de la poule. Sidéré, l'enfant se retourna d'un bond, prêt à détaler.

Le cri s'échappait de la gorge d'un gaillard barbu à la stature imposante qui s'égosillait, chopine brandie vers le ciel. L'homme trébucha, se rattrapa au mur, puis se mit à rire grassement. La porte du café s'ouvrit et le patron surgit.

— La ferme, pochtron, tu vas nous attirer le brigadier par ici.

— Je les emmerde tes gendarmes, tu pourras leur déclarer de ma part. J'emmerde la maréchaussée et le gouvernement et…

— Le roi d'Angleterre, c'est ça, on lui dira ! En attendant, montre-moi vite ce que tu as dans ta carnasse, qu'on en finisse !

— Si j'étais aussi pressé que toi, c'est des courants d'air que je piégerais… Tu fais un fier chasseur, Lulu !

La colère de l'aubergiste s'adoucit à la vue des faisans sortis du carnier. À cet instant, il surprit l'enfant tapi près de la guérite et lui lança un regard si noir que Paul recula. Par Dieu, il l'avait oublié, celui-là ! Manquerait plus qu'il la ramène aussi. Fébrile, il s'empara du gibier puis glissa quelques pièces dans la pogne tendue.

— Y sont pas bien gros mais on fera avec… Tiens, paie-toi !

— Y a pas le compte, le tarif c'est…

— Le tarif ! Tu te fous de ma gueule ! Si t'es pas content, Totoche, va te plaindre aux gendarmes !

Pas peu fier de clouer le bec au braconnier qui était trop saoul pour être dangereux, Lucien en oubliait sa peur d'être surpris. Des deux, c'est encore lui qui risquait le moins. Maintenant qu'il avait ce qu'il voulait et à bon prix, il s'empressa de remonter les marches et claqua la porte.

Paul se glissa hors de son abri. Soudain, il se rappela pourquoi le nom de l'ivrogne lui avait paru familier. Il devait s'agir du voleur de Borel !

L'homme se mit à beugler :

— Garçon ! Ici, tout de suite ! Garçon !

Une petite chienne déboula de la rue et, sitôt devant son maître, se dressa sur ses pattes arrière. Sa langue dépassait comiquement ; Paul pouffa de rire. Le géant fouilla sa poche, en sortit un bout de biscuit et le tint en l'air, si bien que l'animal redoubla de pitreries. Enfin, il céda et la bestiole engloutit sa friandise. Émerveillé, Paul tendit la main pour la caresser ; sur-le-champ, elle lui fit fête.

— C'est bien, Garçon !

— Elle a été dressée ? demanda Paul.

Il en avait oublié les recommandations du garde-chasse. Avec une chienne pareille, le braconnier ne pouvait pas être si mauvais que Borel le prétendait.

— Si on veut… On dit par ici qu'elle a le tempérament aussi heureux et malin que son maître.

— Et elle s'appelle Garçon ?!

— Si fait, et alors ?

— C'est une femelle, non ?

— Et s'il me plaît de la nommer Garçon, qui est-ce qui m'en empêcherait ? Un galopiaud dans ton genre ? Et tu t'en viens d'où ? Je ne t'ai jamais vu par ici…

— Je suis… J'habite près du château et je viens de Paris !

— Tiens donc ! Le petit Parigot, évidemment ! J'ai entendu dégoiser des commères sur ton compte ! Allez, file, j'ai pas que ça à faire…

Paul obtempéra sans demander son reste.

Cher Papa,

Ici je dors bien et je mange comme un petit paysan, sauf les lapins parce qu'ils sont trop mignons. J'ai planté des poireaux, des pommes de terre et des topinambours et c'est moi qui cherche les œufs sous le cul des poules ! Avant la soupe, Célestine dit le bénédicité pour remercier Dieu de nous protéger. Est-ce que tu es monté sur le dos d'un chameau ? M. Borel, le garde-chasse, surveille la forêt et il s'occupe des quarante chiens de la meute du château ! Je dois apprendre à les nourrir et aussi à dormir la fenêtre ouverte pour « me faire le sang ». Quand tu reviendras me chercher, Célestine dit que tu ne me reconnaîtras pas tellement je serai fort et en bonne santé, mais tu sais bien que je reste ton fils et que je pense à toi. Je t'embrasse très fort.

Paul

Paul aurait bien voulu parler de sa rencontre avec Totoche, de son chien Garçon et des drôles de façons des gens d'ici. Peut-être aussi se plaindre de la mauvaise humeur de Borel. Mais il se doutait qu'on lirait par-dessus son épaule. Mieux valait garder ses secrets. Comme il avait rempli toute la carte, la nourrice acheta une enveloppe et recopia l'adresse de Jean. Ils s'apprêtaient à partir quand Lucien s'approcha avec un sourire faux.

— Alors comme ça tu es le neveu de la Célestine… Et tu ne t'ennuies pas trop à la campagne ? Parce que ceux de la ville, par ici, forcément… On est pas de mauvais bougres tant qu'on vient pas nous embêter chez nous, tu vois, petit ? Ici, c'est le pays du Gâtinais et on ne se fie pas aux jacasseurs.

Contrariée par les sous-entendus de l'aubergiste, la nourrice l'affronta d'un ton rogue :

— Dis-moi, Lulu, tu as des vapeurs pour râler de la sorte ? Je ne m'appelle pas Dédé, moi, et il en faudra un peu plus pour m'impressionner. Le petit, il t'a rien fait, que je sache ! Tu veux que je te dise ? Les Parisiens ne te dérangent pas quand ils viennent dépenser leurs sous, c'est juste que tu peux te permettre d'être malgracieux avec un gosse ! Tiens, j'ai laissé la monnaie sur la table, on a assez lambiné ici !

L'aubergiste rougit, puis leur céda le passage en marmonnant que si on pouvait plus plaisanter… En attendant, Paul avait compris le message. Surtout, ne rien dire de ce qu'il avait vu !

Une fois la carte déposée dans la boîte à lettres, ils allèrent quérir un kilo de pain chez le boulanger et, au lieu de retourner au manoir par le chemin habituel, Célestine choisit de suivre les berges de la Loire. Cela faisait un détour d'un bon kilomètre, mais le temps était magnifique et le petit n'avait pas encore eu l'occasion d'apercevoir le fleuve.

Pour une fois, la brave femme était heureuse de ce moment volé au comte. Elle se permettait rarement le loisir de traîner et le ménage attendrait… Elle se reprochait de laisser l'enfant livré à lui-même une bonne partie du jour, mais comment faire autrement ? Il ne semblait pas si malheureux, et sa belle carte rassurerait Jean…

— C'est qui, ce Totoche ?

La question prit Célestine de court.

— Qui t'a parlé de lui ?

— Ben c'est ton mari, Borel. Il dit qu'il veut l'envoyer au bagne.

— Quel rabat-joie, celui-là ! Tu veux que je te dise, ces deux entêtés sont comme chien et chat, et pourtant Totoche c'est pas le mauvais bougre, c'est seulement qu'il est… comment dire… libre, voilà, vraiment libre ! Tout le contraire de Borel qui aime gouverner comme il l'entend, alors l'autre, forcément, avec ses farces, il est pis que du gratte-cul dans les culottes d'une dame !

Elle se mit à rire de bon cœur et Paul secoua la tête, contrarié qu'elle ne le prenne pas au sérieux.

— Mais c'est un braconnier, un voleur de gibier ! Ton mari l'a dit !

— Au pays, tout le monde est un peu braconnier, faut bien améliorer l'ordinaire, alors on piège un lapin par-ci, un faisan par-là, on a toujours toléré ça. La terre est trop pauvre par chez nous. Même Borel pose des pièges et Monsieur le comte s'en doute bien, va…

— Et Totoche ? On dirait que tu l'aimes bien !

— Oh, ne va pas te mettre des idées en tête ! C'est juste que c'est pas un mauvais bougre, qui se moque bien de faire des courbettes…

Comme ils arrivaient à la berge du fleuve, elle tendit le doigt en désignant une barge à fond plat, surmontée d'un cabanon fait de bric et de broc.

— Regarde, c'est pas une bicoque d'homme libre, ça ? Tu détaches une corde et tu t'en vas !

La stupeur cloua Paul sur place. L'embarcation était la réplique du bateau-cabane qui illustrait un chapitre de son livre, celui du trappeur perdu au fin fond du Grand Nord !

— C'est là qu'il habite, Totoche ?

— Oui-da !

— Mais si tout le monde connaît son repaire, pourquoi Borel l'arrête pas pour le donner aux gendarmes ?

— Il faut qu'il le prenne la main dans le sac, sinon ce serait trop facile et comment prouver que c'est lui qu'a fait le coup ? Et à ce petit jeu, il est sacrément rusé, notre gaillard !

Célestine accéléra le pas. Elle avait perdu l'habitude des enfants, de leurs questions incessantes et de leur besoin de comprendre. Mathilde aussi voulait tout savoir, pourquoi la Terre était ronde et la mer salée, et combien de planètes existaient, et pourquoi les filles devaient porter des robes…

— J'ai à faire à présent. Tu n'auras qu'à lire ton livre ou aller au potager, moi je dois filer au manoir.

— Mais tu y étais encore hier soir !

— Et j'y serai demain… y a de quoi briquer !

— Ils ne peuvent pas se débrouiller sans toi ?

— Ce sont des gens de la noblesse, nigaud, et nous sommes là pour les servir. M'est avis qu'un fameux sang te coule dans les veines, toi…

Elle soupira en songeant qu'un jour ça le rattraperait, un malaise dont il ne saurait jamais l'origine mais qui planerait sur lui comme une ombre…

La façade du manoir était si imposante qu'en l'approchant, Paul se sentit bien petit. Il n'avait pas le droit d'être là, mais la curiosité et le désœuvrement l'y poussaient et braver l'interdit lui donnait la sensation de commencer une aventure. Il suffirait que quelqu'un se penche à l'une de ces fenêtres pour l'apercevoir… Et après ? Il imagina un homme en costume de soie et jabot de dentelles, comme sur les gravures de son manuel d'histoire, qui exigerait qu'on le fouette pour son insolence. Borel se chargerait-il de le punir ?

Le garde-chasse était rentré de sale humeur aujourd'hui, si bien que Paul n'avait pas osé lui parler, même pour lui proposer son aide. Célestine était partie depuis deux bonnes heures et Paul s'ennuyait à mourir ! Il avait mangé une tartine et traîné au jardin sans trop s'approcher des lapins. Ce n'est pas l'envie qui lui manquait, mais on lui disait assez de ne pas s'attacher aux bêtes et il n'avait pas trouvé d'autre moyen que de les ignorer.

Paul progressa le long du mur de brique. Aucun bruit. Une voiture était garée en bas du perron. Le cuir des sièges était couleur caramel, le tableau de bord impressionnant. Enhardi par le calme qui régnait, l'enfant retourna vers le manoir et risqua un regard par la grande baie vitrée.

Au bout d'une table immense et plus luisante que la surface d'une mare, un vieil homme d'allure sévère dînait, solitaire. Il avait l'air triste, et Paul se demanda si c'était parce qu'il était seul. Il portait un costume sombre et élégant, même à ses yeux d'enfant. À coup sûr, il s'agissait du comte. Quant à la salle à manger, elle lui parut immense et d'un luxe incroyable. Au plafond pendait un lustre énorme. Les murs lambrissés présentaient des tableaux de chasse, un faisan mort et le portrait d'un couple en perruque qui ne souriait pas. Au fond, sur le manteau d'une cheminée surmontée d'un miroir à trumeau, on avait disposé de lourds cadres en argent. Seule note de gaieté, le carrelage à damier rouge et blanc.

Comme il tentait de se hisser pour mieux voir, Paul perdit son appui et tomba bruyamment sur le gravier.

En quelques secondes, la panique le remit debout, pas assez vite, toutefois.

— C'est de cette façon que tu obéis, galapiat ? Je t'avais pourtant interdit !

Il démarra à fond de train tandis que Célestine, furieuse, l'invectivait sans songer au tapage qu'elle causait. La fenêtre ne tarda pas à s'ouvrir à la volée et M. de La Chesnaye l'apostropha, les sourcils froncés :

— Célestine ! Qu'est-ce qu'il vous prend de vociférer comme ça ? J'aimerais déjeuner en paix, si ce n'est pas trop vous demander…

— Faites excuse, monsieur le comte, mais il y avait un… un…

— Un quoi ?

— Une bête sauvage, un genre de… de grosse bête !

— Fichtre ! Une bête sauvage que vous aurez fait fuir avec vos gesticulations ! Êtes-vous bien certaine qu'il ne s'agissait pas d'un lion ?

— Je sais plus… c'était peut-être une des oies de l'étang, maintenant que j'y pense.

La nourrice frémit en songeant à ce qui aurait pu arriver s'il avait découvert l'enfant. Le comte était devenu tellement morose au fil des années qu'un rien suffisait à le contrarier. Et Paul… heureusement, il avait les cheveux et le teint de son père.

Caché derrière une boule de buis, l'enfant avait surpris leur échange. Le vieux n'avait pas l'air commode, pourtant il paraissait moins antipathique que son fils, même si sa voiture était beaucoup moins majestueuse. Peut-être que lui aussi s'ennuyait. C'était curieux tout de même, il pouvait rouler en automobile et monter à cheval, il habitait un château, il avait de l'argent, un chenil, des domestiques pour le servir et ça ne semblait pas le rendre heureux. Et puis il détestait les enfants.

Quand Célestine retourna à l'intérieur, chargée de sa corbeille à linge, il sentit le découragement l'envahir. Les gens d'ici semblaient tous le détester. À part Célestine, bien sûr. Mais Célestine connaissait son père et avait été nounou d'un tas d'enfants, alors ça ne comptait pas vraiment. Les rares gamins que Paul avait croisés s'étaient moqués de sa mise. Il ne se sentait pourtant pas si différent d'eux, à part leur accent rocailleux et leur façon de manger les mots. Mais qu'est-ce que ça changeait, s'il était le seul à le penser ?

Comme plus rien ne bougeait, il sortit de sa cachette et s'éloigna. Il lui restait un chapitre de son Jack London. Il l'avait fait durer autant que possible, exprès. Il décida que ce serait son livre préféré à tout jamais, parce qu'il parlait d'un pays où seuls comptaient le courage et la force. Cela lui donna une idée. S'il s'entraînait aux choses de la campagne pour s'endurcir, tout irait mieux, même avec le garde-chasse. Et puis Célestine serait contente de lui. Il ne voulait pas qu'elle reste fâchée…

5

Le lendemain, Paul sortait de la boulangerie chargé du pain de la semaine quand un équipage lui coupa la route. Trois enfants assis sur une carriole vétuste se faisaient tirer par un couple de chiens bâtards, tandis que le quatrième courait à côté, armé d'une sorte de fouet qu'il faisait claquer avec autorité en gueulant des « Hue ! Dia ! » bruyants. À sa vue, le conducteur s'exclama, narquois :

— C'est-y le Parigot ! Aga comme il est fignoleux avec sa mise ! Eh, oh, tête de veau !

Assise entre ses deux compères, une gamine aux cheveux en bataille poussa un cri de joie. Tous le fixaient, hilares. Paul hésita entre la politesse ou la provocation et opta finalement pour une neutralité prudente.

— Je suis pas parisien.

— Ah oué ? Et tu sors d'où avec tes affûtiaux d'la ville ?

— C'est quoi, affûtiaux ?

— Tu vois bin qu't'es pas d'ici !

— J'ai pas dit que je l'étais.

— Alors t'es tombé d'la lune ? siffla la fille.

— L'achnille pas, Mélie, t'vois bin qu'tu vas l'faire chiauler ! Donne-z-y un pioc et p'têt ben que tu l'chang'ras en grenouille, l'Parigot !

Paul se raidit, sur la défensive ; il avait beau ne pas tout comprendre, le sens général était parfaitement clair.

— Je suis pas de Paris, je suis de la banlieue.

Comme les autres restaient bouchée bée, il ajouta, rouge de colère :

— Et je chouine jamais devant des bouseux !

Sur ces mots, il se mit à courir parce qu'il sentait les yeux le piquer et qu'il aurait préféré mourir que de leur donner raison ! D'instinct, il s'engagea sur le chemin qui menait à la Loire, en reniflant. Il se sentait si seul ! La rentrée scolaire, qui lui avait paru si éloignée en arrivant au manoir, se rapprochait inéluctablement. Il calcula qu'il restait à peu près sept semaines. Ceux de la bande semblaient avoir son âge. Est-ce qu'il les retrouverait dans sa nouvelle classe ?

Le désespoir l'envahit en songeant à son école. Normalement, il aurait dû y finir sa seconde année de cours moyen avant de passer au collège, avec les grands. Il aurait retrouvé Émile et Jacquot, les parties de ballon sur les terrains vagues ou les tournois de billes au square de la rue Berthon. Ici, il devrait affronter des péquenauds qui se moqueraient de son accent, de ses manières et de son costume ! Mieux valait les oublier. D'ici deux ou trois mois, son père reviendrait. Alors Paul se ficherait bien de ces imbéciles !

L'enfant dépassa l'embranchement qui menait au manoir et, en longeant la berge, non loin de la barge du braconnier, il découvrit un pont en pierre. Il s'engagea dessus, puis s'immobilisa en apercevant la silhouette en contrebas.

Immergé jusqu'à mi-jambe dans la rivière, le géant était en train de relever un filet. En guise de support, il avait bricolé une branche fourchue à laquelle il avait fixé la corde qui supportait une nasse maintenue par deux arceaux d'acacia. Les muscles bandés par l'effort, il arracha son carrelet à l'emprise du flot et jura entre ses dents. En guise de pêche miraculeuse, il tenait une demi-souche gluante de vase. Il retourna vers la berge, pestant contre le temps perdu. La petite chienne, qui somnolait sur le talus, se releva d'un bond pour lui faire fête. Elle n'eut pas le temps de japper que la terre s'éboula sous ses pattes ; elle disparut, happée par le fleuve.

L'homme jeta son filet, saisit une corde puis courut vers la pile du pont et la lança en direction de la malheureuse bête qui battait désespérément des pattes, prisonnière d'un tourbillon. Un de ceux dont la Loire avait le secret. « Garçon, attrape ça, ma fille ! » La corde flotta un court instant puis dévala le courant, hors de portée.

Paul s'était mis à courir en direction de la berge tout en hurlant « Faut sauter ! Elle va se noyer ! » Le braconnier tourna la tête vers lui, blême d'angoisse.

— Je sais point nager, bougre de merde !

Le garçon finit sa course en dérapant sur les fesses, se releva d'un bond et ôta ses souliers.

— Moi je sais. Donnez-moi le bout de cette corde !

Vivement, il l'enroula autour de sa taille, comme il l'avait lu dans un livre. Quand il voulut la nouer, pourtant, ses mains tremblaient trop, et c'est Totoche qui le fit à sa place. Il avait compris ce que le gosse avait en tête. La chienne disparaissait dans le remous qui la retenait prisonnière et peinait chaque fois à émerger du courant. Son maître hurla « Garçon, tiens bon, on arrive ! » L'animal parut l'entendre, car son corps se tordit vers la rive. Puis le remous la reprit dans son étreinte folle et elle tournoya, puis coula.

Paul émergea, s'étouffa, le temps de reprendre une goulée d'air. L'eau était bien plus froide qu'il n'y paraissait. Il se sentit dériver et battit furieusement des pieds pour repartir vers la pile du pont. Garçon avait disparu. C'est Totoche qui lui hurlait la direction. Paul crut distinguer quelque chose, à quelques mètres. Le courant était puissant, et pourtant il avait plongé en amont pour ne pas avoir à lutter contre le flot et progressait de travers, vers le tourbillon. Soudain, une boule de poils trempés jaillit à portée de son bras et il parvint à l'empoigner, mais le pelage était glissant et il ne put l'agripper assez longtemps pour assurer sa prise. Il sentit alors la force tourbillonnante l'aspirer et coula, jusqu'à ce qu'une traction l'arrache à la succion des eaux. Totoche, qui surveillait sa progression, tentait de le maintenir à la frange du remous, sans l'éloigner de la chienne. À cet instant, celle-ci l'aperçut et recommença à patauger bravement. Ils se rejoignirent à mi-distance ; Paul l'étreignit en se maintenant à la surface à la seule force de ses jambes. La corde se tendit. Paul se sentit hissé sur la berge.

— Brave petit, tu me l'as sauvée !

La chienne se mit à tousser, cracha de l'eau puis se remit sur pied, chancelante.

— Te v'là revenue, cré nom de Dieu !

Le rire du braconnier s'éleva, roulant comme un tonnerre joyeux, et Paul ne put s'empêcher de s'esclaffer aussi tant la scène lui parut comique, le géant barbu à quatre pattes devant l'animal que son bain avait réduit à l'état de plumeau.

Par un système ingénieux de poulies et de cordes, Totoche avait suspendu un tas de matériel au plafond de sa cabane, une marmite, un carnier et un sac à dos rapiécé, une poêle noircie et trois lampes à pétrole, des paniers, deux seaux et une grande bassine. Grâce à cet agencement, il y avait suffisamment d'espace pour se trouver à l'aise dans la quinzaine de mètres carrés de son logement. Chaque paroi était doublée de casiers ou d'étagères. Dans un coin, ses maigres réserves de nourriture étaient remisées, de quoi faire un gruau, un peu de saindoux et du lard. Plus loin, sur une paillasse roulée, des toiles, un édredon rapiécé, quelques vêtements. Une couchette en bois entre deux pans d'armoire. Dans le coin cuisine, meublé d'une table flanquée de deux chaises dépareillées, il avait logé un poêle qui ronflait en dégageant une chaleur réconfortante.

Paul se tenait recroquevillé dans son caleçon humide, la petite chienne lovée contre lui. Ses habits séchaient, suspendus à une ficelle. Il contemplait avec émerveillement l'outillage de chasse, appâts, ficelles, bobines de laiton, comme s'il s'agissait de trésors inestimables, tout en buvant à petites gorgées un bouillon que Totoche avait rallongé d'un coup de gnôle pour « reprendre des forces ». Il n'avait aucune envie d'avouer que la mixture était infâme, trop heureux de se trouver là. C'était aussi dangereux qu'excitant. Paul se lança, car il savait que jamais il ne retrouverait pareille occasion.

— Vous voudrez bien m'apprendre à pêcher ?

— Et quoi encore ? J'ai pas du temps à chicoter, moi.

— Je pourrais vous montrer d'autres choses en échange !

— Ah bin c't'affaire ! Comme quoi ? L'alphabet ou tes comptines à bercer ?

— Ben, à nager, par exemple !

Mouché, Totoche ravala une réplique sarcastique. Il se trouvait en dette et se radoucit un peu, sans toutefois changer d'idée.

— Écoute, t'es bien hardi d'avoir sauvé Garçon, je te dois une fameuse chandelle, pour sûr, mais moi les mioches j'en veux pas dans mes pattes… surtout d'un petit rat des villes !

Pour marquer sa détermination, il alla décrocher le pantalon encore humide et le lança au gamin. Il n'avait aucune envie de se laisser attendrir, surtout avec le gardaillon dans les parages.

— Enfile ça et r'tourne t'en donc chez les Borel. Y a rien de bon pour toi, ici.

Il se roula une cigarette, ferma la sèche d'un coup de langue, tassa le tabac avec un soupir satisfait et, comme le gosse demeurait pétrifié, grommela un ton au-dessus :

— T'es encore là ? Allez, va donc.

Triste, en colère, Paul enfila le pantalon. Il avait sauvé Garçon, ce n'était pas rien ! En un sens, le braco était aussi féroce que la meute de chasse, et mal embouché, pas mieux que Borel ou Lucien ! Tous ces gens lui reprochaient d'être de la ville, comme si c'était de sa responsabilité ! Est-ce qu'il fallait être d'un endroit établi à l'avance pour valoir quelque chose ?

Une fois vêtu, il caressa la petite chienne, traîna un peu au cas où l'autre changerait d'avis, mais le géant fumait, plongé dans sa boîte à pêche. Il se résigna à gravir la caisse qui faisait office de marche et annonça très fort :

— J'y vais !

— Merci encore et adieu… Mais traîne plus par là, galopiaud !

En remontant sur la berge, l'enfant réalisa l'heure tardive. Le ciel s'était empourpré d'or et ses rayons rasants faisaient scintiller la cime d'un vieux saule. Curieusement, cette beauté lui rendit un peu d'espoir. Il reviendrait, afin de prouver au braco que, pour un raton des villes, il faisait sacrément l'affaire !

Borel tenait son verre presque vide à la main, songeur.

— Ce soir, j'irai me poster aux grands chênes. Avec le vent du nord, les faisans vont s'y percher en grappes…

— Allons bon. Et tu en feras quoi ?

— Moi rien, mais quelque chose me souffle que je s'rai pas le seul sur le coup, si tu vois ce que je veux dire… Par c'te pleine lune, va vouloir en profiter, le lascar. Alors, crac, je te le coince en flagrant délit et c'en est fini de lui !

— La belle affaire !

Paul, qui lavait ses mains à l'évier, fut intrigué par le ton de Célestine. Sous la malice, il lui sembla entendre comme une pointe de défi. Borel reprit, de mauvaise humeur :

— On verra qui aura le dernier mot ! Y va payer pour toutes les fois où je me suis cassé le nez, pour chaque garenne, chaque foutu faisan tiré sans permission !

— Il est pas seul braco au pays, Borel…

— Et ben moi j'vois que lui !

— Dis plutôt qu'il t'énerve !

— Et pourquoi y m'énerverait pas ? Tout le temps à me chercher des noises, à m'provoquer !

— Tu te l'imagines ! Il te tourmente pas plus que les autres, mais c'est sur lui que tu t'acharnes, Dieu sait pourquoi !

— Ton Dieu y sait rien parce qu'y a rien à savoir ! Et si je m'acharne, comme tu dis, c'est qu'y a pas pire voleur aux alentours ! Le comte veut de l'ordre sur ses terres, y me paie à quoi sinon ?

— Le comte a bon dos… Je le vois chaque jour, et il m'paraît pas si soucieux de braconnage.

En plus, ça le débarrasse des puants et ça régule les garennes.

— Ça régule que dalle ! C'est du vol !

— M'est avis que Totoche te tourneboule le cerveau !

Pour mettre fin à la discussion, elle s'adressa à l'enfant.

— Tu t'es lavé les mains ?

À cet instant, elle parut remarquer son vêtement chiffonné, maculé par endroits.

— Où est-ce que tu as encore été te mettre, toi ?

Paul n'eut pas le temps de bafouiller une excuse que déjà elle se détournait pour servir la soupe au lard. Ils s'assirent sans un mot et mangèrent en silence, plongés dans leurs pensées. Pour le dessert, Borel se contenta d'attraper quelques noix de l'hiver passé et les glissa dans sa poche. Ensuite il alla se harnacher pour sa longue veille : son fusil, la lanterne, une couverture pour les heures froides de la nuit et sa gibecière vide, qu'il comptait bien remplir des preuves irrécusables du forfait de Totoche. Il salua sa femme d'un grognement, puis sortit. Célestine demeura un moment les yeux dans le vide avant de passer les assiettes sous le jet et d'astiquer la cuisine de fond en comble. Paul perçut sa nervosité à la brusquerie de ses gestes. Quand tout fut nettoyé, elle agita le torchon humide.

— Je m'en vais l'accrocher à la fenêtre du haut.

— Là-haut, pourquoi ?

Comme elle ne répliquait rien, il lui emboîta le pas dans l'escalier. La nourrice était bizarre, ce soir.

Une fois dans le couloir, elle alla à une lucarne, ouvrit le carreau et y attacha le torchon de manière à ce qu'il pende à l'extérieur.

— C'est pour quoi faire, ce torchon ?

— Pour le faire sécher !

— Dans le couloir ?

— Pourquoi non ?

— La nuit ?

— La nuit, le jour, y a point d'heure, et mon petit doigt me dit que y a pas que mon essiot qui est mouillé… Où c'est que tu t'es fourré pour tremper ton linge ?

— J'ai glissé. Dans une flaque.

— Une flaque… Prends-moi pour une andouille ! C'était pas plutôt à l'étang ?

Il acquiesça. Si Célestine apprenait qu'il avait été patauger dans le fleuve, elle lui infligerait une sacrée punition !

— Tu aurais pu te noyer, malheureux !

— Non, je sais nager !

— Voyez-vous ça… Et si tu attires l'intérêt de la Malnoue !

— Qui c'est ?

— Un torrent souterrain d'une malice redoutable ! Les anciens prétendent que c'est l'esprit des eaux et que bien des méfaits arrivent par sa faute. Il faut être très prudent pour ne pas se faire engloutir !

Paul acquiesça, soulagé de s'en tirer à si bon compte. Quand il fut bordé et embrassé, pourtant, il songea qu'en l'interrogeant, Célestine n'avait pas eu à s'expliquer. Il écouta ses pas dans l'escalier, vifs, à croire qu'elle sautillait. Il sourit dans le noir en songeant à Garçon. Il pourrait toujours prendre de ses nouvelles, ce serait un prétexte pour repasser à la barge. Épuisé par tant d'émotions, il se laissa glisser dans un engourdissement douillet.

Dans la nuit noire, accroché à la lucarne, la tache du torchon ressemblait à un minuscule fantôme.

Il ne sut pas exactement ce qui l'avait réveillé, un froissement contre les pierres ou le choc sourd d'un corps basculant sur le plancher. Cela remuait à côté, dans la chambre inoccupée. Un gloussement ravi monta dans le silence aussitôt étouffé. Borel ? Mais Borel ne riait jamais et il n'avait aucune raison d'escalader les murs de sa propre maison. Tout doucement, l'enfant se glissa hors du lit et entrouvrit la porte. De là, il perçut comme un fredonnement. Deux personnes chuchotaient, puis le même rire joyeux retentit, entrecoupé de gros soupirs.

Paul resta là un moment, un peu effrayé, puis se décida à refermer le battant et retourna au lit. Il était bien réveillé à présent, mais mieux valait ne pas allumer la chandelle, sans quoi il risquait d'alerter le visiteur nocturne. Célestine était-elle remontée ? Les bruits n'étaient plus si nets.

Étendu dans le noir, il imagina Borel à l'affût près des grands chênes. Le garde-chasse devait être en train de veiller, sursautant à chaque froissement d'herbe. À mesure que la nuit avancerait, sa hargne grandirait. Sûr et certain, remonté comme il était, il ne rentrerait pas avant l'aube ! Et il rentrerait bredouille…

Totoche avait presque oublié le sauvetage de Garçon. Ce matin-là, trois jours plus tard, il pénétra dans la forêt d'un pas tranquille. Soudain, il s'immobilisa pour examiner le sol et demeura accroupi un long moment avant de se relever, la main sur le front. On l'aurait cru victime d'un étourdissement car il pivota sur lui-même, chancelant. Puis, sans aucun avertissement, il fondit sur l'enfant tapi dans un fourré, apeuré, et l'empoigna.

— Encore toi ? C'est Borel qui t'envoie pour m'espionner ?

— Non, j'vous jure !

— On doit jamais jurer, tu sais pas ça ? Allez ouste, du vent ! Ensauve-toi avant que je te calotte !

— Je veux venir avec vous !

— Eh ben moi j'veux pas !

— Vous allez braconner, c'est ça ?

— Braconner, sais-tu seulement ce que ça veut dire ? Il appartient à qui, le gibier ? Et les oiseaux migrateurs, ils sont à qui, hein ? Au gardaillon ? Alors les poissons aussi tant qu'on y est, et puis les mouches, et l'air qu'on respire et l'eau qu'on boit ! Allez, fiche-moi le camp avant que je m'énerve !

Totoche tournait déjà les talons quand Paul courut se placer sur son chemin, bien décidé à jouer son va-tout :

— Borel, il a passé l'autre nuit dehors à vous guetter sous les grands chênes et il se demandait où vous étiez.

— Comment tu sais ça, toi ?

— Parce qu'au matin il râlait et Célestine a dit de pas faire attention, qu'il était enragé de rancune. Sauf que moi, je sais où vous étiez cette nuit-là. Et je sais pourquoi le torchon il pendouillait pas à sa place, alors si vous m'emmenez pas…

— Petit salopiau !

Totoche brandit la lame de son couteau de chasse.

— Tu vois ce couteau ? Si je me fais gauler, je me trancherai la gorge. Plutôt crever que me retrouver encore derrière les murs. Tu sais pourquoi le juge envoie les gens comme moi en prison ? Pas pour deux ou trois lapins, c't'affaire, mais parce que je suis miséreux.

— Ben oui, pareil que Jean Valjean !

— Tiens donc ? Jean Valjean…

Le gamin semblait vraiment décidé à le suivre et, dans le fond, cette insistance flattait Totoche. Après tout, il lui devait quelque chose.

— Bon. Je t'emmène mais attention : y aura pas d'autre fois, c'est bien compris ?

Paul, triomphant, acquiesça et suivit le géant en silence. L'homme marchait d'un bon pas, évitant les clairières et contournant le marais sans une hésitation, là où l'enfant ne voyait qu'un fouillis végétal. Ils allèrent ainsi un bon moment, puis Totoche s'arrêta net et désigna le sol.

— Tu vois, là ?

Ils s'accroupirent devant l'empreinte en fourche incrustée dans la terre humide. Totoche effleura l'arrondi des pinces du bout du doigt en parlant doucement, presque rêveusement :

— Un sanglier, mâle, sinon l'arrondi serait moins net. Comme ça. Et là, tu vois ces deux petits doigts qui s'écartent en arrière des pinces ? Ça te donne le poids de l'animal. Dix kilos par centimètre. Regarde.

Avec son pouce et son auriculaire, il mesura l'écartement.

— Douze centimètres… Donc ce mâle de trois ou quatre ans pèse près de cent vingt kilos. Sacré bestiau, nom de d'là !

Paul suivait chacun de ses gestes, osant à peine respirer. L'autre lui fit un clin d'œil en se relevant.

— Maintenant, on va aller relever les collets… les pièges que j'ai posés au bois de Trémaille, mais motus et bouche cousue. Pas un mot à Borel. Promis ?

— Promis.

— Juré ?

— Mais vous avez dit de pas…

— Tsss ! T'occupe pas… Juré ?

— Juré.

Au second collet, ils trouvèrent un lapin inerte dont l'œil noir fixait le ciel. L'homme le dégarotta avec délicatesse, puis caressa le pelage d'un geste furtif. Il le fit disparaître dans sa gibecière, puis montra comment replacer le piège. Les autres collets étaient vides, mais pour chacun Totoche expliqua un détail, la façon dont se déplaçaient les bêtes et comment voir la trace du passage.

À l'orée d'une clairière, au pied d'un chêne, ils découvrirent un andouiller de cerf qui portait des traces de sang séché. Paul s'obligea à regarder, le cœur serré. Il supportait mal l'idée de voir le cadavre d'une bête aussi belle qu'un cerf.

— Il a été tué par des chasseurs ?

— Baste, non ! C'est une mue.

— Comme les serpents ?

— M'est avis qu'on t'a pas appris grand-chose de la nature, toi ! Les cerfs y perdent leurs bois chaque année, à la fin de l'hiver. La repousse se fait pendant l'été, du coup, à l'automne, pendant la période de brame, ils ont des bois bien plus solides pour se défendre contre les autres quand les cerfs se disputent une femelle et pour impressionner, tu comprends ?

— Alors ça leur fait pas mal ?

— Pas plus que toi quand tu perds tes dents de marmoussieau. Celui-ci, tu vois, c'est un dix-cors. Les mâles on les classe par nombre de cors, ou de pointes si tu préfères, c'est une façon de les reconnaître. Et ça, c'est le surandouiller. Tu ne le trouves que chez les adultes d'au moins quatre ou cinq ans, au-dessus de la première pointe qu'on appelle l'andouiller de massacre. C'te bête doit être dans la force de l'âge. C'est une tête couronnée.

— Pourquoi ?

— Ses cors forment une couronne, là, tu vois ?

Soudain, la forêt n'apparaissait plus à l'enfant si sauvage ni si menaçante. Le braconnier lui montrait une autre façon de regarder. On devinait chez Totoche une infinie patience, de l'amour pour la terre et même pour les bêtes qu'il traquait.

Ils repartirent. Malgré le temps perdu, Totoche se sentait gagné par un contentement inaccoutumé.

Peut-être était-ce la présence de l'enfant qui rompait sa solitude, ou bien un peu d'orgueil à transmettre son savoir…

Ils cassaient la croûte, assis sur un tronc abattu quand, à travers la trouée de broussailles, Dédé apparut, précédé de sa brouette pleine de fagots. Totoche, qui venait de trancher un beau morceau de saucisse, dit à mi-voix :

— M'est avis que ce bougre de Dédé a pas été le quérir chez le marchand, son petit bois. Vois-tu, gamin, il y a toutes sortes de filouteries quand tu es pauvre…

La chienne se mit à gronder sourdement et il se figea, sa nonchalance envolée.

— Bouge pas ! Surtout bouge pas d'un poil de millimètre.

Par réflexe, l'enfant suivit son regard et ce qu'il vit le pétrifia. Une vipère coulait vers lui en rapides ondulations, quasiment entre ses jambes, la tête dardée vers sa cuisse. Un cri lui échappa ; déjà le serpent se tordait, cloué au tronc par le coutelas du braconnier. Celui-ci décrocha prestement la dépouille et l'examina d'un coup d'œil expert avant de la fourrer dans son carnier, en compagnie du lapin.

— Cent sous, qu'il en donne, le pharmacien. De quoi me payer un litron.

Satisfait, il lécha la lame visqueuse avant de la rengainer. Paul ravala une grimace de dégoût. S'il faisait sa chochotte, le braconnier se moquerait de lui ou le renverrait. Le bonhomme s'était remis debout, remballant les restes du casse-croûte.

— Je vais te montrer la façon de nouer un collet avec du fil à laiton. On sait jamais, ça pourra toujours te servir et sans quoi tu mourras pas aussi ignorant qu't'es arrivé au pays !

Soudain, des aboiements retentirent. Totoche se releva d'un bond, ramassa ce qu'il pouvait puis détala vers la futaie. Avec un temps de retard, Paul se lança à sa poursuite. La forêt jusque-là tranquille s'emplissait de jappements brefs, d'ordres criés, de craquements de broussaille. Totoche avait disparu. Alors que Paul tentait désespérément de s'orienter, il lui tomba quasiment dessus. Tapi dans un pli de terrain, abrité par un roncier, le braconnier serrait la petite chienne contre lui. Le garçon se recroquevilla à ses côtés, le cœur battant à tout rompre.

Borel débouchait déjà dans la clairière, monté sur un cheval bai. Les chiens qui l'entouraient eurent tôt fait de repérer la souche où le braconnier et l'enfant s'étaient assis et se mirent à divaguer en quête d'une piste, flairant le sol avec frénésie ; un bout de saucisse oublié généra un bref affrontement et le garde gueula un « calme ! », puis il mit pied à terre pour inspecter les lieux. En découvrant les collets que le braconnier n'avait pas eu le temps d'emporter, il se mit à brailler, le poing levé : « Totoche ! Nom de d'là ! Montre-toi, fumier ! »

À cet instant, juché sur sa monture d'un noir d'encre, le comte déboucha à son tour dans la clairière. Il arrivait sans se presser, au petit trot.

— Alors, Borel, vous en faites un raffut ! Moi qui espérais apercevoir quelques cerfs !

— C'est d'la faute à Totoche, monsieur le comte.

— Encore ce Totoche ?

— Voyez par vous-même, j'ai trouvé ses lacets ! Faut que vous portiez plainte, qu'y r'tourne vite fait en prison, m'est avis qu'un forban pareil l'aurait jamais dû en sortir ! C't'homme-là c'est pis que le démon !

— Pour porter plainte il faut autre chose que des suppositions, or vous n'avez pas l'ombre d'une preuve. Qui dit que ces collets appartiennent à votre braconnier ? Vous voyez un nom gravé sur le fil du lacet ?

Furieux, le garde-chasse baissa la tête. Il finissait par éprouver un secret mépris pour le comte. Antoine de La Chesnaye était tout-puissant sur ses terres et cependant il se laissait gruger, par apathie ou par faiblesse, et l'autre fumier en profitait. Borel serra les poings. Après sa nuit de veille, le manque de sommeil le rendait plus irascible que de coutume. Il chercha l'argument imparable, mais c'était inutile puisque l'autre s'entêtait à croire que ces larcins n'étaient qu'une broutille.

— Voyons Borel, les lapins ne manquent pas sur le domaine ! Il faut bien que quelqu'un s'en occupe, non ? Alors pourquoi pas un miséreux…

— Si vous voulez limiter les rongeurs, y a pas, faut poser du grillage et faire une clôture.

— Ça, jamais ! Moi vivant, on ne verra ni grillage ni mur ! Une forêt ça ne s'encage pas comme un repris de justice ! Une dernière chose, Borel : cessez de crier dans mes bois comme un putois. Vous faites fuir le gibier… Rentrez plutôt les chiens, ils ont assez couru pour aujourd'hui. Si la chasse avait été ouverte, vous auriez été la risée de mes hôtes, aussi, la prochaine fois, veillez à conserver votre sang-froid.

Le vieil homme fit tourner son cheval et s'éloigna, planta là son garde mortifié. Planqué derrière la butte de terre, Totoche eut un sourire goguenard. Il fit signe à Paul de patienter encore, le temps que Borel rafle les collets et reparte avec la meute.

— C'est bon, il ne reviendra pas tout de suite.

— Il va nous chercher ! s'affola Paul. Et s'il lance les chiens sur nous, on ne pourra jamais les distancer, peut-être même qu'ils nous boufferont, non ?

— Impossible.

— Pourquoi ?

— Ces bêtes sont créancées sur le cerf, rien que sur le cerf.

— Cranciers ?

— Cré-an-cées. Ça veut dire que les clébards n'ont plus que ça dans le ciboulot et dans la truffe, le cerf, rien d'autre, sûrement pas un vieux braconnier, ni un drôle dans ton genre ! Crois-moi, ça fait longtemps qu'ils nous ont éventés, mais s'en foutent comme de l'an quarante. Tant qu'on embaume pas le cerf…

Un peu rassuré, Paul se releva et ajouta malicieusement :

— Alors, Borel, il est créancé sur vous ?

— On peut le dire comme ça… Ma foi, t'es pas si bête derrière tes airs de pas y toucher ! En attendant, y va encore se faire avoir, le gardaillon.

— Il va pas vous dénoncer aux gendarmes ?

— Oh que oui et j'y compte bien… Bon, toi, tu vas passer par le sous-bois et prends garde à ne pas laisser de traces. Évite les flaques et le sable.

— Et vous ?

— C'est mon affaire.

Tandis que le gamin se faufilait dans le taillis en marchant sur les plaques de mousse, les fougères ou les aiguilles de pin, le braconnier emprunta un sentier bordé de pierres moussues. Il surveillait attentivement la progression de Paul. Après une dizaine de minutes, ils parvinrent devant une piste limoneuse qui menait à un étang. Le passage des bêtes et des hommes l'avait élargi au fil des années et le sol y était meuble, un vrai piège à empreintes.

— Prends Garçon dans tes bras.

Paul attrapa la petite chienne. Totoche ôta ses chaussures, fit tourner ses semelles et les remit en un tour de main, le talon en avant, la pointe vers l'arrière, à l'envers. Devant la mine ahurie du môme, il éclata de rire.

— Fais pas c'te figure de badaud ! C'est mon attrape-couillon ! Suis-moi au large et veille à rester invisible !

Il avança sur la zone ensablée, semant une série d'empreintes qui allaient en sens inverse de sa progression, puis, d'un bond, rejoignit le tapis d'aiguilles.

— Ton Borel, il va se précipiter au Raboliot où il a une bonne chance de dégoter les gendarmes en train de siffler une rincette ! Il leur racontera qu'il a trouvé mes pièges, qu'en suivant mes traces ils seront rendus chez moi et qu'ainsi on pourra me mener chez le juge qui me condamnera à la peine capitale !

— Vous serez décapité ?

— Mais non, nigaud, c'est une façon d'causer ! En attendant, Borel croit qu'il peut m'avoir et il va se casser le nez.

Une demi-heure plus tard, ils débouchèrent du bosquet sur les rives de la Loire et Paul reconnut le pont où il avait sauvé la chienne. Inconscient de sa force, le braconnier lui broya l'épaule. C'était le premier geste d'affection qu'il se permettait et l'enfant, heureux comme un roi, se garda bien de gémir.

— Nos chemins se séparent ici. Célestine doit se demander où tu es allé te fourrer. En tout cas, je regrette point de t'avoir embarqué. Tu diras rien pour le torchon, pas vrai ?

— Rien de rien ! Totoche ? Le torchon, à la fenêtre du haut, c'est un signal ?

— Ma foi, en voilà une question de petit curieux... Et toi, t'en penses quoi ?

— Si c'est un signal, pourquoi vous montez le décrocher ?

— Ça, c'est pas tes oignons.

— Je pourrai revenir ?

— Si tu poses moins de questions... Mais oublie pas l'école ! Je veux bien avoir le Borel sur le dos, mais sûrement pas sa femme !

Le braconnier éclata d'un rire tonitruant et s'éloigna. Paul se décida à bouger. En se dépêchant, il arriverait à l'heure pour le repas. Malgré les courbatures qui commençaient à le tirailler, son cœur était gonflé de joie. Il avait un ami à présent, il n'aurait plus à craindre l'ennui ni même l'accueil des gosses, à la rentrée, il s'en moquait bien, d'ailleurs, puisqu'il avait un secret à protéger !

6

Paul s'adaptait à sa nouvelle existence. Avec Borel, les choses ne s'étaient guère arrangées : le garde-chasse le tolérait tout juste. L'affection de Célestine compensait sa froideur et surtout, grâce à Totoche, l'enfant apprit davantage au cours de ce long été que dans n'importe quel livre ou manuel scolaire.

Chaque jour, après avoir donné un coup de main au potager, il partait à la recherche du braco. Non seulement le géant s'habituait à l'avoir sur les talons, mais il commençait à lui porter une affection bourrue. Les rares fois où il restait introuvable, sans doute parti se saouler au Raboliot ou conclure une affaire louche, Paul tournait en rond comme une âme en peine. En se croisant dans les rues du village, ils faisaient mine de s'ignorer. Les gens du pays de Gâtine avaient beau reconnaître ses qualités de traqueur et même les admirer, Totoche restait un type peu fréquentable et mieux valait ne pas être vu trop souvent en sa compagnie.

Pour éviter d'abîmer ses habits et éveiller ainsi les soupçons de la nourrice, Paul avait hérité d'une « tenue de campagne » dont le braco n'avait plus l'usage. En sa compagnie, il portait désormais une vieille casquette qui le protégeait du soleil de plein midi, une veste cirée quand le temps virait à l'orage, un couteau de poche et des bottes de rechange pour patauger. Il avait pris l'habitude de cacher son accoutrement dans un coin de remise, le soir, afin de le récupérer sec le lendemain. Il avait l'impression d'être un aventurier, presque un homme, un Solognot !

Au plus fort de l'été, Totoche aimait bien pêcher « au coup », alors, quand il n'avait pas d'ouvrage sur le bateau, ils avaient pris l'habitude de marcher jusqu'à l'étang de Beaumont que Paul surnommait « le marais de la Malnoue » depuis l'histoire de Célestine. Avec les grosses chaleurs, le poisson se faisant paresseux, il fallait chercher ceux du fond, la carpe, la brème ou une belle tanche aux reflets irisés. C'était son repos du dimanche, plaisantait le braco. Point besoin de se fatiguer comme en rivière, il suffisait de choisir son coin et d'attirer la prise avec une belle amorce. Pendant qu'il somnolait près de sa ligne flottante en secouant de temps à autre la canne d'un mouvement paresseux, Paul, muni d'un seau et d'un tamis, était chargé de ramasser des vers de vase. Curieusement, il adorait ça, la boue visqueuse à l'odeur forte, l'effort, même le petit dégoût qui le prenait en triant les vers. Une fois sa récolte faite, il s'asseyait auprès du pêcheur et l'écoutait parler des arbres, des oiseaux…

Au fil des jours, l'enfant apprit à observer les passereaux, fauvettes, linottes ou pouillots cachés dans la bruyère, à repérer les nids du vanneau, à distinguer le chant mélodieux des pluviers, le cri aigu de la crécerelle ou le croassement du héron. Son préféré, cependant, restait le martin-pêcheur, si vif qu'on ne l'apercevait que par un coup de chance, une sorte de flèche, un éclair bleu qui zébrait l'espace, au-dessus de l'eau.

En fin d'après-midi, ils rentraient sans se presser et Totoche désignait les herbes sauvages bonnes pour l'assaisonnement, pour faire tomber la fièvre, soulager une inflammation et même cicatriser une blessure. Parfois ils relevaient un collet solitaire, pas souvent, car le braconnier œuvrait surtout la nuit ou au petit matin. Ses pièges de journée, il les posait autant pour emmerder Borel que pour initier le petit… Au gré de ces balades, il lui révéla qu'en prenant par la futaie de chênes, puis en suivant un fossé dans un taillis de bouleau, on tombait sur un sacré coin à girolles. Devant l'enthousiasme du gamin, il refusa pourtant tout net qu'il récolte quoi que ce soit de crainte d'alerter ce bougre de garde-rien-du-tout, comme il appelait parfois le mari de Célestine ! Les coins à champignons ne se divulguaient jamais. Certains se transmettaient même de génération en génération, et

Borel avait beau être une andouille, il finirait par se douter de quelque chose. Paul fit mine d'en prendre son parti, bien décidé à revenir seul maintenant qu'il savait le chemin. De toute façon, aux yeux de Borel, il n'avait pas plus d'importance qu'un moucheron. Il suffirait de ne rien raconter…

Un après-midi d'août, alors que le soleil cuisait, ils tombèrent sur Dédé assoupi contre sa brouette. D'humeur facétieuse, Totoche la subtilisa puis s'en fut la suspendre à l'aplomb d'une branche de chêne et le cabrouet resta là, à tournoyer comme un lampion au bout de sa ficelle… À son réveil – un peu aidé par un jet de cailloux –, découvrant la disparition de son engin, le pauvre bougre se mit à pousser des cris de cochon qu'on égorge. Puis, alerté par un grincement de roue, Dédé finit par lever la tête et demeura bouche bée devant le spectacle. Il était tellement ahuri qu'il n'entendit même pas les rires des deux gamins, le jeune et le vieux, tandis que ceux-ci détalaient à toutes jambes.

— Tu entends quoi ?

Ce matin-là, ils se tenaient accroupis dans les hautes herbes quand Totoche se mit à chuchoter. Paul répondit sur le même ton :

— Des oiseaux.

— Et pourquoi pas de la volaille, nom d'une pipe en bois ! Des oiseaux, ça veut rien dire. Faut le nommer. Cet oiseau, comme tu dis, c'est une fauvette. Et maintenant ?

— J'entends plus rien.

— Tu sais pourquoi ?

— Elle dort ?

— Fi donc ! La fauvette, on la surnomme la sentinelle de la forêt. C'est elle qui donne l'alerte quand y a danger. Si elle se tait, c'est que l'ennemi est déjà en train. Ouvre l'œil et le bon…

Totoche désigna un point éloigné de la prairie et l'enfant crut discerner un mouvement infime. Ça se rapprochait. Soudain l'éclat roux d'une houppe, fugace, apparut avant de s'enfoncer dans les broussailles. Un goupil ! Les yeux écarquillés, Paul suivit le frémissement des herbes folles. À une cinquantaine de pas, le renard réapparut non loin d'un fourré et resta pétrifié durant deux ou trois secondes. Puis il se ramassa sur lui-même avant de se détendre comme un ressort. De la broussaille s'éleva un remuement furieux et quelques plumes volèrent. Totoche se mit debout avec un rire et relâcha Garçon qui se tenait raidie depuis le début de l'affût. La chienne fila comme une flèche.

— Il a chopé une poule faisane, sacré goupil !

Voyant l'enfant blêmir, il essaya de blaguer.

— C'est la vie ! Tu vas pas te pâmer pour si peu.

Blessé, Paul protesta :

— La vie, c'est pas la mort !

L'indifférence du braconnier le touchait davantage que celle des autres, peut-être parce qu'il savait son attachement à la nature. Comment pouvait-on tuer et rester aussi tranquille ? Lui aurait voulu chasser pour le seul plaisir de laisser courir le gibier, traquer les bêtes non pour les manger mais pour les admirer, saisir le moment de l'envol ou de la course, quand la puissance de l'animal vous coupe le souffle. Mais Totoche s'échauffait à son tour.

— Pour que ce renard vive le faisan doit mourir et pour vivre le faisan avale des insectes qui se nourrissent de d'herbes et de graines. C'est ça, la nature, tout meurt et tout renaît.

— C'est pas vrai. Les gens morts, ils reviennent pas, jamais !

Paul avait crié. Surpris, Totoche voulut s'expliquer, mais la chienne se mit à japper.

— Viens, elle l'a trouvée.

Garçon piétinait en gémissant d'excitation devant la dépouille que le renard venait d'abandonner. C'était une belle poule faisane, au plumage moucheté d'or.

— On a qu'à l'enterrer ? Et puis on dira une prière…

— T'serais pas un peu brind'zingue, toi ? Et le souper ?

— Mais vous avez déjà du poisson !

— Et pas de gnôle pour boire un coup avec ! Je sais à qui la vendre… Tu crois que les bêtes se soucient d'une tombe… et qu'elle s'ra moins morte ? Au moins, si je la vends, elle va régaler quelqu'un et me rapporter quelques sous.

Il fourra l'oiseau dans son carnier, puis se remit en marche.

— Allez, on s'en retourne. Je te laisserai à la fourche du bois en allant au village, tu rentreras de bonne heure pour une fois…

L'enfant suivit le braconnier en silence. Totoche savait mieux que lui les lois de la nature, bien sûr, et il ne tuait jamais pour le plaisir, Paul le sentait, mais il détestait le sentir fâché : il pourrait décider que c'en était assez de leurs promenades… La tristesse montait en lui, gâchant la belle journée.

Soudain, des coups de feu claquèrent sur leur droite, trois détonations très rapprochées.

— C'est quoi ? demanda Paul.

— Un chasseur… Enfin, si on peut appeler ça de la sorte. Le maître du domaine voisin, un banquier : il lâche la volaille dans un enclos pour lui tirer dessus. Ces façons-là, oui, tu peux dire que c'est un fameux carnage, une honte ! La période de chasse a même pas commencé !

— Alors il a pas le droit ?

— Oh que non ! Seulement ces messieurs de la ville, ça se croit tout permis parce que ça possède…

— Faut pas laisser faire !

— On n'y peut rien, nous, on est trop p'tits... J'y cours et après ? J'y explique les manières de se tenir ? « Eh, môssieur le Banquier, tu t'y prends comme une pioche, va t'en donc tirer à la foire des bestiaux empaillés ! » Tu crois qu'y se passera quoi ? Y va me décorer ?

Totoche s'interrompit brutalement, mais Paul n'y prit pas garde. Il s'était remis en marche sans voir la bête qui émergeait du taillis. Tout à coup, il l'aperçut à moins d'une dizaine de mètres, un sanglier énorme, soufflant et grognant. Au même moment il se sentit happé par le col et le souffle du braconnier lui chatouilla l'oreille.

— Du calme : elle a fichtrement plus peur que nous. Elle protège ses marcassins, c'est tout.

Malgré sa terreur, il ne bougea pas, ne cria pas. Totoche l'avait déjà averti que les mères sont pires que le mâle quand il s'agit de défendre les petits. Ils reculèrent lentement. Garçon lança un jappement bref. La chienne se tenait au milieu des bruyères, presque en lisière du bosquet. Totoche grommela.

— Là ! Tu vois, elle marque l'arrêt, elle a trouvé quelque chose.

Ils la rejoignirent, suivis à distance par la laie. Un marcassin gisait dans la coulée, la patte prise dans un piège. À leur approche, il commença à se débattre en couinant lamentablement.

— Voilà pourquoi la mère est enragée. J'voudrais bien le choper, le sagouin qu'a fait ça !

— C'est encore le banquier ?

— Oh pour sûr que non, ce genre de bourgeois ça préfère tuer au fusil… Non, là c'serait plutôt un fumier de braco !

— Pareil que vous ?

— Penses-tu ! Il te pose son collet n'importe comment, un viandard qui prend ses aises sans se soucier des bêtes, même les femelles gravides, s'en fiche du moment qu'il cravate. Un foutu braco, j'te dis. C'est pas des façons, le gibier faut en prendre grand soin sans quoi t'es moins que rien !

Paul insista :

— Vous allez le tuer ?

— Non, l'a pas six s'maines, l'est trop jeune mais faut le soigner, sa cuisse saigne.

Il attrapa le marcassin et lui parla d'une voix douce. La laie s'était approchée et grognait sourdement. Totoche, qui la surveillait du coin de l'œil, parvint à desserrer le fil de fer et libéra la patte blessée. D'une main, il retint l'animal, de l'autre fouilla sa gibecière pour en tirer une pleine poignée de baies noires récoltées le matin même. Après les avoir écrasées entre les doigts, il barbouilla de jus gras les chairs à vif malgré les soubresauts désespérés du porcelet.

— Là, mon pépère, là, laisse-toi soigner si tu veux cavaler.

Il lâcha le marcassin qui décampa vers sa mère en couinant. Après s'être frottés l'un contre l'autre, ils foncèrent droit dans le taillis.

— Vois-tu, gamin, dit Totoche, y a des façons de chasser comme y a des façons de vivre. Moi j'peux bien troquer un peu d'gibier pour manger, boire un coup et mener mes affaires mais le gibier, ça se respecte. Poser ta ligne de collets, pêcher ou tirer un faisan, ça demande un peu de jugeote.

Paul entendit le raisonnement, et sa colère s'en trouva balayée. Le braconnier aimait les bêtes… à sa façon.

Malgré l'absence de son père, Paul était heureux. Chaque matin, il s'éjectait hors du lit, impatient d'apprendre les oiseaux, les plantes, d'entamer une partie de pêche ; même s'il détestait découvrir la dépouille d'un lièvre ou d'un raboliot garrotté, il savait disposer un collet. Il se disait qu'il saurait maintenant survivre dans une forêt du Grand Nord, comme un héros de Jack London ! Totoche valait à lui seul toute une bande de copains. Avec lui, il apprenait à déchiffrer les arbres, les sentiers des sous-bois, les marais cernés de roseaux, la Loire et ses humeurs changeantes…

Quand le braconnier était occupé, l'enfant s'enhardissait à traîner du côté du manoir. L'interdiction de Célestine ne le décourageait plus. Au pire, que risquait-il ? De se faire rabrouer ? Battre ?

À plusieurs reprises, il surprit le comte en vêtement sombre, marchant en direction du petit bois. Un soir, il le suivit de loin jusqu'à une chapelle dissimulée en bordure du taillis, au fond du parc. Une fois à l'intérieur, le vieil homme alluma des bougies puis demeura agenouillé un long moment, le front entre les mains, si bien que Paul, lassé, finit par s'en aller. En retournant vers le logement du garde-chasse, il se demandait quelles prières exigeaient tant de ferveur. Dans sa banlieue, et même ici, c'étaient surtout les femmes, les curés et les enfants de chœur qui fréquentaient les bancs d'églises. Peut-être le comte priait-il parce qu'il était vieux, ou alors parce qu'il était noble… Décidément, cet homme-là était bien étrange.

Célestine se rassurait. Au village, on s'était habitué à la présence du petit. Borel lui aussi semblait moins ombrageux. Par souci de vraisemblance, elle décida d'assouplir les interdictions et, un jour que les maîtres étaient absents, elle mena Paul au manoir, dans les communs, pour le présenter aux autres domestiques.

Madeleine lui claqua deux bises sonores sur la joue, lui proposa de la tarte, un lait chaud, une tranche de pain, puis « de lui donner un coup de main, pour lui passer l'ennui, à l'occasion ». Elle parlait beaucoup, paraissait gentille mais envahissante, sans la grâce de Célestine et sa réserve reposante. Armand, le majordome, était, lui, distant, sec et long comme un jour sans pain, aussi distingué qu'un chandelier. Après vingt années au service du comte, l'homme avait pris un peu de ses manières, mais il était brave et pas rapporteur pour deux sous.

Le teint rosi de plaisir, Célestine observait la scène, soulagée de ne plus avoir à cacher son petit Paul, comme elle l'appelait en secret.

À la fin août, Paul se rappela le coin à girolles et décida d'aller en remplir un plein panier. Il imaginait déjà la surprise ravie de la nourrice. Ce serait autre chose que de rapporter des œufs ou une botte de choux-raves !

Totoche avait dû en récolter, et pas qu'une fois, car les champignons étaient plus rares, dispersés sous les feuillus du sous-bois. Paul revint juste à temps pour la préparation du souper. La nourrice s'apprêtait à éplucher des pommes de terre. L'enfant arriva en courant, posa triomphalement sur la table sa récolte et un bouquet d'herbes sauvages aromatiques.

— J'ai trouvé ça dans le bois !

— Doux Jésus ! Tu me prends pour une nigaude ?

— Oh non ! Pas toi !

— Tant mieux ! Et ne va pas raconter ces menteries à Borel, il te croirait pas.

— Pourquoi ? Je connais la forêt, je sais repérer les pièges et…

— Dame ! C'est bien ce que je dis ! Tu connais la forêt, et de quelle manière, petit malin ?

— Parce que je me promène, alors à force… Et puis je lis des romans d'aventures !

— Ma foi, on ne trouve pas les coins à champignons tout seul, jamais tu ne feras accroire cette fable ici, et à Borel encore moins… Il est peut-être borné comme une bûche mais point naïf, il voudra savoir qui t'a enseigné. Et moi ? Croyais-tu que je te laissais cavaler comme ça en forêt, tout esseulé ? Mon petit doigt m'a déjà renseignée sur tes fréquentations…

Comme Paul s'apprêtait à protester, elle fronça les sourcils.

— Ferme ta bouche avant de mentir ! Si mon mari l'apprend, pour sûr il t'empêchera d'y retourner. Et ça te ferait de la peine, tu l'aimes bien Totoche, non ?

— Toi aussi, tu l'aimes bien…

— Je suis pas la seule au village !

— Sauf que toi, tu l'aimes un peu mieux que les autres, non ?

— Qu'est-ce que tu vas chercher ! Et puis tu m'embêtes avec tes questions ! Tiens, donne-moi ton panier, je dirai que ça vient de chez la mère Trochard. Tu me nettoies les pieds et je prépare l'ail et un peu de lard.

Elle le pria d'aller chercher un plat en porcelaine pour faire honneur à la plus fameuse omelette de la saison. Posée sur le buffet du salon, il avisa alors une photo qu'il n'avait jamais remarquée, cachée par une pendule ventrue. Un soldat à grosses moustaches posait devant un décor peint. Un ruban en crêpe noir barrait le cadre. Paul en connaissait la signification, car il y en avait chez les parents de ses copains et même chez le concierge de leur école. Les histoires de la Grande Guerre hantaient les conversations des hommes depuis qu'il était en âge de comprendre, les tranchées de Verdun, les combats dans la Somme, au chemin des Dames, au fort de Vaux ou à Douaumont… Une fois, il avait entendu le concierge, M. Beunard, raconter au surveillant que leur génération avait connu l'enfer. En se tournant vers Célestine pour l'interroger, il remarqua ses yeux brillants de larmes.

— C'est Pierrot, mon frère. Le benjamin de la famille. Mort au champ d'honneur. On n'a même pas une tombe à fleurir…

Pour la distraire de son chagrin, il demanda gauchement.

— Quand on meurt, on va où ?

— Au ciel !

— Alors pourquoi on met les morts sous la terre ? Ça sert à rien !

— Pardi, oui ! Même si leur âme va au ciel, la tombe c'est la maison des morts. Et pour les vivants, la famille, les enfants, c'est une consolation, ils ont un endroit où aller se souvenir. Moi, ça me tranquilliserait de lire le nom de mon frère sur une pierre, d'ailleurs on parle d'un monument aux morts, près de la fontaine. Toutes les communes en auront, bientôt…

— Ma mère, j'y suis jamais allé sur sa tombe, je sais même pas où elle est.

— Tu n'en parles pas avec ton papa ?

— Il ne veut jamais répondre, il dit que ça sert à rien de parler du passé. Je ne sais presque rien d'elle !

— Peut-être que ça lui cause trop de tourment…

— Et moi, j'en ai pas de la peine ? Les adultes disent que les enfants peuvent pas comprendre, mais c'est eux qui veulent pas expliquer !

Célestine lui caressa la joue avec un soupir. Paul recula d'un pas. Une vague de colère montait en lui. C'était toujours pareil ! Pourquoi faisait-on tant de mystères dès qu'il s'agissait de choses graves ?

— Je vais chercher les œufs, dit-il.

Dès qu'il fut sorti, la nourrice secoua la tête. Jean Caradec avait beau souffrir, il avait dû perdre son bon sens en croyant que son fils ne lui demanderait pas de comptes, un jour ! Elle bougonna en retournant à ses fourneaux.

— C'est tout de même pas à moi de répondre à toutes ses questions, nom de d'là !

Borel rentra crotté de la tête aux pieds et se fit rouspéter plus vivement que de coutume. Le garde-chasse n'attendait qu'un prétexte pour exploser. Il vociféra qu'il était chez lui, que les manières du maître finissaient par gâter l'esprit de sa femme, et que de toute façon elle ne le soutenait jamais. Finalement, il expliqua que Totoche l'avait blousé le jour même, mais qu'il finirait par l'avoir et qu'alors on serait bien tranquille ! Cette obsession finissait par inquiéter Célestine. Il faudrait prévenir le braco de redoubler de prudence…

— Et toi, reste pas là à te tourner les pouces, lança durement Borel à Paul. Va donc chercher du bois. Rends-toi utile, pour une fois !

L'enfant s'empressa d'obéir et disparut dans l'obscurité. Cela n'apaisa pas le garde-chasse. Il aboya en direction de sa femme, pas mécontent de la voir sursauter :

— Quelle idée de le prendre en pension, ton Parigot ! Il t'aide en rien, pis l'est aussi costaud qu'un gardon !

— Pourquoi tu l'envoies au bois, dans ce cas ?

— Pour lui faire le cuir. Ça m'agace de le voir lambiner à rien faire ! Ils le reprennent quand, ses parents ?

— Je t'ai dit, en automne…

— À la Saint-Glinglin, je te parie ! T'as prévenu ton cousin que tu fais plus la nourrice ? D'abord, on n'a pas besoin de leurs sous, on n'est pas des miséreux !

Avec le temps, Borel devenait plus coriace que du chiendent et aussi acariâtre qu'une vieille bique. L'aurait-elle trompé, autrement ? Curieusement, Célestine ne sentait pas le péché dans l'espèce d'équilibre qu'elle avait trouvé en se partageant entre les deux hommes. La vie était bien assez rude pour bouder son plaisir…

Ils avalèrent l'omelette la plus fameuse de la saison sans échanger une parole, pas même une question sur la provenance de cette belle récolte. Le garde n'était pas loin de regretter son éclat, mais jamais il ne l'aurait avoué, si bien qu'ils restèrent fâchés.

En allant coucher l'enfant, Célestine lui fit promettre de se tenir tranquille et de ne pas aller en forêt au moins les deux jours à venir, par précaution.

7

Depuis qu'il connaissait le personnel, Paul se risquait plus volontiers du côté du château, en entrant par les dépendances. Bien entendu, l'entrée principale du manoir lui restait interdite mais qui le saurait, s'il faisait attention ? Le lendemain, sachant Totoche occupé à sa tournée, il décida une nouvelle exploration. Par miracle, la grande porte du perron était entrouverte ; il décida d'y voir un signe et se glissa dans le vestibule. La demeure était silencieuse. Le corridor dallé ouvrait sur un vaste escalier de pierre. Des dizaines de bois de cerfs ornaient les boiseries. On aurait dit de grands arbres secs qui auraient poussé à travers les murs et Paul ne put s'empêcher de frissonner en songeant que c'était tout ce qui restait des magnifiques bêtes.

Il approcha de la porte donnant sur le salon et ne vit pas le comte surgir en haut de l'escalier. Le vieil homme, lui, l'avait aperçu et dévala les marches. Il portait une tenue d'équitation et pointa sa cravache vers l'intrus, sourcils froncés.

— Que fabriques-tu ici, toi ? Et qui es-tu donc, morbleu ?

Comme l'enfant le fixait, tétanisé, il insista :

— Allons, parle ! Tu dois bien avoir une langue, non ?

Machinalement, il cingla l'air de sa badine. Le gamin se protégea de ses mains et détala sans mot dire. Antoine de La Chesnaye se sentit stupide. Il l'avait effrayé, par impatience, et parce qu'il avait perdu l'habitude des enfants. D'où sortait celui-ci ? Il voulut en avoir le cœur net et se hâta vers les cuisines. Madeleine et Célestine feuilletaient un livre de recettes. Devant elles, deux bols de tisane fumaient, odorants. À son entrée, elles sursautèrent, comme prises en faute. Décidément, ce matin, il faisait peur à tout le monde ! Sa voix claqua plus sèchement qu'il ne l'aurait voulu.

— Qui est ce jeune garçon que j'ai surpris à traîner ?

Célestine rougit violemment.

— Eh bien, ce doit être le petit Parisien que j'ai pour les vacances. Il ne vous dérangera plus.

— Ce n'est pas ce que je vous ai demandé. Et il a un nom, ce muet ?

— Paul… Paul Lacassagne. C'est le fils du neveu de ma cousine…

Elle se tortillait, mal à l'aise, si bien que Madeleine tenta une diversion.

— Monsieur, je suis en train de vous préparer un bon civet, et avec Célestine on se demandait comment l'accommoder.

Conscient qu'on essayait de l'amadouer, Antoine se laissa emporter par sa mauvaise humeur.

— « Bon » ? Ça reste à voir… La dernière fois, vous avez oublié la sauge ! En attendant, Célestine, vous auriez pu me prévenir : je ne suis pas un ogre, je ne vais pas le manger, votre petit-neveu.

— Certes non, monsieur !

— Vous n'aurez qu'à le lui dire, alors. Ce gamin aurait rencontré le diable qu'il n'aurait pas détalé plus vite !

Estimant que la semonce était suffisante, il tourna les talons pour rejoindre les écuries. Il cherchait à comprendre ce qui l'avait troublé dans cette rencontre. Quelque chose lui échappait, une impression vague qu'il ne parvenait pas à cerner…

À la cuisine, Célestine avait du mal à se remettre de sa frayeur. La brave nourrice avait beau se raisonner, cette rencontre était de mauvais augure. Depuis quelques semaines, l'enfant changeait, et elle avait sa petite idée sur la cause de cette nouvelle assurance. Totoche lui transmettait son savoir et lui servait de compagnon, alors forcément il prenait de l'aplomb…

Le soir, quand Paul finit par débouler, nippé n'importe comment, Borel le dévisagea d'un œil soupçonneux et gronda :

— Tu sors d'où, à c'te heure ?

Célestine voulut répondre, mais Paul répliqua avant qu'elle ait eu le temps d'intervenir :

— Je suis allé vadrouiller, nom d'une pipe en bois !

Estomaqué, Borel eut un hoquet de stupeur.

— Toi, gredin, je vais t'enseigner la politesse et pas plus tard que tout de suite !

Il voulut attraper l'enfant mais sa femme s'interposa, les poings sur les hanches. Il hésita un court instant avant de reculer. Célestine se mettait rarement en colère ; mieux valait battre en retraite.

— Arrêtez cette chicane, tous les deux ! cria-t-elle. Borel, tu es trop vieux pour te monter le bourrichon et quant à toi, garnement, tu peux aller et venir à ta guise tant que tu restes loin du manoir. Je t'ai déjà prévenu que tu ne dois pas embêter le comte. Après, c'est encore moi qui me fais disputer par ta faute !

Elle les défiait du regard. Paul adopta une mine contrite. Le vieux comte avait dû cafter… Il fut presque reconnaissant à Borel d'aller se servir un coup de vin tout en marmonnant à propos du monde qui tournait à l'envers.

Célestine triomphait. Estimant que le danger d'une confrontation était passé, elle alla vers la commode, ouvrit le tiroir et en retira une enveloppe :

— Tu l'as pas méritée, mais bon… j'ai une surprise pour toi, Paul.

La lettre portait en travers l'inscription : *Département français d'Algérie*, et le visage de Paul s'illumina. Célestine en eut un coup au cœur. Dans cette joie, elle revoyait Mathilde.

Tandis que l'enfant grimpait en vitesse dans sa chambre, elle alluma le poêle, y déposa une marmite de rata au lard préparée du matin. Elle se sentait soudain épuisée d'avoir forcé sa colère, un peu honteuse aussi.

— Ça vient d'où, le courrier ?

Célestine nota le ton inquisiteur de Borel. Elle décida d'en dire le moins possible pour ne pas l'agacer.

— D'Algérie.

— Qu'est-ce qu'il fabrique là-bas, Lacassagne ?

— Eh bien… il y est pour son travail.

— Un poinçonneur du métro parisien ?

— D'abord il est pas poinçonneur, tu confonds avec le fils de la cousine de mon neveu, lui, c'est le fils du neveu de ma cousine et il a été réquisitionné par l'armée pour construire une ligne de chemin de fer… Tiens, ressers-toi donc un verre, je m'en vais au cabanon.

Le temps que Borel essaie de mettre un peu d'ordre dans cette généalogie, elle avait tourné les talons.

Dans sa chambre, Paul lisait à mi-voix la lettre de Jean et croyait l'entendre décrire les nuits froides et les jours accablants de chaleur, le soleil qui donnait à la terre des ardeurs si puissantes qu'il faisait naître des mirages flottants. Son père finissait sur une phrase étrange qui lui rappela que lui aussi avait vécu ici, autrefois.

J'espère que tu es heureux en Sologne, et que tu sauras aimer ce pays et ses secrets. Tu me manques, mon fils. Je t'aime.

Ton papa.

— Aujourd'hui, je vais t'apprendre à pêcher à la mouche ! Et pour commencer, on va la fabriquer !

Totoche avait coincé un hameçon dans un étau vissé sur la table de la cuisine au milieu du fouillis des plumes de canard, d'oie, de bécasse, de poils de lapin et de chevreuil, des brins de laine multicolores, des petits plombs, des fils de crin et d'autres en soie et des flotteurs taillés dans des morceaux de liège. Paul observait chacun de ses gestes, subjugué. Les doigts épais voletaient avec délicatesse, habillant la courbure de l'hameçon d'une barbe de faisan sur laquelle il enroula un fil jaune, puis un duvet pâle qu'il vissa de façon à l'ébouriffer par-dessus : le futur abdomen. Le souffle coupé, l'enfant bredouilla :

— Et le poisson va manger ça ?

— Exactement. T'as tout compris. Y va gober cette belle mouche de mai et crac !

— Qui vous a appris tout ça ?

— Personne, tiens ! Ça m'est venu à force d'observer et pis j'ai vadrouillé. On était dix à la maison alors un jour le père m'a dit : « Ça fait trop de bouches à nourrir, j't'ai placé garçon vacher. » J'étais guère plus haut que toi quand j'suis parti à pied, une journée entière qu'il m'a fallu pour rejoindre la ferme du patron. Le gars c'était pas un comique, mais avisé et pas mauvais dans le fond. Y faisait de l'élevage, de la vache à viande. Moi, je m'occupais du troupeau. Le jour au pré, le soir à l'étable, je dormais dans la paille et personne pour m'emmerder.

— Vos parents étaient tristes de plus vous voir ?

— Penses-tu ! Je suis rentré chez nous qu'au bout de huit mois. Le père, la mère, y s'en foutaient. À peine si y m'ont passé le bonjour. Alors moi, j'ai dit : « Salut la compagnie ! » Et chui r'parti à l'aventure. Pis tu vois, j'y suis toujours…

Il se leva, attrapa son panier en osier, un chapeau cabossé et fit signe à Paul de le suivre.

— C'est le grand jour, petit !

Ils s'installèrent sous un tremble penché sur le fleuve. À quelques mètres, au bout du talus, la Loire formait une anse profonde, un poste idéal pour lancer sa ligne. Paul aperçut le dos luisant d'un poisson de belle taille. Le courant amena un insecte qu'il cueillit délicatement à la surface. Le braconnier expliqua à mi-voix, en achevant de s'installer :

— C'est le seigneur de la Loire, un saumon. Tu vois ? Il marsouine tranquille en attendant les mouches.

Dans la transparence du fleuve, le poisson semblait fait d'argent. Paul sentit son cœur s'emballer.

— On va le pêcher ?

— On va essayer…

Avec la pointe d'un bâton, il ramena un insecte qui dérivait à la surface du courant et le tint posé sur le bout de l'index.

— J'en étais sûr… Une éphémère. La mouche de mai.

— Elle est pareille que celle que vous avez fabriquée !

Totoche prépara sa canne. La tige en bambou mesurait bien quatre mètres ; au bout, retenue par un fil si fin qu'il était presque invisible, la mouche se balançait. Ils descendirent le talus jusque dans l'eau du fleuve. Le géant précisa à mi-voix :

— On va patienter qu'il remonte pour lui proposer la mouche. C'est comme avec les filles. On attend le bon moment pour charmer la demoiselle.

Il balança la canne d'avant en arrière. Le leurre plana un instant avant de se poser délicatement sur l'eau, en amont du poste où le saumon se trouvait, puis dériva droit vers lui.

— Faut surtout pas qu'elle drague…

Paul ne releva pas le terme, trop captivé pour questionner. D'ailleurs, même sans comprendre, il en devinait le sens. La mouche allait bientôt passer au-dessus du saumon. Il cessa de respirer. Alors la tête argentée du grand poisson creva la surface du fleuve et engloutit la fausse mouche. Aussitôt, Totoche ferra un grand coup en relevant sa canne qu'il tenait au ras du flot. Le saumon, piqué, se cabra aussitôt en un bond énorme qui fit crier l'enfant :

— Il y est ! Il y est !

— Attends, l'est pas encore dehors et il va se battre, le bougre !

Le poisson filait à toute vitesse vers le large en tirant le fil du moulin. Totoche rugit.

— Nom de Dieu ! Va pas me sortir tout le fil quand même…

Il commença à reculer vers la grève, bloqua sa ligne et marcha, la canne tendue à l'horizontale vers l'amont. Il accompagnait le saumon qui filait à remonte du courant, jaillissait du flot puis retombait dans un éclaboussement vif et repartait de plus belle. L'animal luttait à la fois contre la force du courant et la traction du pêcheur, mais il pouvait repartir vers l'aval n'importe quand, et dans ce cas on le perdrait. Totoche devait le fatiguer au plus vite. Il cria à l'enfant :

— Apporte l'épuisette !

Paul démarra à fond de train et arriva avec la perche tendue, mais l'homme refusa d'un coup de menton.

— Cours derrière, mets-toi dans l'eau, là, et plonge le filet. Dès que tu le vois passer au-dessus, tu soulèves. S'agit pas de le manquer, hein ?

Paul déglutit. Il ne pouvait pas rater son coup. Il dérapa sur la pente, se rattrapa tant bien que mal et pénétra dans le flot sans se soucier du froid. Le poisson arrivait, halé par Totoche. L'enfant souleva trop tôt la nasse, et le saumon retomba hors d'atteinte. Il replongea et fila aussitôt vers le large.

— Bordel à cul ! Il est mal accroché en plus, sur le bord de la gueule.

Paul gardait l'épuisette tendue. Le courant semblait vouloir lui arracher des mains le manche, pourtant il résista, arc-bouté. Heureusement, Totoche ramenait déjà la ligne en tirant par à-coups légers, conscient qu'au moindre geste brusque, l'hameçon mal fiché sauterait.

— Allez, gamin, le dernier coup. Y aura pas d'autre chance.

Le poisson glissa au-dessus de l'épuisette, et cette fois Paul put la soulever à temps. Sa joie ne dura pas. Énorme, le saumon se tortillait désespérément dans les mailles et pesait tant qu'il crut tout lâcher. Deux bras puissants mirent fin à son calvaire. Il s'en était fallu de peu ! Ensemble, ils ramenèrent l'épuisette sur le talus. Totoche dégagea l'hameçon et trancha la ligne d'un coup de dent. Le poisson battait comme un cœur dans le filet.

— Tiens !

Le braconnier aida Paul à se relever et, d'un geste solennel, accrocha la mouche au revers de son col.

— Je te fais chevalier de l'ordre des pêcheurs à la mouche. C'est ton premier saumon, la mouche te revient. Sans toi, je crois bien que j'l'aurais pas eu !

Le grésillement du gras et la fumée dégagée par l'antique poêlon saturaient l'atmosphère. Totoche, un torchon noué autour du ventre, siffla cul sec un verre de vin.

— La touche finale : un bon beurre fondu et du romarin !

Il arrosa généreusement la chair roussie, puis déposa la poêle sur la table.

— Couchée, ma fille, lança-t-il à Garçon. Tu attendras le deuxième service.

La chair du poisson fondait sous la langue, et Paul pensa qu'il n'avait jamais rien goûté de meilleur. Le braconnier se frotta la panse.

— Alors, ce saumon à la Totoche ?

— Drôlement bon !

Totoche leur resservit une généreuse portion et lança à la chienne les restes de peau et de chairs brûlées qu'elle happa au vol. Cette fois, ils mangèrent plus lentement, savourant chaque bouchée. Dehors, venu du pont, montaient un battement de sabots et le crissement de plusieurs roues de bois cerclées de métal. Totoche s'assombrit.

— Manquait plus que ceux-là.

Paul se précipita à la lucarne. Un groupe de cavaliers et une dizaine de roulottes bringuebalantes avaient passé le pont et empruntaient la petite route qui menait vers le château.

— C'est un cirque ?

— Non, mais ce s'ra quand même le bazar ! On se demande pourquoi le comte tolère ces traîniers sur le domaine. Ces gens-là, ils vont et viennent et se croient partout chez eux.

— Comme les oiseaux migrateurs ?

— Fichtre non ! Les romanichels, ils glanent, ils carottent tout ce qu'ils trouvent, des champignons, du gibier, du poisson.

— Comme les bracos, alors ?

Le géant haussa les épaules.

— Viens finir au lieu de te payer ma fiole, ça s'ra froid…

— Pourquoi le comte il veut bien des gitans sur ses terres ? Célestine, elle dit qu'il est pas commode et qu'il aime pas les enfants !

— Bah, elle en sait plus que moi depuis le temps qu'elle le fréquente ! Et puis il y a la petite, j'imagine…

— Quelle petite ?

— La fille du comte.

— Je croyais qu'il avait juste un fils. Bertrand, il s'appelle, et c'est une peau de vache !

— Je te cause de la fille défunte. Peut-être que ça explique que le vieux tourne vinaigre, mais qu'il accepte les traîniers, personne a jamais compris, au pays ! Allez, assez causé d'eux, on est ici pour fêter un événement, que diable !

Le géant leva son verre, la mine grave.

— Gamin, à partir de maintenant, tu vas me dire « tu ». Y a que le comte qui me voussoye. Mais lui, y disait « vous » même à son paternel, alors ça compte point !

8

Ils se tenaient au bord du ruisseau, pas loin du bois de Trémaille, sans se douter qu'une gamine perchée dans un marronnier les épiait.

Aujourd'hui, Paul portait des bottes à sa taille, une paire que lui avait dégotée Célestine. Le cours d'eau lui parut modeste, comparé à la Loire. Borel jeta le matériel sur le talus, puis fit rouler ses épaules à la façon d'un athlète.

— Prêt pour ta première leçon de pêche ? Qu'est-ce que t'aimerais attraper ?

— Je sais pas… un saumon !

— Et quoi encore ? Si tu prends un gardon, ce sera déjà joli. Approche.

L'enfant obéit à contrecœur.

— Alors, première règle, on accroche l'appât à l'hameçon…

Borel ouvrit la boîte percée où il conservait les vers. Ses gestes étaient moins habiles que ceux de Totoche et Paul, obligé de subir cette leçon pour bébé, se détourna pour observer le cours d'eau. Presque aussitôt, il repéra un remous dans la rivière et annonça, non sans malice :

— Regardez ! Y en a un qui mouche.

Surpris par son assurance, Borel leva la tête juste à temps pour apercevoir un poisson de belle taille gober un phasme à la surface de l'eau.

— Ça, c'est un chevesne, mon garçon, et ça se chope pas avec un vermisseau. Il faudrait disposer d'une…

Il s'interrompit. Le môme venait de retourner son col et détachait une mouche artificielle piquée dans le tissu. Ensuite, sans hésiter, il entreprit de décrocher le ver. Solidement campé sur ses jambes, il balança sa ligne, plutôt adroitement. La mouche atterrit non loin du tourbillon. Il la laissa calmement aller et ferra du premier coup, à croire que la poiscaille l'attendait !

Irrité par ce succès – un coup de chance, rien de plus ! – Borel décida que c'en était assez ! Il avait voulu prouver à sa femme qu'il pouvait se montrer bonne pâte, mais voilà que le gamin devenait insolent à lui pêcher ce poisson sous le nez, avec son côté de la ville-qui-sait-tout mieux que les autres !

— Puisque tu es tellement doué, je m'en vais faire ma tournée. Tâche plutôt d'attraper des gardons, parce que le chevesne, c'est bien beau mais pas bien bon…

Paul décrocha l'hameçon. Le poisson fouetta l'air, agité de soubresauts ; il hésita à le remettre à l'eau, puisqu'il était mauvais à manger. D'un autre côté, il risquait de se faire railler en affichant sa « sensiblerie ». Finalement, ce n'était pas plus mal de se retrouver seul responsable de sa pêche.

Il approcha de la berge pour repérer les tourbillons propices, mais les poissons semblaient avoir déserté le coin. Il se décida à lancer son fil au hasard, posa la mouche et attendit, engourdi par la touffeur de l'air. Après un moment, il sentit un tiraillement et ferra, par réflexe. Cette fois, il sortit un gardon pas plus gros que son doigt. Ce genre de prise, selon Totoche, soit on la rejetait à l'eau, soit on s'en servait d'appât pour un brochet, un sandre ou une perche.

Il chercha le seau pour y placer le gardon, mais l'objet avait disparu. En tournant la tête, il l'aperçut hors de portée, au pied d'un marronnier. Il se releva, inquiet. C'était impossible. Borel n'y avait pas touché, et ce truc n'avait pas pu se déplacer tout seul sur plus trois mètres !

Un bruissement de feuillage attira son attention ; il leva la tête. Le bruissement se mua en gloussement – et, soudain, il la vit. Une fille se tenait accroupie sur une branche et l'observait, les yeux plissés.

Se voyant découverte, elle entreprit de glisser le long du tronc et atterrit souplement sur le tapis de mousse. Paul n'osait plus remuer, de crainte de briser l'enchantement. Elle était jolie à vous faire oublier de respirer. Ses cheveux noirs, presque bleutés, coulaient jusqu'à sa taille en boucles emmêlées. Sa figure, ses bras et ses chevilles nues étaient hâlés. Il se rappela les roulottes. Une bohémienne… Il resta là, comme un niaiseux, tandis qu'elle le toisait, narquoise. Comme il demeurait coi, elle s'empara du seau et rejoignit la rive pour remettre le chevesne à l'eau. Tandis qu'il hésitait sur le parti à prendre, elle laissa échapper un rire avant de détaler, aussi légère qu'une plume. Paul ouvrit les doigts et le gardon glissa dans la rivière. Pour qui elle se prenait, cette bohémienne, à balancer le poisson des autres ?

Oubliant le matériel de pêche, il fonça à sa suite. Il ignorait ce qui le poussait, le défi que la fille lui lançait ou le besoin de lui parler, mais l'idée de la voir disparaître l'affolait. Tout en courant, il chercha les traces de son passage. Le braconnier lui avait montré quelques signes faciles à repérer. Des branches cassées, une travée creusée dans un fourré, des herbes piétinées. Et les empreintes, bien sûr. Il en distingua deux en plein dans une zone ensablée, tendit l'oreille, perçut un piétinement. Elle avait pris la direction du manoir. Il repartit à vive allure, coupant à travers le sous-bois.

Au bout d'un kilomètre, il comprit soudain où elle filait. Il n'aurait su dire d'où il tenait son intuition, peut-être d'un instinct de chasseur. Totoche affirmait qu'un bon pisteur finit par se mettre dans la peau de sa proie.

Pour approcher de l'étang de la Malnoue, il usa de ruse. La fuyarde avait emprunté une piste récente, creusée dans la pousse serrée des ajoncs qui débouchait sur une rive moussue assez éloignée du lieu où ils pêchaient habituellement. Réfugié derrière une gerbe de roseaux, il se mit à scruter les alentours, soucieux de la coincer avant qu'elle ait le temps de fuir mais, une fois encore, c'est lui qui resta stupéfié.

D'abord, il ne distingua qu'un tas de vêtements sur la berge, puis il la vit, aussi nue que la nature l'avait faite au premier jour. Elle se laissait dériver à quelques mètres du bord, le visage tourné vers le ciel. Jamais il n'aurait imaginé une peau aussi lisse, une taille aussi mince. Malgré la distance, il distingua la pointe dardée des mamelons et son trouble l'étourdit. Elle battit des jambes, puis se retourna pour nager. Le garçon était toujours fermement décidé à lui jouer un tour, aussi se dépêcha-t-il d'aller chercher le tas de vêtements abandonné. Il le déplaça d'au moins trois mètres, comme elle l'avait fait avec le seau ; ensuite il rampa jusqu'à un aulne et patienta, embusqué derrière le tronc trapu. Il n'eut pas à attendre longtemps. En remontant sur la berge, elle comprit ce qui se passait. Sans bouger, elle repéra sa trace, du buisson à l'aulne, vit le tas de chiffons et l'aperçut enfin, accroupi. Elle aurait pu se cacher, crier ou courir à ses vêtements, mais elle se contenta de le dévisager sans la moindre gêne. Dans le soleil, hormis ses bras et ses mollets, son corps était d'un blanc d'albâtre et luisait, ruisselant. En dépit de son embarras, Paul n'osait se détourner de peur qu'elle ne s'échappe encore. Son cœur battait si fort qu'il le sentait cogner contre ses côtes.

La fille hésita une seconde avant de lui foncer dessus. Il bascula sous le choc, le souffle coupé, et reçut le fouet de ses cheveux humides en plein dans la figure. Il respira une odeur de vase et de fleur blanche. Il fixait ses pupilles noires pour ne pas être tenté de regarder, plus bas, sa poitrine nue. Finalement, elle relâcha son étreinte et se laissa retomber dans l'herbe. Il se remit debout, étourdi. Une limace d'un noir luisant adhérait à sa cuisse. Avant de se détourner, il ne put s'empêcher de la prévenir.

— T'as un truc sur la jambe, regarde !

— C'est rien qu'une sangsue. Un petit vampire de rien du tout qui te pompe le sang. T'en as jamais vu ?

Sa voix était rauque, avec un accent chuintant. Il secoua la tête, intimidé. Elle détacha la loche du bout de l'ongle et se releva d'un bond. Elle tenait la bestiole entre ses doigts, délicatement. Ensuite, elle haussa les épaules et la lui jeta, criant pour l'effrayer :

— Prends garde, elle va te sucer le sang !

Le temps qu'il se débarrasse, elle avait revêtu son jupon, sa chemise et finissait d'enfiler ses souliers. Il chercha une phrase pour la retenir, mais elle ne lui en laissa pas l'occasion et détala de nouveau. Cette fois, il était prêt et se lança à sa poursuite. La fille savait sûrement qu'il la talonnait et elle s'en fichait.

Ils coururent à perdre haleine sur plus d'un kilomètre, longèrent le bois non loin de la chapelle du manoir et finirent par déboucher dans la clairière où les gitans avaient érigé leur campement. Paul connaissait peu cette partie de la forêt, mais l'étang n'était pas si loin et, grâce aux randonnées de Totoche, il commençait à bien se repérer.

Il laissa la fille disparaître entre les roulottes. Les carrioles étaient disposées en cercle, délimitant une place centrale où brûlait un feu établi dans un trou borné de pierres énormes. Plus loin, sur des cordes tendues, du linge séchait. Un ruisselet d'eau claire serpentait à quelques pas. Un trio de vieux avait sorti des chaises à rempailler et discutait paisiblement en ajustant les joncs séchés. Un homme s'entraînait à lancer un couteau sur un tronc. Fine moustache et anneau à l'oreille, l'épaule ornée d'un tatouage, on aurait dit un pirate.

Paul s'apprêtait à rebrousser chemin quand un poids lui tomba sur le dos. En sentant des doigts agiles lui tirer les cheveux il ne put s'empêcher de hurler, mais la bête qui l'attaquait s'agrippa plus fort et se mit à pousser une série de cris perçants. Une chauve-souris ? Un chat enragé ? Il n'osait plus bouger quand la fille surgit à ses côtés. Elle produisit un son étrange, entre le roucoulement et le sifflet. Aussitôt l'animal bondit pour se blottir sur son épaule. Son visage minuscule et ridé comme une vieille pomme était froissé par une grimace furibonde. Paul écarquilla les yeux : il s'agissait d'un petit singe habillé d'un costume en laine.

— Ça t'apprendra à m'espionner, gadjo ! Tommie est mon gardien.

— C'est quoi ? Un macaque ?

— Non, idiot ! Les macaques font au moins le double de son poids. C'est un ouistiti.

— Il est méchant ?

— Pas trop, sauf si on l'ennuie, alors il mord ou il compisse les gens. Toi, il doit bien t'aimer, sinon il serait pas venu te voir. Mais je suis sa préférée, il me suit toute la journée.

Paul comprenait le singe, mais il se garda de l'avouer. Pour reprendre contenance, il préféra se présenter.

— Je m'appelle Paul, et toi ?

— Bella.

— C'est pas un vrai nom, si ?

— C'est le mien. On est gitans.

— J'aime bien.

Il ne put s'empêcher de rougir et elle éclata de rire.

— Tu connais les gitans ?

— Pas trop.

— Comme tous les gadjos…

— C'est quoi les gadjos ?

— Ceux qui n'ont pas de sang gitan.

Elle désigna l'homme au couteau.

— Lui, c'est mon tonton, Joseph. Le chef. J'en ai six, des tontons. Et toi ?

— Zéro.

— Comment ça se fait ?

— Mon père n'a plus de famille et ma mère, elle est morte quand je suis né. J'avais un oncle qui est resté dans les tranchées. Une balle dans la tête, il a pris !

— C'est triste.

— C'est comme ça.

— T'as une mémé, au moins ?

— Ben non.

— Je veux bien te présenter la mienne mais je te préviens, elle est sorcière, une chovihani on dit chez nous !

La fille l'entraîna et Paul se laissa faire, ravi. Ils contournèrent le camp et rejoignirent une roulotte à l'écart des autres. Bella toqua contre le panneau de planches peintes qui faisait office de porte. Une vieille surgit sur le seuil, guère plus haute qu'une enfant. Entre ses lèvres fripées, elle suçotait une pipe en ivoire jauni.

— Tu veux quoi, ma fille ?

— Te présenter quelqu'un.

L'intérieur de la roulotte lui ressemblait, peuplé de bêtes empaillées, de reptiles à l'aspect de vieux cuir, de batraciens parcheminés et de quelques coqs au plumage terni. Bella fouilla ses poches et en extirpa une énorme sangsue.

— Je t'en ai trouvé une grosse, à l'étang.

La vieille hocha la tête en guise de remerciement et jeta la loche dans un bocal plein de limaces noires et gluantes. Puis elle saisit la main de Paul et la retourna. Surpris, il tenta de résister.

— Donne, petit gadjo, donne. Je vais te dire la vie…

Sa voix était éraillée, rugueuse. La sorcière le fixait intensément et il se sentit mis à nu, aussi transparent que l'eau d'un ruisseau. Il tenta de se détendre. Que risquait-il ? La voix prit une tonalité froide, presque désincarnée, les pupilles roulèrent bizarrement dans les orbites de la vieille.

— Je vois… Une jeune femme qui galope sur les nuages. Elle veille sur toi depuis toujours et son pouvoir vient du monde des rêves. Prends garde, petit homme, tu auras à combattre des mauvais génies.

La vieille marmonna ensuite quelque chose que Paul ne comprit pas. Bella, qui s'était approchée, lui souffla à l'oreille : « C'est fini, tu as de la chance, elle n'est pas toujours disposée à lire le destin. » Il aurait voulu lui demander pourquoi, mais il préféra faire comme si tout lui semblait normal. Pendant ce temps, la grand-mère farfouillait au fond de la roulotte parmi les pots en terre, jarres et bocaux. Enfin, elle se redressa et lui adressa un clin d'œil. Sa bouche souriante laissa paraître un trou à la place d'une incisive.

— Pour te rendre plus résistant, je vais te donner un talisman…

Elle choisit deux bocaux, préleva un peu de leur contenu et touilla le mélange dans une jatte en murmurant des incantations. Une fois satisfaite, elle lui tendit une cuillerée de décoction.

— Avale vite, sinon le sortilège perd de sa force.

Suffoqué par l'odeur, il voulut refuser, mais Bella le surveillait. Elle n'aurait pas reculé, elle ! Il ferma les yeux pour avaler d'un coup, sans respirer. C'était épais, poisseux, piquant, mais cette minuscule victoire sur lui-même le rendit absurdement heureux.

— Merci, madame !

La vieille pouffa et il craignit d'avoir dit quelque chose de travers. Bella avait ouvert la porte et lui faisait signe.

— Viens. On s'en va, mémé !

L'autre hocha la tête, déjà ailleurs.

Durant leur absence, des gitans s'étaient regroupés devant le feu et jouait une musique au rythme endiablé. Outre des guitares, certains musiciens grattaient de curieux instruments aussi rebondis qu'un cul de barrique, qui rendaient un son aigrelet.

— Tu entends, gadjo ? C'est la musique de mon peuple !

Paul aurait bien voulu qu'elle cesse de le nommer gadjo. Dans sa bouche, ça ne paraissait pas vraiment méchant, plutôt une moquerie pour faire connaissance. N'empêche, elle le traitait comme un petit ! Il tourna des questions dans sa tête sans se résoudre à en poser une seule. *Tu as quel âge ? Tu as des amis ? Tu restes combien de temps ici ?* Soudain, parmi ceux qui battaient des mains, son regard s'arrêta sur une silhouette familière. Le comte ! On aurait cru un autre homme, tant il paraissait enjoué. Paul recula à l'abri de la roulotte.

— C'est le comte !

— Si fait… Et alors ? Tu nous crois trop pouilleux pour recevoir sa visite ?

— J'ai pas dit ça ! Seulement…

— Seulement il est noble et nous gitans ? C'est un homme de bien, notre protecteur !

— Te fâche pas ! C'est juste qu'on raconte des choses…

— Et tu te fies aux commérages comme une vieille femme ?

— C'est pas des commérages et moi aussi je loge au domaine… enfin, pas tout le temps !

— Ça, je m'en serais doutée ! Et tu viens d'où ?

— De Paris !

Il avait un peu arrangé la vérité pour l'impressionner, mais elle fixait les musiciens en fredonnant. Le silence retomba et, sur un commandement de

Joseph, les musiciens entamèrent un air plus lent. Une voix s'éleva, assez rauque pour empoigner les âmes. Bella esquissa un pas de danse et s'éloigna. Elle lui lança simplement :

— Tu reviendras ?

— Quand ?

Sans se soucier de lui répondre elle s'avança vers les musiciens, bras ouverts, ses doigts traçant des arabesques. Arrivée dans le cercle, face au chanteur, elle se mit à onduler au rythme de la guitare. Hommes, femmes et enfants frappaient des mains et le cri guttural du gitan, ponctuant chaque claquement de talons, semblait s'enrouler autour de ses reins alors qu'elle se cambrait, la tête basculée, ses cheveux fouettant l'air.

Quand Paul repartit en direction du bois, il était trop ébloui pour ordonner ses pensées. Il se sentait heureux et triste à la fois, travaillé d'une impatience presque intenable. Le monde autour de lui semblait changé, plus vaste et lumineux. Bella. À onze ans, pouvait-on tomber amoureux pour toujours ?

9

— Où tu t'ensauves de si bon matin ?

Paul ravala une grimace de contrariété. Il se croyait seul, ce matin. Célestine était montée dès l'aube le prévenir qu'elle partait aider Madeleine et qu'il devrait se débrouiller pour la journée. Il donna la première excuse qui lui vint à l'esprit.

— Au cabanon, j'ai très mal au ventre.

— Attention d'pas tomber dans l'trou, alors ! se moqua Borel. T'es plutôt mal dégourdi depuis hier…

La veille au soir, Paul avait brisé son assiette, et son étourderie lui avait valu une belle avoinée. Il s'en fichait. Les reproches lui glissaient dessus comme l'eau sur les plumes d'un canard… Il était amoureux !

Il se dirigea vers les latrines, au cas où l'autre l'épierait de loin, poussa le vantail du cabanon et compta jusqu'à vingt. Borel avait un air curieux ce matin… Et Paul était impatient de rejoindre Totoche pour lui raconter sa rencontre avec Bella.

Il se faufila dehors, courut à l'arrière du potager, grimpa sur le muret et disparut dans le taillis. À condition de jouer les imbéciles, le garde-chasse n'était pas si difficile à berner, après tout !

Il courut vers l'appentis où il cachait son havresac, enfila prestement veste et casquette mais, en dépit de l'humidité, décida de laisser les bottes qui le ralentiraient. Le temps avait fraîchi, l'automne s'annonçait.

S'il avait regardé par-dessus son épaule, il aurait pu distinguer les croisillons laissés par ses semelles : une piste parfaitement lisible…

La nuit même, Borel lui avait tendu un piège. Cela faisait un moment qu'un doute le travaillait. Il avait attendu que Célestine soit endormie pour trafiquer les bottillons du Parigot en taillant dans la semelle une double encoche ; de cette façon, on verrait bien où il traînait. Les soupçons du garde-chasse étaient vagues, pourtant quelque chose clochait, son intuition le lui soufflait.

Dissimulé derrière la fenêtre, il vit l'enfant filer en direction du bois et se dit que sa patience avait payé. Il n'avait plus qu'à se préparer tranquillement et à suivre la trace.

En recouvrant la forêt par nappes, le brouillard l'avait rendue presque méconnaissable. Paul regretta son impatience : il avait trempé ses pantalons jusqu'aux genoux en passant la prairie d'herbes hautes et le froid était en train de le gagner. Il poursuivit néanmoins son chemin. S'il retournait à la maison chercher ses bottes, il perdrait du temps et risquait de louper Totoche. Ils avaient rendez-vous au bois de Trémaille. Comme il s'engageait sur une piste cavalière, il entendit le martèlement des sabots de chevaux se rapprochant au trot. Il recula derrière un roncier. Une jeune femme déboucha sur le chemin. De sous sa bombe jaillissait une longue natte couleur de blé mûr. Le comte apparut dans son sillage, et l'enfant se félicita de sa prudente méfiance. La cavalière mit soudain son cheval au pas et se retourna pour s'exclamer, moqueuse :

— Il est ronchon, votre Tempête. Il aurait besoin de galoper plus souvent.

— La saison va reprendre, il aura de quoi s'ébattre !

— Poursuivre un cerf n'a plus sa préférence, j'en jurerais.

— C'est vous qui détestez ça, très chère Montaine : je ne suis pas dupe. Mon cheval s'en moque comme d'une guigne.

— Qu'en savez-vous, cher Antoine ?

— Je le sais parce que…

Les cavaliers s'éloignaient ; le calme revint. En dépit de l'humidité, Paul préféra patienter encore un peu à couvert. C'était bizarre de songer que le vieux ronchon s'appelait Antoine et qu'il savait rire à l'occasion ! Il se demanda qui était la cavalière. Le comte semblait l'apprécier, même s'il se moquait d'elle. Cela faisait quand même deux fois qu'il le voyait aimable, malgré ce que Célestine prétendait.

Totoche devait déjà l'attendre à la fourche de Trémaille pour leur partie de pêche… Il voulut repartir, mais une langueur étrange le clouait là. Il pensa à la fille et à sa façon de se couler le long du tronc, à sa danse autour du feu et aux paroles de la Chovihani. Une branche craqua et il se figea, en alerte.

Au bout de l'allée forestière, quelque chose émergeait lentement de la brume. Un cerf immense : sa ramure était si ample que, pendant un instant, Paul crut que l'ombre l'avait décuplée. Il compta les cors, se mordit la langue avant de recommencer. 14, 15, 16… 18 ! La tête haute, les narines dilatées nimbées de vapeur blanche, l'animal tourna le mufle dans sa direction, puis demeura immobile durant quelques secondes. Son poil était d'un beau brun tirant sur le roux. L'enfant n'osait plus bouger, ni même respirer. Le cerf humait l'air. Son flanc tressaillit, ses jarrets se tendirent ; brusquement il s'arracha à la terre d'un seul bond prodigieux et se fondit dans le hallier.

La scène resterait à jamais gravée dans sa mémoire, Paul le sut avec certitude. Jamais il n'avait vu une pareille splendeur ! Il sortit du roncier et avança vers l'endroit où le cerf avait disparu.

Totoche piétinait d'impatience. Le petit tardait, et il n'aimait pas trop lambiner par ce temps, car l'humidité rendait la terre facilement lisible. Il comptait relever ses lignes à l'étang voisin et déjà le brouillard se faisait moins dense : un vent froid se levait. Mécontent, il s'ébroua. Garçon, qui somnolait à ses pieds, se releva d'un bond, la queue frétillante.

— Ton petit monsieur de Paris, il se fiche bien de nous. On l'espère encore ou quoi ?

La chienne gémit, comme pour lui prôner la patience et il perçut le bruit de cavalcade. Le gosse déboulait enfin !

— Dépêche un peu ! La Célestine a pas trouvé moyen de t'faire tomber du lit ou quoi ?

— C'est à cause du cerf ! Un géant ! Je l'ai vu comme je te vois ! Tellement gros que tu imagines pas !

— Bougre ! Tu vas me sortir qu'il faisait seize cors, sans doute ?

— Non. Dix-huit !

— C'te bonne blague ! Déjà, un cerf de seize cors, j'en ai encore jamais vu dans la forêt, et pourtant ça fait une paye que j'y traîne mes bottes.

Paul était indigné qu'on puisse mettre sa parole en doute. Que Borel se moque, il pouvait le supporter, mais pas son ami… Totoche haussa les épaules et marmonna :

— C'est point si grave, va. Il devait être sacrément beau. Allez viens, on est pas en avance.

— Tu veux pas aller voir les traces ?

— On a dit qu'on pêchait, alors on pêche.

— Et les cannes ?

— Pas besoin. On va dans un coin secret. J'y étais rendu à la pointe du jour, à présent on va lever les lignes…

Ils traversèrent un fossé, puis deux, et débouchèrent sous le ciel plombé dans une zone de landes. Ils arrivaient en vue de l'étang. Des nappes de brume épaisse flottaient à la surface, noyant les berges. Paul se racla la gorge, brusquement intimidé à l'idée de parler de la fille.

— Totoche…

— Quoi, mon grand ?

— Dis, pourquoi tu les aimes pas, les gitans ?

— Qui t'a raconté ça ?

— C'est toi, l'autre jour… tu as dit que c'était des traîniers et que le comte il était fou de les accepter sur son domaine. Je connais leur campement, ils sont à l'est de l'étang de Beaumont, après la pineraie.

— Tiens donc, un dix-huit cors et maintenant le campement des gitans ! C'est ma foi vrai que tu te mêles de tout !

— C'est toi qui m'as appris à ouvrir les yeux.

Totoche ravala un rire. Le gamin avait du répondant.

— Écoute, petit, j'ai rien contre eux, mais vaut mieux pas s'y fier, c'est pas des gens comme nous. Ils ont leurs coutumes, leurs idées. Évite de t'y frotter, les Borel voudraient pas.

— Tant pis ! J'ai rencontré une fille ! Bella, elle s'appelle.

— Pardi… Elle serait pas mignonne, ta Bella ?

Le gamin rougit.

— Elle connaît un tas de choses, les sangsues, la danse et elle sait nager ! Elle a peur de rien ! Elle m'a mené à son campement, elle m'a présenté à sa mémé…

— Ma foi, tu perds pas de temps, mon gaillard. C'est y que tu serais entiché ? Je vais pas te décourager, d'autant que ça servirait autant que de pisser dans un violon. D'ailleurs t'as sûrement raison, c'est moi qui deviens une vieille bête défiante. Tu vois, à force, je m'ensauvage.

Ils se frayaient une percée à travers les joncs serrés et les prêles. Le brouillard aplanissait tout et seule la ligne creusée par leur passage indiquait une présence humaine. À leur approche, un groupe de colverts et quelques souchets s'envolèrent. La rive fut soudain à leurs pieds.

— On y est, dit le braco. À présent, tu m'regardes faire.

Il approcha de l'eau et resta debout quelques instants à observer les alentours. Une fois rassuré, il se baissa, plongea une main dans l'étang, farfouillant sous la racine d'un vieil aulne, et releva sa première ligne de fond. Un appât mort pendait au bout.

— Attrape ma boîte à vaseux.

— Les appâts ?

— Si fait.

Paul ouvrit la boîte et découvrit de minuscules anguilles au milieu des vers rouges.

— C'est quoi ?

— Des chatouilles. Pour servir d'appât de fond y a pas mieux que la lamproie de vase.

Tout en expliquant, il amorçait sa ligne. Il la plongea dans l'eau puis gagna la suivante, ajustée à une gaule de coudrier d'une dizaine de pieds. Un sourire victorieux éclaira sa rude figure : la gaule était agitée de soubresauts. Il fit venir la ligne doucement et sortit un splendide brochet qu'il mit au sec sur la rive.

— C'est jour de chance ! Je m'en vais le proposer à l'auberge de Grandbois, il fait au moins huit livres, le bestiau ! Quant au Lulu, il peut se brosser, ça lui fera les pieds !

Le poisson béait sur l'herbe, ses écailles aux reflets bruns tirant sur le vert, son ventre argenté tout palpitant. Saisissant son couteau par la lame, Totoche lui assena un coup sec du manche pour mettre fin à l'agonie. Comme l'enfant se tenait tout proche, il lui lança :

— T'as pas pris tes bottes, nigaud ? Tu vas à la pêche en souliers maintenant ?

— J'voulais pas me mettre en retard.

— Moralité, tu t'y es mis quand même et t'es mouillé. Tiens, apporte-moi une brassée d'herbes.

Il en tapissa sa gibecière et déposa le brochet mort dessus.

— Je préfère le porter sans tarder. Tu t'sens capable de relever les lignes maintenant que je t'ai montré ? Tu tires doucement, et si le poisson se bagarre laisse-lui un peu de mou, il se lassera vite. Ensuite tu le mets au sec et tu l'assommes si tu t'en sens le courage. Sinon, ça attendra mon retour. Je tarderai point. Une heure, à tout casser ! Quand tu auras fini de relever les lignes, tu en poses de nouvelles. Il en reste trois, au saule, au pied des ronciers, là-bas, et sous le talus, entre les racines des châtaigniers, compris ?

Il désigna les emplacements avant de passer au gamin son bac à gardons, et lui ajusta la courroie en bandoulière. Enfin, il se pencha, l'œil plissé de malice.

— Tiens. Je te prête mon couteau, ce sera plus pratique que ta lame…

L'enfant en resta muet d'émerveillement.

— Gaffe, que personne te voye…

— Je te promets. Juré-craché !

Borel était en route. Il prenait son temps, malgré l'excitation de sa traque. Trop de fois il avait chanté victoire pour se retrouver le bec dans l'eau. On commençait à jaser derrière son dos, jamais devant, pas encore, car il en imposait dans son uniforme, mais cela viendrait, à force…

Il avait vérifié son fusil et il était parti sur la trace du gamin. À part quelques zones de broussaille où les croisillons se perdaient, sa filature ne lui avait pas donné trop de mal. Sur l'allée traversière, il buta sur les empreintes des chevaux et celles du cerf, mais il était bien trop obsédé par son idée fixe pour mesurer l'aubaine.

À l'embranchement du petit bois, il sut enfin que son intuition avait été juste. Là, dans la tourbe moite, les petites croix rejoignaient un pied d'homme – et ce pied, il l'aurait reconnu entre mille, même si rien ne lui permettait d'affirmer que c'était celui de Totoche. Mais sa rancune lui tenait lieu de conviction.

Ah, il s'était bien foutu de lui, le morveux, et l'autre qui devait rigoler en lui bourrant le mou ! Soudain il comprenait tout, la mouche au revers du col, l'aisance du gosse à balancer la ligne, ses retards et son comportement de plus en plus insolent. Ils l'avaient roulé dans la farine, mais l'heure de sa revanche avait sonné !

Sur les trois lignes, une seule avait mordu, une petite perche d'à peine une demi-livre. Totoche serait déçu, mais avec de la chance et s'il appâtait correctement, Paul pourrait attraper quelque chose de plus gros avant son retour !

Il amorça, immergea la ligne et pria qu'un fabuleux poisson y morde, une carpe géante ou le cousin du brochet de huit livres. Dans son dos, le cri d'un héron s'éleva, couvert par un rugissement :

— Halte-là, au nom de la Loi !

Fusil pointé, Borel le tenait en joue.

— Jette ton arme !

L'espace d'un instant, Paul crut que le garde-chasse était devenu fou avant de comprendre qu'il parlait du poignard de Totoche. La lame lui échappa et tomba sur l'herbe.

— Mains en l'air !

Prudemment, le garde-chasse ramassa le couteau, puis désigna le panier.

— Ouvre. Bon. Flagrant délit de braconnage sur propriété privée. Article 132, alinéa 71 du code pénal. Ça va te mener loin, mon gaillard. Le tribunal, la prison et tout ce qui s'ensuit !

Tétanisé par la menace, l'enfant tenta de ravaler ses larmes. Il ne voulait pas chouiner, pas devant Borel.

— Où il est, ce fumier ?

— Qui ?

— Écoute bien, saligaud ! La seule solution pour t'en tirer est de m'avouer qui t'a entraîné ici.

— Personne.

— Ah oui ? Et il est à qui, ce couteau ?

— À moi.

— Arrête tes menteries. Qui t'a appris à pêcher ?

— Ben, c'est vous, l'autre jour…

— Te fous pas de ma gueule ou j't'en colle une. Aggrave pas ton cas ou tu finiras devant le juge. Marche devant, crapule !

L'enfant obéit et Borel abaissa son fusil. Il ne voulait pas prendre le risque de blesser le gosse, mais pas question de le laisser rejoindre Totoche ! Il devait le ramener à la maison, ensuite il se lancerait sur les traces du braco. Le bougre était malin, il avait dû fuir comme un sournois ! Cette fois, pourtant, il était fait…

Célestine était occupée à étendre les draps dans le jardin. Elle se sentait rompue de s'être levée à l'aube et rêvait de siroter un bol de cidre avant de repartir au manoir. Pour la saison de chasse, le comte tenait à faire briller les cuivres et l'argenterie, aérer le salon de réception. En mettant sur le fil une chemise du petit, elle songea qu'avec la rentrée des classes il faudrait mentir à la maîtresse sur son nom de famille. Cela la tracassait de raconter des histoires à Mlle Chassignac, d'autant qu'elle vouait un grand respect aux enseignants ; hélas, elle y serait bien obligée, et puis c'était presque un mensonge de charité !

Elle finissait d'accrocher les manches quand un corps vint s'empêtrer contre le linge mouillé. Agacée, elle souleva le drap et découvrit le gamin tout blême. Derrière lui, empourpré comme un coq, son mari. Ces deux-là avaient encore dû se chamailler…

— Fi donc ! Vous voulez me gâcher ma lessive ! Et que fais-tu par ici, Borel ?

— Je te ramène ton sournois, ton malfaisant. J'veux plus le revoir en forêt, t'entends ? Tu me le surveilles du matin au soir.

— Comment veux-tu, je suis au manoir !

— T'as qu'à le prendre avec toi.

— Le prendre ! Et le maître ?

— Je m'en fiche ! Tu t'en occupes ou je le remets dans le premier train pour Paris.

À voir la mine désemparée du petit, Célestine devina qu'il devait y avoir du Totoche là-dessous. Elle attendit que le garde-chasse soit loin et s'agenouilla devant l'enfant afin de le regarder en face.

— Tu seras sage au manoir, sinon c'est à moi que t'auras affaire. Pour aujourd'hui, ça m'arrange pas, alors tu vas rester dans ta chambre. Demain, tu m'accompagneras. Vous vous êtes encore fâchés ? C'était pour quoi, cette fois ?

— La pêche…

— Pourquoi tu n'essaies pas de l'écouter, il peut t'apprendre des choses, même si… Il fait sa mauvaise bête mais il n'est point si méchant, au fond.

— Je pêchais pas avec lui.

— Totoche ?

— Il était pas là. Mais avant… j'étais avec lui, oui. Borel m'a trouvé à l'étang avec une perche et son poignard. Totoche était parti à l'auberge de… Bois quelque chose.

— Grandbois. Doux Jésus, merci !

À quoi bon feindre ? Ce petiot était de la même trempe que sa mère, loyal, toujours prêt à faire plaisir. Il fallait être d'un tempérament aigri comme Borel pour lui trouver de la sournoiserie. Elle repoussa l'image de Mathilde. Il fallait se sortir les souvenirs de la tête, sans quoi elle finirait par laisser échapper quelque chose.

— Bon… C'est embêtant, mais c'est leurs affaires et on n'y peut rien à présent, alors inutile de se mettre martel en tête. Demain, tu te feras aussi discret qu'une souris… un souriceau, plutôt. D'accord ?

— D'accord.

Si Borel comptait surprendre le braco en flagrant délit, il en fut pour ses frais car la chienne se mit à aboyer alors qu'il était à vingt pas de la barge. Totoche surgit de sa casemate et empoigna l'animal par la peau du cou. Borel éructait des insultes en brandissant des lignes à brochets, et il comprit en un éclair ce qui avait dû se passer durant son absence. Il venait d'échapper au pire parce qu'il avait vendu son brochet et qu'il était revenu pour déposer les sous, histoire que ça ne traîne pas dans ses poches.

Puisque l'autre ne se démontait pas, Borel assena vicieusement :

— C'coup-ci, t'es fait comme un rat ! Le gamin a parlé !

— Qué bon Dieu de gamin ?

— Prends-moi pour une buse. On va te refoutre illico en prison. Ton complice a tout balancé, tes lignes, tes collets, tes trafics. Et ça…

Il sortit le poignard ; Totoche releva le menton, décidé à nier.

— C'est pas à moi, cette lame, et ça m'étonnerait que t'y trouves mon sobriquet gravé, pas vrai ? Ensuite, pisque t'as toutes les preuves que tu dis, pourquoi les Pandores sont pas ici ?

— Je fais comme je l'entends, bougre de fi de garce, t'as pas à me donner d'ordres ! Alors, t'avoue ?

— Et quoi donc ? Que je suis chez moi et que tu viens m'assourdir ?

— Et ça ?

Borel secouait les lignes en l'air, brusquement inquiet, car ce genre de preuves ne suffirait pas.

— Montre ton carnier !

Totoche parut réfléchir, puis haussa les épaules, désinvolte.

— Après tout…

D'un bond, il rejoignit la berge et marcha vers Borel.

— Tiens, regarde.

Le carnier était vide, tapissé de verdure. Une odeur de poisson s'en échappait.

— Et c'est quoi, ça ?

Borel, acculé, désignait une lanterne suspendue à l'entrée du cabanon.

— Un genre de lampe, on dirait…

— Une lanterne, oui-da, pour braconner de nuit !

— Non, môssieur. Ceci est un fanal de marine, pour naviguer sur la Loire par temps de brouillard.

— Avec une barge qui bouge pas ?

Ils se toisèrent sans un mot, faute de s'empoigner. Finalement, Borel céda.

— Pourquoi tu viens toujours braconner sur mes terres ? Il est à moi ce gamin, à moi ! Alors tu le vois plus, tu lui causes plus, sans quoi ça va barder pour ton matricule !

Il tourna les talons et Totoche se permit de souffler. Le gosse avait-il vraiment dégoisé sur son compte ? Il savait les hommes capables de donner père et mère par lâcheté, peur ou intérêt, et des costauds, il en avait vu craquer ! Alors, un mioche… Dépité, il grommela à l'adresse de Garçon.

— Tu serais pas tombée à l'eau, on serait pas dans la mouise… Enfin, le pire est passé. Il a pas dû trop moufter, ton marmoussiau, sans quoi je s'rais plus ici.

10

En prévision de sa visite à la grande maison, Paul s'était débarbouillé et avait même ciré ses godillots. La veille, Célestine avait prévenu Madeleine et Armand qu'il demeurerait avec eux jusqu'à la rentrée des classes. Elle imputa ce changement d'habitude à une bêtise de gosse que Borel avait mal prise. Évidemment, le gamin se tiendrait sage, elle y veillerait !

Pour cette première journée, elle lui donna une panière de draps à porter et ils montèrent à l'étage où ils passèrent deux heures à faire le ménage. Célestine arborait à la taille un imposant trousseau de clefs qui ouvraient les portes des chambres et celles des profondes armoires. Pendant qu'elle briquait les fenêtres et refaisait les lits, Paul était chargé de passer un chiffon sur les meubles et les moulures. Lui qui n'avait jamais vu de lit à baldaquin sinon dans les illustrations de ses livres d'histoire s'étonnait de ce luxe. Chaque chambre aurait pu abriter leur logement de Saint-Denis.

Ils finirent par l'appartement du comte. En face du lit était disposé le portrait en pied d'une femme à la beauté éthérée. Célestine murmura :

— C'est Madame… Feu la comtesse, l'épouse de Monsieur. Elle est partie jeune, la pauvre, elle était de santé fragile.

— Totoche, il dit que la fille du comte aussi est morte. Et que t'étais sa nourrice…

Occupé à épousseter un buffet, il ne remarqua pas l'émoi de Célestine.

— Sans doute… mais il reste Bertrand.

— Je l'aime pas, celui-là.

— C'est ma foi vrai qu'il est point si aimable que…

Elle parut se ressaisir et s'écria :

— Bon, assez causé ! Pendant que je change les draps, veux-tu aller me chercher de l'encaustique ? Tu n'auras qu'à demander à Armand de te donner le pot. Il est dans la buanderie. Et ne traîne pas !

— D'accord !

Dans le grand escalier, Paul ralentit devant les trophées et ne vit pas le comte arriver. Antoine de La Chesnaye, lui, reconnut aussitôt le petit-neveu de sa gouvernante. Il se garda de parler trop fort pour ne pas l'effaroucher.

— Tiens, mon fuyard de l'autre jour. Je te fais peur, aujourd'hui ?

L'enfant rougit avant de répondre plutôt hardiment :

— Non… enfin juste un petit peu, monsieur.

— Tu admirais les trophées ?

— Le douze-cors, là.

— Lequel ?

Il voulait s'assurer que le gamin savait de quoi il parlait, même si la fermeté du ton ne laissait guère de doute.

— Celui-là, avec le surandouiller très noir, cassé au bout.

— Tu as du vocabulaire, ma foi ! Ce ne sont pas les mots d'un enfant de la ville… Qui te l'a enseigné ?

— C'est… c'est Borel, monsieur. Le garde-chasse. J'habite chez lui.

— Célestine m'a dit ça, oui. Moi, à ton âge, je n'en savais pas tant et ce trophée est effectivement un beau douze. Il nous en a fait voir, l'animal ! Le premier jour il a tapé au change, si bien qu'on l'a perdu.

— Tapé au… change ?

— Une ruse du cerf pour égarer la meute. Imagine donc que les chiens le suivent depuis l'aube.

— Je sais ! Ils sont créancés !

Paul s'animait, fier de montrer son savoir au comte qui s'enflammait à son tour.

— Parfaitement ! Cela fait plaisir de bavarder avec un connaisseur. Les chiens sont créancés sur le vieux mâle qui a usé de toutes ses ruses pour les égarer.

Il a remonté une rivière, passé les étangs et rebroussé cent fois chemin. Il a croisé sa trajectoire, l'a doublée, et il a ramené la meute à la voie déjà foulée afin de les tromper. Comme rien ne marche et que ces fichus chiens sont toujours à ses trousses, il décide de se frotter à ceux de sa harde ; le vieux cervidé est malin, il sait que s'il tape au change en obligeant un cerf moins expérimenté à courir avec lui, il aura une chance de se sauver, les chiens se lanceront sur l'autre bête. Le voilà donc qui court vers le grand marécage où la harde est cachée…

L'enfant écoutait, le souffle suspendu, ne sachant que souhaiter au grand cerf, oubliant que sa ramure était fixée dans l'escalier et que la ruse avait échoué. Percevant son attention, le comte se tut.

— Alors ?

— Alors rien !

Célestine descendait vers eux, la mine courroucée.

— Viens-t'en ici tout de suite ! Je te réclame l'encaustique et voilà que je te retrouve à embêter monsieur le comte.

— Laissez, Célestine, votre petit-neveu ne me dérange pas du tout et nous causons de sujets sérieux.

— Mais, monsieur…

— Vous pouvez bien lui accorder une récréation, non ?

La nourrice comprit qu'il n'était pas question de rétorquer. Elle pria pour que l'enfant ne se trahisse pas.

— Bien, dans ce cas… Tu seras sage ?

Paul acquiesça avec un large sourire. Il percevait la nervosité de la nourrice. Le comte n'était pas aussi méchant qu'elle prétendait, et ça devait la gêner d'avoir tort. Il attendit qu'elle s'éloigne pour demander :

— Vous les avez tous tués, ceux du mur ?

— Mon enfant, on ne tue pas une bête aussi noble, on la sert. Comme on sert un maître exigeant ou un adversaire à sa mesure. Et pour répondre à ta question, oui, tous ceux que tu vois là, sur le mur, ont été servis par moi ou mon père, et son père avant lui. Pour cela, on utilise cette longue dague, tu vois, sur ce tableau.

Il montrait une scène de crépuscule. Dans une trouée du taillis, acculé par la meute de chiens hurlants, le cerf avait plié les jarrets devant un homme, le bras levé, armé d'une dague. L'œil exorbité de la bête reflétait déjà la terreur du coup fatal. Paul déglutit, la bouche sèche.

— Pourquoi on le tue pas au fusil ?

— Par respect, justement. Un animal pareil doit périr à l'arme blanche.

Il laissa passer un temps afin que l'enfant comprenne bien la portée de ses paroles, puis indiqua un trophée.

— Voici le quinze-cors, le plus beau mâle jamais chassé sur le domaine.

— Il n'y en a pas de plus grand ?

— Certains affirment qu'un géant viendrait parfois dans nos bois. Il porterait dix-sept, voire dix-huit épois. C'est vraisemblablement une légende, mais j'aime à penser qu'un jour je le croiserai peut-être… Tiens, veux-tu que je te montre le domaine ? Nous irons tout en haut, dans la tourelle. Quand j'avais ton âge, j'imaginais vivre dans un château fort.

Paul hocha la tête avec enthousiasme et se dépêcha de lui emboîter le pas.

Le brouillard s'était levé. Les terres du domaine s'étendaient sous leurs yeux, la vigne au bout des champs cultivés, le bosquet déjà mordoré ; le clocher du village qui jaillissait du moutonnement des arbres. Par une trouée du taillis, Paul distingua l'étang de la Malnoue. Le campement devait être quelque part par là…

— Vois-tu, c'est ici que débutent la plupart des battues ; Borel en est le maître d'équipage.

Remarquant que l'enfant avait tiqué pour la seconde fois à l'évocation du garde-chasse, le vieil homme insista :

— Borel est un bon chef de traque. On ne bat pas la campagne n'importe comment, il faut savoir déterminer les zones où la harde s'est rembuchée, veiller à bien employer les piqueux, limiers et rabatteurs, comprendre ses chiens et les utiliser au bon moment. Borel connaît la meute mieux que personne. Certes, son entêtement peut lui jouer des tours, mais dans le fond ce n'est pas un mauvais homme…

— Votre cerf, le géant… moi, je l'ai vu.

— Toi ! Que me chantes-tu là ? Tu en es sûr ?

— Presque. Au moins dix-huit cors. J'ai compté deux fois.

— Morbleu ! Ce serait donc vrai ? Quand et à quel endroit ?

— Ce matin, dans la forêt…

— Mais où, exactement ?

— Par là, je sais plus bien.

Il indiqua le bois de Trémaille sans donner plus de détails. Déjà, il regrettait d'avoir parlé, mais c'était la faute aux histoires de chasse, elles lui avaient fait perdre sa prudence ! Et puis, même si le comte était plus aimable que Célestine prétendait, Paul le connaissait trop mal pour lui confier pareil secret. Le vieil homme était sûrement un fameux chasseur, et il préférait savoir le cerf hors d'atteinte. Antoine de La Chesnaye contemplait rêveusement l'endroit indiqué. Il murmura :

— Un dix-huit cors… baste !

— Vous me croyez pas ?

— Pourquoi pas ? Seulement, il me faudrait des précisions. J'en connais quelques-uns qui se damneraient pour une bête semblable… Si d'aventure tu le revois, viens me chercher, peu importe le moment !

— D'accord.

Paul se rappela soudain qu'il était consigné. Comment ferait-il pour revoir la fille ? Il brûlait d'envie d'interroger le comte sur la présence des gitans, ses promenades à la chapelle, et tout un tas de mystères, mais il ne voulait pas trahir Célestine. Comment savoir ce qu'il avait le droit de dire ?

Le vieil homme se détourna du parapet. Il paraissait voûté et las.

— À présent, laisse-moi, j'ai à faire. On pourra discuter de chasse une autre fois, si tu es d'accord… et ta tante également !

Il fallut quelques secondes à Paul pour comprendre qu'il parlait de la nourrice.

— Ce serait… bien !

Devant son sourire, le cœur de M. de la Chesnaye rata un battement. Cet enfant avait un charme peu commun, mais de là à croire qu'il avait pu croiser un dix-huit cors ? Devenait-il gâteux ?

— Vous avez causé de quoi ?

— Des cerfs, de la chasse…

La nourrice avait tremblé chaque seconde de leur entrevue. Quand Paul avait surgi au salon où elle fourbissait les couverts d'argent, elle s'était gardée de le questionner, par prudence. Ils marchaient à présent vers la maison et, ne sachant si Borel s'y trouvait, elle se dépêchait de mettre les choses au clair.

— Si Monsieur t'interroge sur ta famille, tu lui dis bien que tu es le fils du neveu de ma cousine, hein ? Le petit Lacassagne. Et puis ne lui cause jamais de sa fille, jamais ! Ça lui ferait trop d'émotion… Tu as compris ?

Paul hocha la tête, peu convaincu. Comme ils arrivaient à l'embranchement du bois, il se tourna vers l'étang.

— J'ai envie d'aller voir Totoche.

— Borel veut plus. Il se fâcherait.

— On est pas obligés de lui répéter.

— Non, mon grand, ce serait pas correct. Et Totoche sait bien à quoi s'en tenir à c't'heure.

— Mais je vais m'ennuyer ! En plus je perdrai tout ce qu'il m'a appris !

Paul enrageait en songeant à Bella. La fille finirait par croire qu'il ne voulait plus la voir.

— De toute façon, avec l'école, tu auras moins de temps pour billebauder, dit la nourrice.

— L'école ?

— Tu ne pensais pas que les grandes vacances duraient jusqu'à la Noël ? Dans quatre jours, tu iras aux Herteignes, chez Mlle Chassignac. Je viens de t'inscrire et là-bas aussi tu t'appelleras Lacassagne, n'oublie pas ! Tu te feras des camarades de ton âge.

— Ceux que j'ai rencontrés, ils ont pas trop l'air d'apprécier les gens de Paris.

— Dégourdi comme tu es, tu sauras leur répliquer ! Et puis j'en connais un qui pourra plus t'empêcher de sortir ni de traîner un peu si ça te chante… Une fois qu'il aura digéré ton escapade et que tu iras à l'école, il n'y pensera plus. Allez, on va lui préparer une potée pour lui rendre sa bonne humeur !

11

En sa nouvelle institutrice, Paul reconnut la jeune femme qu'il avait vue en compagnie du comte. Montaine Chassignac le prit par l'épaule et le mena sur l'estrade. Une quinzaine de gamins le dévisageaient, certains avec une curiosité maligne, d'autres avec hostilité. Grâce à l'Arsène, le conducteur de char à chiens, tous savaient que le nouveau venait de la « banlieue-de-Paris », qu'il logeait chez les Borel et que c'était une fameuse grande gueule. Chef de bande incontesté et fils de maquignon, Arsène Pachevot avait rapporté leur dispute et comment Mélie l'avait mouché. Un seul élève lui fit bonne mine, le benêt du village, un grand de quinze ans, mais Denis souriait du matin au soir.

L'école des Herteignes était blottie à l'ombre des marronniers ; la grande cour, divisée par un mur assez haut pour empêcher quiconque d'y grimper. La partie réservée aux garçons abritait trois salles aux portes vitrées, un bureau et une réserve où l'on entreposait aussi bien le matériel de classe que le charbon de bois pour le poêle. L'enseignement était dispensé par M. Minard, le directeur, qui avait en charge les petits du primaire. L'énergique Montaine se chargeait des cours moyens. Les filles fréquentaient une classe unique menée d'une main de fer par une vieille institutrice à la mine aussi rébarbative que celle d'un maréchal des armées.

La cour était assez vaste pour comporter deux préaux, des toilettes et une « promenade » qui faisait le tour d'un bouquet d'arbres. Pendant les récréations, certains garçons se vantaient de reconnaître le timbre de la Mélie ou celui de Françoise, un duo de dégourdies qui faisaient régner l'ordre de leur côté du mur.

Ce jour de rentrée, sur le tableau, une main délicate avait tracé la phrase du jour :

C'est quand on plonge dans le malheur qu'on se rend compte qu'on était dans le bonheur sans le savoir.

L'institutrice était consciente que la plupart de ses élèves ne poursuivraient pas longtemps leur scolarité. À treize ans, ils retourneraient aux champs ou aux bois, mais en attendant, elle tenait à ce qu'ils sachent l'essentiel : compter et lire, quelques rudiments de géographie et d'histoire, savoir composer une rédaction et entendre les cours de morale et d'instruction civique. Ce matin de rentrée, elle demanda le silence et, une fois le calme obtenu, déclara posément :

— Je vous présente Paul Lacassagne, votre nouveau camarade. Il est pour quelque temps avec nous, pendant que son papa travaille en Algérie. L'Algérie, je le rappelle aux oublieux, est depuis 1848 un département français situé de l'autre côté de la mer Méditerranée.

Saisissant une règle, elle montra l'emplacement sur un planisphère. Arsène, qui voulait démontrer son autorité de chef de bande, feignit l'innocence :

— L'est moricaud alors, l'Parigot ?

Les rires fusèrent, interrompus par un « Silence ! » tranchant.

— Tout d'abord, monsieur Pachevot, je vous prie de ne pas manger vos mots et encore moins les pronoms personnels. Ensuite, je doute que Paul Lacassagne soit moricaud, comme vous dites ; en revanche je m'interroge sur votre pouvoir de raisonnement. Vous me copierez trente fois : « Je serai serviable et poli avec mes camarades et j'éviterai désormais de lier la rime à l'insulte. » Et si vous ne comprenez pas la morale de cette punition, Arsène, n'hésitez pas à venir après la cloche, je vous expliquerai.

L'incident scella l'équilibre précaire qui régnerait désormais. Entre les murs de l'école, le Parisien serait un paria qu'on laisserait tranquille ; hors de la classe, c'était une autre affaire…

— Paul, vous vous mettrez à côté d'Ernest.

Le dénommé Ernest, un blondinet au visage constellé de taches de rousseur, se rangea avec mauvaise grâce, mais n'osa protester, et la classe put commencer.

Montaine avait choisi d'ouvrir l'année avec un poète angevin, Joachim du Bellay. Elle se mit à déclamer en marchant à pas lents entre les pupitres.

Heureux qui, comme Ulysse, a fait un beau voyage,
Ou comme cestui-là qui conquit la toison,
Et puis est retourné, plein d'usage et raison,
Vivre entre ses parents le reste de son âge…

Bercé par la musique des mots, Paul esquissa machinalement la silhouette d'un cerf sur son cahier de brouillon. Par chance, il était assis près d'une fenêtre qui ouvrait sur les pâturages du village et plus loin, derrière la butte des Moulins, sur la campagne. Il vit alors se déployer un immense vol de palombes. C'était féerique et cela le consola un peu du mauvais accueil qu'on lui avait fait.

Paul était bon élève, et l'institutrice lui plut ; d'emblée, il aima sa façon d'expliquer, la clarté des leçons ; même le cours d'arithmétique lui parut facile. La journée passa si vite qu'il n'eut guère le temps de regretter son ancienne école, sauf durant les récréations. Flanqué de ses adjudants, Louis et Raymond,

Arsène n'attendait qu'une occasion pour lui chercher des noises. Ils en furent pour leurs frais, car le nouveau resta dans son coin, près de la classe. La solitude ne dérangeait pas Paul. D'ailleurs, il comptait foncer chez le braconnier sitôt la cloche sonnée. Ils ne s'étaient pas revus depuis ce fameux matin de pêche, et Totoche devait s'imaginer qu'il l'avait trahi ou laissé tomber. L'autre raison, c'était la fille. Chaque fois qu'il fermait les yeux, Paul la revoyait dans l'étang ou tournoyant autour du feu, les bras levés, le visage radieux. Il s'étonnait du mélange de douleur et de joie qu'il ressentait au creux du ventre et n'avait qu'une hâte, la retrouver ; et tant pis s'il ne savait trop sous quel prétexte l'aborder…

Semer le trio de gros durs ne fut pas compliqué. Ces fils de paysans étaient plus accoutumés au travail agricole qu'à la maraude dans le taillis, et Paul connaissait désormais les alentours comme sa poche. Il courut à la barge du braconnier. Las, l'endroit était désert ; son vieil ami ne l'avait pas attendu. Célestine avait pourtant dû le prévenir que c'était jour de rentrée des classes ! Est-ce que Totoche le fuyait ? Borel l'avait peut-être convaincu avec ses insinuations…

L'enfant repartit d'un pas lourd en direction du manoir et pénétra dans le sous-bois. L'envie de pousser jusqu'au campement des gitans lui était passée. Il ne manquerait plus qu'on l'ignore ou qu'on se moque de lui… Ses réflexions moroses furent coupées par une curieuse stridulation. Aucun oiseau ne sifflait de cette façon. Il leva la tête, juste à temps pour esquiver une bogue de châtaigne.

— Tu ferais un piètre poilu, gadjo !

La fille était campée sur la fourche d'un arbre, le jupon retroussé, moqueuse. Cette rencontre inattendue emplit Paul d'allégresse.

— Tricheuse ! Tu es trop haut perchée pour un soldat ! Tu passes ta vie dans les arbres ?

— Cause toujours ! J'aurais pu jouer du tambourin pour te tirer de ton humeur ! Je te suis depuis la Loire et tu n'as rien entendu.

— Je cherchais un ami.

— Le barbu qui pose des collets ? Nous, on le laisse tranquille, il nous aime pas trop.

— C'est juste qu'il se méfie du monde. Il a pas trop bonne réputation, mais il connaît un tas de choses et il a voyagé, comme vous !

— Tu reviens de l'école ?

— Oui. Toi, tu vas en classe ?

— Non. Mais je sais un peu lire, et écrire mon nom.

— Si tu veux, je pourrais t'aider.

— Essaie plutôt de m'attraper !

Elle se remit debout d'un bond, esquissa un pas de danse en équilibre sur la fourche, puis grimpa vivement de branche en branche avant de disparaître sous la frondaison d'un chêne voisin. Son rire semblait tisser un fil pour l'inciter à la poursuivre. Paul laissa choir son cartable et se hissa le long du tronc. La fille était bien plus agile, mais cette supériorité fouettait sa détermination. Il cria :

— Bella, tu triches encore ! Ton singe t'a appris. Attends-moi !

Elle parut l'écouter et patienta debout, puis, comme il arrivait sur la branche, elle se laissa glisser et resta suspendue un instant à bout de bras. Il la vit écarter les doigts, tomber et atterrir sur une nappe de mousse, deux mètres plus bas. À présent, c'est lui qui tenait la position dominante, pourtant l'un et l'autre savaient qu'elle menait le jeu.

— Je veux bien t'attendre si tu reconnais que j'ai gagné et que Tommie n'y est pour rien ! cria-t-elle. Je peux aussi te battre à la course. Alors ?

— C'est bon, tu as gagné pour cette fois…

Il se laissa chuter à son tour et ils allèrent s'asseoir au pied de l'arbre, brusquement intimidés. Paul composait des questions dans sa tête, « Ta mémé va bien ? Tu danses souvent ? Vous allez rester longtemps ? Tu as quel âge ? », mais aucune ne lui paraissait sonner juste. Bella ne ressemblait à aucune autre fille. Elle finit par sortir de sa rêverie et soudain s'anima avec une curiosité enfantine. Elle voulait tout savoir, comment était l'école, si on séparait les filles des garçons pour apprendre, si le maître les battait ou les obligeait à porter un bonnet d'âne et si, comme on le racontait chez eux, les gitans, on oubliait le monde à force de plonger le nez dans les livres. Il tenta de lui expliquer l'institutrice, la grande carte de France, les poésies et le vertige qui le prenait en ouvrant un livre. Comme elle l'écoutait avec attention, il s'enhardit à lui demander où elle avait voyagé et l'écouta parler du soleil de la Camargue où son peuple fêtait Sara, de la ferveur des chants, du goût du vent sur ses lèvres.

Il l'aurait écoutée des jours, mais une ondée les surprit. Bella s'esquiva à sa façon, sans manières ni salut, et Paul se retrouva seul, déjà nostalgique.

Ma Célestine chérie.

J'avais rêvé de me marier aux Herteignes, au milieu de ma famille et de mes amis, mais c'était impossible, tu le sais. Le plus beau jour de ma vie était un peu triste, et tu n'étais même pas là pour me consoler, ma nounou adorée. Je pense souvent à Tornade, qui doit se morfondre sans comprendre pourquoi je ne viens plus. Nos balades me manquent, le bois et la lande, le soleil couchant sur les étangs... et puis je me secoue, parce que tout cela est derrière moi et que je n'ai pas le droit de me plaindre : je suis auprès de l'homme que j'aime.

Je t'envoie la photo du mariage et je t'embrasse bien fort.

Ta Mathilde.

Le feuillet jauni glissa par terre. Paul examina une nouvelle fois la photo. Son père, tête nue, son bras passé autour des épaules d'une jeune fille. Mathilde. Sa mère. Leurs yeux brillants de bonheur.

Cette photographie, il en possédait une réplique sur la table de chevet. Jean tête nue, le bras passé autour de Mathilde en robe de soie claire. Sans la connaître, il avait mille fois imaginé son sourire, son parfum et son rire. Il fermait les yeux et s'efforçait de sentir sa main lui caresser le visage, ses lèvres l'embrasser. Bien souvent, en croisant une jolie femme, il croyait la deviner, sa mère, ardente et douce, veillant sur lui…

Les pas dans l'escalier le tirèrent de sa sidération. Vite, il remit le portrait et le feuillet dans le tiroir qu'il venait d'ouvrir pour y ranger ses cahiers. La porte s'ouvrit sur Célestine.

— Tu en fais une mine, on dirait que tu as gobé un citron ! Ça s'est mal passé à l'école ?

— Non. C'était bien. C'est une dame. Une institutrice, Mlle Chassignac.

— Je sais bien. Ici, tout le monde la connaît. As-tu vu Totoche ?

— Non.

— La belle affaire ! Ne te mets pas la rate à l'envers pour ce vieux gredin, pour sûr il t'a pas oublié. Tu as fait tes devoirs ?

— Oui. On avait juste à relire une leçon.

— Veux-tu m'aider au potager ?

— Je préfère pas… la tête me lance.

Célestine perçut le malaise de l'enfant, mais elle le mit sur le compte de sa déception de n'avoir pas croisé le braconnier. Pourvu que tout se passe bien à l'école, c'était l'essentiel. Maintenant que le gamin avait ses journées occupées, elle aurait moins de souci à se faire. Gentiment, elle proposa :

— Veux-tu un bon lait de poule, pour ta migraine ?

— Non. Merci. Je crois que je vais me coucher.

— Alors je te porterai un bol de soupe et une tartine au saindoux plus tard. Ça te ferait plaisir ?

Il se contenta d'acquiescer sans mot dire, et la brave femme se sentit fondre de pitié. À la première occasion, elle engueulerait Totoche.

— Bon, j'ai à faire en bas. Si tu as besoin de quelque chose, appelle-moi.

— Oui.

Paul se força à sourire, afin qu'elle s'en aille et le laisse seul. Il avait peur de se mettre à crier, ou pire, de sangloter comme un bébé et alors elle voudrait le consoler et elle l'embobinerait encore avec des inventions… Son cœur lui faisait mal. Comment lui faire confiance à présent ? Même à l'institutrice, elle avait menti ! Elle était la nourrice de sa mère et le lui avait caché.

Il alla à l'armoire où étaient remisés les jouets de fille et les examina d'un œil neuf. Alors, ces poupées et ces livres d'images, tout lui appartenait ?

Son père… il savait forcément… Célestine et lui avaient plaisanté ensemble, à la gare. Ils avaient chuchoté sur l'obligation de se cacher, de ne pas se faire voir… pourquoi ? Personne ne devait savoir qu'il était le fils de Mathilde. Qu'avait-elle fait de si terrible ?

Il se dévêtit, enfila sa chemise de nuit, grimpa dans le lit et tira le drap sur sa tête de façon à disparaître dans le noir, oublier. Quand Célestine arriverait, elle le laisserait tranquille, le croyant endormi. Demain, il affronterait l'idée qu'il était fils de cette Mathilde-là, pas ce soir. Demain…

Au petit jour, il fut aisé de feindre. Célestine devait se dépêcher de rejoindre le manoir, mais elle lui avait préparé d'énormes tartines à la confiture et pour sa musette un quignon de pain, du lard, un œuf, une pomme et quelques noix. Paul se força à manger. Il avait mal dormi et fait des cauchemars. Juste avant de partir, alors qu'elle nouait son tablier et apprêtait sa coiffe, la nourrice lui donna deux sous.

— Tu iras prendre du pain au village, ce soir, ça m'économisera le chemin. On a beaucoup à faire en ce moment.

— Pourquoi ?

— La saison de la chasse va commencer et le maître veut que tout soit nettoyé à fond, et puis

Bertrand va revenir plus souvent maintenant que l'automne arrive… Quand tu auras pris le pain, tu peux traîner autant que tu veux, à condition de rentrer pour dîner.

— D'accord.

— À ce soir, mon grand, et passe le bonjour à Totoche !

La journée lui sembla interminable. Mlle Chassignac débuta par un discours sur la nécessité de travailler avec assiduité, particulièrement pour ceux qui étaient en âge de passer leur certificat d'études. Seuls les meilleurs pouvaient y prétendre, et elle tenait à les y préparer sérieusement. Après cela, ils eurent une leçon d'histoire, de la géographie, puis du calcul et une leçon de choses. À l'heure du déjeuner, comme le temps était beau, ils s'égaillèrent dans le préau et Paul reprit sa place près des marches de la classe. Il mangea son repas le nez plongé dans *L'Appel de la forêt*, dont il ne lut pas une ligne, mais c'était toujours mieux que de répondre aux provocations de Pachevot. Durant l'après-midi, l'institutrice le félicita pour son écriture et le chargea de recopier une strophe de Du Bellay au tableau.

Quand la cloche sonna, Paul eut l'impression d'émerger d'un brouillard épais. Sans y avoir vraiment réfléchi, il espérait que le braconnier pourrait l'aider à comprendre, au moins le conseiller. Le secret pesait trop lourd et il brûlait de se confier.

Comme la veille, il courut à la barge et trouva l'endroit désert. Totoche ne voulait donc plus le voir ? Il emprunta le chemin de terre vers les Herteignes. Il n'avait plus aucune envie de croiser Bella, et encore moins Arsène et sa bande qui devaient le guetter. Sur la route communale, il ne risquait pas grand-chose, sauf de rencontrer une commère ou des vieux !

À mesure qu'il approchait du village, pourtant, il hésita à rebrousser chemin pour se cacher sur la barge en attendant le retour du géant. L'orgueil l'emporta, finalement. Le braco lui en voulait pour cette histoire de couteau, sûr et certain ! D'un coup de pied rageur, il balança un caillou dans la Loire, puis un autre.

Assis sur une borne qui marquait l'embranchement entre le bois et le village, Dédé fumait, le pied calé sur son éternelle brouette.

— Tiens, le marmouset…

— Bonjour monsieur Dédé, vous auriez pas vu Totoche ?

— Pas plus que la Vierge Marie. Et tu peux me nommer Dédé tout court, je suis pas un môssieur, moi ! Ça te dit un tour en bérouette ?

— Non, merci.

— Y a que'que chose qui te marchouille, toi ! C'est-y que tu te f'rais chercher des noises par les vauriens d'icitte ? Y m'envoient des cailloux, y me piquent mes alluchons et j'dois les t'nir à l'œil !

— Ça va, ils m'embêtent pas trop… Vous vivez au village depuis combien de temps, Dédé ?

— Ben d'puis toujours, en v'là une question !

— Vous avez connu une Mathilde ?

L'homme fronça les sourcils avant de se plonger dans un abîme de réflexions. Puis sa figure s'illumina et il marmonna, pris par le souvenir :

— Y avait ben une petite qui me d'mandait de l'emmener à l'école, quèqu'fois. Elle m'appelait « Brouette », la drôline, et ma foi, oui, elle s'nommait ainsi, Mathilde. Elle est partie, maintenant.

— Où ça, vous vous rappelez ?

— Partie… là-haut. Trépassée au ciel !

— Ma mère aussi ! Et elle s'appelait Mathilde. Pareil… Voilà, ça explique tout !

— Tout quoi, gamin ?

— Pourquoi mon père m'a envoyé ici ! Ma mère était du village ! Une Mathilde des Herteignes !

Le pauvre Dédé comprit qu'il était pour quelque chose dans l'émotion du gosse et que ça risquait de lui coûter une réprimande. Le comte n'aimerait sûrement pas apprendre qu'un vaque-à-tout qu'il employait quelquefois comme rabatteur se répandait en commérages. Il tenta une diversion maladroite :

— Oh, des Mathilde, y en a tant et plus de par chez nous !

— Elle s'appelait Mathilde comment, la vôtre ?

— Penses-tu si j'la remets ! Personne s'interpelle par son nom, icitte ! Tiens, moi, j'me nomme André Grignoux mais sûr que l'curé y me mettra en terre sous mon p'tit nom, vu qu'il aura oublié l'aut'...

Paul n'attendit pas la fin de son discours. Il filait déjà à fond de train tandis que Dédé restait les bras ballants, à se demander ce qu'il avait bien pu lâcher.

En cette fin de journée, l'ombre avait envahi les allées du cimetière. Paul connaissait mal les lieux. Célestine se signait souvent, appelait les saints à la rescousse et s'estimait croyante mais point trop pratiquante, par manque de temps ou déception ; et si on lui en faisait le reproche, elle soutenait que ni elle ni la religion ne s'en portaient plus mal. Du coup, ils n'étaient allés à l'office que la semaine passée, « histoire de se ménager le Seigneur et puis ça ne te fera pas de mal pour la rentrée », avait-elle soutenu.

Dans la pénombre grandissante, Paul entreprit de déchiffrer les pierres tombales. Certaines arboraient une cocarde tricolore et des dates récentes : 1917, 1915, 1918, 1914. Rien en 1916, bizarrement. Il ne vit de Caradec nulle part et aucune Mathilde. Pourtant, la fille dont Dédé se souvenait devait bien se trouver quelque part... Il allait se retourner quand deux mains le soulevèrent de terre.

— Totoche !

— On peut savoir c'que tu manigances ?

— Je cherche ma mère. Dédé m'a dit qu'une Mathilde était morte ici, et elle était du village, je crois…

Le braconnier comprit aussitôt. Cette andouille de Dédé avait trop causé ! Après leur partie de pêche, Célestine avait fini par tout lui avouer, le père parti pour l'Algérie, l'ignorance du gosse quant à ses origines et le souci de préserver son incognito, comme elle disait. Tu parles ! Ces choses-là finissent toujours par se savoir.

— Dédé ! Ma foi, si tu te mets à écouter ses élucubrations, t'es pas sorti de l'auberge ! Et en admettant même qu'elle y soit, cette Mathilde, ça t'avancerait à quoi ? Après la pierre, tu vas gratter la terre ? Sais-tu seulement sur quoi tu tomberas, bourrique ? Des os tout pourris qui puent la charogne ! T'as envie d'ça ?

Paul blêmit. Totoche vit qu'il y avait été un peu fort et demanda plus doucement :

— Tu voulais quoi au juste, à v'nir sur les tombes ?

— La trouver. Je sais presque rien d'elle, mon père veut jamais en parler, je sais même pas si elle s'appelle vraiment Caradec… parce qu'en vrai, Lacassagne, c'est pas mon nom, c'est Célestine qui l'a voulu. Alors pourquoi ils auraient pas aussi changé celui de ma mère ? Mais les gens, on les enterre souvent par famille, alors si je la trouve je pourrai leur rendre visite et leur annoncer : c'est moi, le fils de Mathilde…

— D'abord, pourquoi ta mère s'rait du village ? Et puis même si c'était vrai, ce qui m'étonnerait, crois-tu que sa parentèle t'attendrait, vu que personne s'est soucié de te chercher ? La mort, on y arrive toujours assez tôt, alors tu vas m'promettre de t'ôter ces idées de la calebasse, mordiou ! Et oublie pas qu'la vie, quand elle fait pas sa fi' de garce, elle a fichtrement belle allure, alors faut en profiter, parce qu'elle passe vite, crois-moi…

— Tu comprends pas ! Je dois la retrouver !

— Arrête de brailler ! Y a pas de Mathilde ici.

— T'es sûr ? Comment tu peux le savoir si tu fréquentes pas l'église ?

— Y a un tas de choses que je sais. Tiens, ton institutrice, par exemple, c'est une demoiselle Chassignac, vrai ou pas ?

— Vrai ! Tu l'as rencontrée ?

— Bien sûr. On a même discuté plus qu'une paire de fois parce que va savoir pourquoi, elle m'a à la bonne. En plus elle s'y connaît en choses de la nature.

— Je l'aime bien… Mais tu faisais quoi, toi, au cimetière ? Je t'ai cherché hier et encore aujourd'hui et t'étais nulle part ! Ensuite y a eu cette lettre que j'ai trouvée et qui…

— J'veux pas le savoir. Si vraiment ça te tourmente, alors cause-en à Célestine.

— Elle raconte des mensonges !

— Célestine, je peux t'assurer qu'il y a pas meilleure femme au pays ! Alors si elle cache des choses, c'est qu'elle a ses raisons.

Paul prit son courage à deux mains et s'excusa piteusement :

— J'suis désolé pour ton couteau.

— Bah, j'en avais d'autres. Sûr que c'était une bonne lame, mais y a point mort d'homme.

— D'accord, mais faut que je te dise, Borel, j'lui ai jamais causé de la braconne… Il m'a puni mais j'ai rien rapporté, je te jure !

— Je sais, t'es un bon petit gars.

Il se mit à glousser, d'un gros rire contagieux qui gagna l'enfant.

— T'aurais vu la tête du père Borel quand il a pigé que son plan foirait, j'ai ben cru qu'y m'tomberait raide de congestion ! J'aurais été dans la panade, pense donc, d'ici qu'on m'accuse de braconner un gardaillon plutôt qu'un garenne !

Il s'esclaffait si fort qu'un chien de ferme se mit à gueuler, entraînant d'autres abois en cascade.

— Viens, on file d'ici, c'est pas le moment de se faire poisser ensemble !

Paul avait l'impression de retrouver ses repères. Totoche l'avait convaincu, Célestine devait avoir ses raisons. Pour l'instant, il la laisserait tranquille et mènerait son enquête seul. Et puis, quand son père rentrerait, il ne pourrait plus lui cacher la vérité…

Totoche marchait à grands pas et il dut courir pour se maintenir derrière lui.

— Elle est où, Garçon ?

— J'l'ai laissée garder la barge. Tu lui manques, elle arrête pas de geindre après toi !

— C'est vrai ?

— Vrai de vrai. Faudra qu'tu reviennes la voir !

— Demain ?

— Demain.

Ainsi furent scellées leurs retrouvailles.

Ce n'est qu'une fois rendu chez les Borel que Paul réalisa son étourderie. Il avait oublié le pain !

12

Trois semaines s'étaient écoulées. Paul avait pris la tête de la classe. Il ne se mêlait jamais aux jeux, refusait d'affronter la bande à Arsène, mais si l'on venait à le chatouiller sur ses origines, il n'hésitait pas à répliquer. Raymond racontait qu'il traînait en compagnie du braco et Ernest l'avait vu, un soir, fouinant du côté du cimetière. Aussitôt le bruit s'était répandu qu'il invoquait les esprits quand il ne chouravait pas les couronnes pour en faire commerce. On finissait par lui prêter un pouvoir de nuisance, et on le laissait assez tranquille.

Paul filait, sitôt la cloche sonnée, rejoindre Bella ou Totoche. Parfois, la fille l'attendait à l'entrée du sous-bois, parfois elle se cachait, et il tombait sur un indice : une loche disposée sur un caillou en plein milieu du chemin, une flèche indiquant une direction. Ce jeu lui faisait battre le cœur et oublier un peu le reste, sa mère disparue, le silence de Jean, les cachotteries de Célestine. Avec Bella, ils causaient des choses qu'ils avaient vues, le train à vapeur, l'immensité de l'océan camarguais ou une bande de colverts qui avait survolé l'étang, la veille au soir. Ils retournèrent au campement et Paul s'enhardit à saluer le chef. Le gitan lui parut assez ordinaire, peu causant et plutôt gentil. Il réparait l'essieu d'une charrette et lui demanda un outil, puis, l'ayant reçu, le remercia et ne s'occupa plus de lui. L'enfant était désormais toléré comme l'ami gadjo de Bella.

Chaque jeudi matin il partait pêcher, donner un coup de main à la barge, réparer un filet, poncer ou graisser une pièce d'outillage. Quand il n'y avait rien à faire, il emmenait la chienne relever les collets et souvent Bella l'accompagnait. Totoche avait fini par faire sa connaissance quand Paul l'avait amenée, un dimanche pluvieux.

Le soir, avant le retour de Borel, l'enfant se dépêchait d'aller à l'enclos des chiens pour les accoutumer à sa présence. Il avait peine à les distinguer les uns des autres, alors il tentait de s'imposer en risquant au hasard un « Arrière, Tapageaut » ou « Calme, les chiens », mais quand il se décidait à tendre la main vers le grillage, la meute se déchaînait en abois furieux. Chaque fois, il reculait, se jurant de réessayer le lendemain.

L'image de Mathilde revenait l'assaillir à la nuit. Plus le temps passait, plus il lui semblait difficile d'interroger Célestine. Quant à demander des comptes à son père par lettre, cela lui paraissait absurde. Qui aurait-il pu interroger ? Les gens du village le répéteraient à la nourrice ou l'enverraient promener, Totoche jurait ne rien savoir et son institutrice l'impressionnait. Paul était condamné à découvrir la vérité seul…

Ce jeudi-là, Antoine de La Chesnaye était venu s'enquérir du moral des chiens. Borel trouvait Lucifer un peu lunatique, il craignait de voir sa nervosité gagner le reste de la meute. Le comte fut content de tomber sur le petit Lacassagne, quoiqu'un peu étonné de le découvrir dans cette posture figée, face au grillage. En l'entendant approcher, le gamin secoua la tête, la mine contrite.

— Je crois qu'ils m'aiment pas beaucoup…

— Ils sentent ta peur. Il faut t'imposer sans crier.

— Mais je crie pas.

— Toi non, mais ta peur si, et c'est elle qu'ils flairent. Reste tranquille devant le chenil. Respire, pense à autre chose et ça viendra petit à petit. Tu sais, une meute ne s'éduque pas à la légère. Il faut connaître chaque chien et comprendre la horde dans son ensemble, respecter sa hiérarchie, canaliser les meneurs, encourager les timides, punir ceux qui divaguent. Le maître d'équipage donne le ton et la meute lui ressemble…

— Alors ceux-là ressemblent à Borel ?

— Un peu. Ils portent son empreinte et savent ce qu'il attend d'eux. Une belle chasse dépend souvent de la meute, de la façon dont elle a été choisie, dressée, entraînée, et ce savoir-là est un art qui exige de l'intuition, de la compréhension.

— Mais… Borel, il les engueule !

— Cet homme connaît mieux que personne ses chiens, ne l'oublie pas… avant de juger, et il sait parfaitement faire le bois.

Devant la mine interloquée de l'enfant, il précisa :

— Faire le bois, c'est lire la nature avant une chasse et choisir l'animal à lancer. Il n'y a aucun hasard là-dedans, au contraire, c'est un choix mûrement réfléchi. Crois-tu qu'un mauvais maître d'équipage en serait capable ? Tiens, tu vois ce chien ? Lucifer !

Une bête s'avança, la queue fouettant l'air.

— Ce chien a du nez, de la personnalité, parfois trop, et Borel s'inquiète de le trouver un peu nerveux. C'est probablement l'impatience qui le travaille, mais mon garde possède assez de sensibilité pour comprendre l'animal. Tu comprends ?

— Oui, je crois. Borel aime les chiens.

— Voilà. Allons, assez parlé de chasse aujourd'hui. Puisque le hasard me met sur ton chemin, je veux te montrer quelque chose…

Ils marchèrent en silence vers la grande maison. Paul se disait qu'à cause des bobards de Célestine, il avait pris le comte pour un sale grincheux ; il découvrait à présent un homme mesuré et patient. Il se sentit soudain très fier d'être distingué.

Dans le vestibule, le comte lui commanda de patienter un instant, le temps de commander un goûter. Il s'absenta une minute et, en remontant, se dirigea vers une porte logée sous l'escalier. Ils pénétrèrent dans la bibliothèque. Les murs étaient couverts de livres du sol au plafond.

— Il paraît que tu es grand amateur de lecture ?

— Comment… comment vous le savez ?

— Par une demoiselle que je connais bien et qui te fait la classe. Tu vois de qui je veux parler ? Désormais, tu pourras venir quand bon te semble et emprunter les livres qui te plaisent. Jules Verne, Dumas père ou Hugo, ce ne sont pas les romans qui manquent et si tu ne sais pas quoi choisir, viens me demander conseil. Cela te plairait ?

— Oh oui, monsieur !

— Avant, j'aimerais te raconter une histoire. Quand j'étais enfant, mon grand-père m'a révélé une chose qui m'a accompagné toute ma vie. Veux-tu la connaître à ton tour ?

— Oui !

— Il m'a dit : lis, lis toujours et tu trouveras un secret.

— Quel secret ?

— Le seul qui vaille, celui que chacun porte au fond de soi, petit ou grand.

— Moi aussi j'en ai un ?

— Oui, certainement et si tu ignores lequel, ce n'est pas grave, il finira par t'apparaître un jour.

— Mais si on le porte en nous, comment il peut se retrouver dans un livre ?

— Peut-être parce que ce secret façonne ta vision du monde et qu'en réalité tu le découvres dès que tu prêtes attention à ce qui t'entoure. Pour un lecteur, ce sera dans un roman ou un essai, pour un vagabond ce sera au détour d'un chemin.

Il s'approcha d'un rayonnage et saisit un volume qu'il lui tendit.

— Tiens, je te le recommande.

Sur la tranche en cuir vert, tracé en lettres dorées, Paul lut *Les Grandes Espérances*. C. Dickens. Tome 1.

— C'est l'histoire d'un jeune orphelin, pauvre, malheureux et pas toujours clairvoyant jusqu'au jour où il découvre… un secret, justement. Tu verras bien…

À cet instant, on entendit toquer et Célestine fit irruption, chargée d'un lourd plateau.

— Merci, Célestine, dit le comte. Tu aimes le chocolat chaud ?

Paul hocha la tête. Jamais il n'avait vu semblable luxe : des tasses en porcelaine peinte, une chocolatière en argent d'où filtrait l'arôme du cacao vanillé, des pâtisseries luisantes de beurre… Aussitôt sa bouche se remplit de salive.

— Ne le gâtez pas trop, monsieur, dit Célestine.

— Et pourquoi pas ? Un enfant ici, cela faisait si longtemps…

Elle les laissa en priant pour que tout se passe bien. Ils discuteraient sans doute de chasse. Paul avait été prévenu qu'il ne fallait jamais faire d'allusion à la famille. Oui, tout se passerait bien…

Ce soir-là, sitôt sa soupe avalée, Paul s'était plongé dans le monde de Pip. Il en était arrivé à la rencontre avec le forçat et tremblait pour le héros quand un crissement de graviers lui fit tendre l'oreille. Il se glissa à la fenêtre, le cœur battant, mais ce n'était que Borel sorti se soulager. Souvent, le garde-chasse négligeait le cabanon pour pisser « comme un honnête homme » le nez dans les étoiles. Il prétendait mieux lire le temps du lendemain s'il le flairait à la nuit noire. Ce soir-là, l'obscurité s'épaississait encore de nuées gorgées de pluie. En entendant l'homme jurer, Paul sentit l'inquiétude monter. Un instant, il balança entre l'envie de retourner au chaud et celle d'en savoir plus. Finalement, il se glissa sur le palier et s'accroupit en haut des marches. Borel rentrait déjà en interpellant sa femme qui reprisait au coin du feu.

— C'est un temps pour lanterner. L'autre y sera, j'en jurerais.

— Braconner à la lanterne, ce n'est point trop dans ses usages, si ?

— Je l'ai pourtant vu l'aut' jour qui le bricolait, son quinquet. À c't'heure, je t'parie même qu'il s'est mis en chemin pour les garennes de Poigny.

Célestine se contenta de secouer la tête. Irrité de sentir qu'on le contestait, Borel haussa le ton :

— S'il y est, il est cuit ! Je te l'attrape en flagrant délit et de l'auberge Grandbois, je fais appeler les gendarmes. Le patron a fait installer un téléphone.

— Pas la peine de te demander de qui on cause, pas vrai ? Toujours Totoche ? Tu devrais l'oublier un peu. Il en finit plus de te terbouler l'esprit…

— Plutôt crever, oui !

— En attendant tu vas me réveiller le petit, à gueuler.

La nourrice se leva et disparut dans la cuisine. Un instant plus tard, elle revenait avec une bouteille de gnôle. Elle remplit deux verres, posa le premier sur la table devant son mari et leva le sien bien haut, souriant pour l'aguicher. La lueur des flammes teintait sa peau de rose et Borel sentit une autre sorte de feu le gagner. Il avala son verre d'une traite, et elle le resservit aussitôt, avec un rire de gorge.

— Tout doux, dit-il. Si je veux poisser l'autre, faut que je marche droit…

Il se rassit pourtant pour siroter à l'aise et Célestine en profita pour venir sur ses genoux. L'alcool réchauffait agréablement. Rien de meilleur qu'un ou deux coups de gnôle pour affronter les ténèbres. Sans réfléchir, Borel tendit son verre.

— Le dernier pour la route, hein... après, j'y vais.

Paul, qui écoutait, comprit que Totoche risquait gros. Cette fois, pourtant, il n'était pas question de le laisser tomber sans tenter quelque chose ! Il s'habilla en vitesse, attrapa la boîte d'allumettes, puis il ouvrit la fenêtre et enjamba le bord. En s'agrippant à la racine du lierre, il fut bientôt en bas sans dommages. Il devait à présent retourner dans le vestibule où Borel rangeait ses lampes. C'était risqué, mais moins que de se diriger sans lumière et il n'avait aucune envie de finir égaré dans un marais. Il entra avec d'infinies précautions, perçut le bruit des verres qu'on choque et le rire de Célestine. Il ne pouvait chaparder la torche du garde-chasse, elle était trop précieuse et il s'en servirait ce soir, mais la vieille lanterne de réserve ferait bien son affaire. Paul s'en empara et sortit.

Borel avait fini par se lever. Il tanguait un peu, mais se persuada que c'était la chaleur du feu.

— Attends... Si tu restais ici, avec moi, bien au chaud ?

L'homme renâcla : la proposition le tentait sacrément et il ne voulait pas l'entendre.

— Et laisser Totoche rafler les perdrix ? Je dois faire mon devoir de garde.

— Et ton devoir conjugal ?

Célestine ouvrit un bouton de sa chemise, desserra le lien qui tenait son corset. Borel déglutit. Qu'avait-elle donc en tête, la bougresse ? À cette heure, et dans la cuisine ? Elle riait toujours. Alors qu'il s'approchait, elle se sauva et il la poursuivit sans plus se soucier de rien.

Un Loup n'avait que les os et la peau,
Tant les chiens faisaient bonne garde.
Ce Loup rencontre un Dogue aussi puissant que beau,
Gras, poli, qui s'était fourvoyé par mégarde.

Paul avançait sur le chemin forestier à la lueur vacillante de la flamme. Il déclamait à mi-voix une poésie que l'institutrice leur avait donnée à apprendre. Réciter l'aidait à ne pas observer de trop près les ombres mouvantes des arbres, ni à écouter les bruissements furtifs – l'approche d'une bête sauvage ? Il pressentait une menace derrière chaque talus, chaque fourré trop dense. Comment trouver le braco alors qu'on n'y voyait goutte à plus de quatre pas ? Il lança d'une petite voix « Totoche ! » Rien ne lui répondit.

Puis, sans prévenir, la nuit explosa. Le bruit des détonations, l'éclat jaune d'un feu, deux, trois points de lumière qui tournoyaient. C'était à une cinquantaine de mètres, peut-être davantage. L'enfant avait perdu tous ses repères. Il se recroquevilla, le temps que le vacarme cesse, puis se remit debout et se lança en avant. Il criait, autant pour prévenir que parce qu'il avait peur :

— Totoche ! Totoche ! Y a Borel qui s'en vient !

La première chose que son regard saisit dans la flaque de lumière fut les dépouilles de quelques perdrix. Puis un faisceau aveuglant le cloua sur place tandis qu'on l'interpellait rudement :

— C'est qui ce morveux ?

Il discerna trois hommes à la mine patibulaire et se retrouva cerné sans avoir le temps de reculer. Leurs gros poings serraient des fusils qui lui parurent énormes. L'un des gaillards se pencha vers lui, menaçant.

— De quoi tu causes ? T'as prévenu Borel, c'est ça ?

— Non ! C'est lui qui va appeler les gendarmes pour…

— Les gendarmes, en plus ? Sale petite fouine !

Son compère s'échauffait, mais il n'eut guère le temps de gueuler : le troisième braconnier intervint d'une voix sèche :

— On va te la fermer ta bouche… dans un sac au fond de l'étang !

Ils avancèrent pour le prendre en tenaille, et l'enfant vit qu'ils portaient un sac à gibier béant. D'un mouvement frénétique, il balança sa lanterne vers le plus petit des hommes et, poussé par la force du désespoir, parvint à percer l'embuscade.

Il courut longtemps à travers la campagne, sautant par-dessus les fossés, se frayant une voie à travers des roseaux puis rebroussant chemin pour éviter un étang aussi noir que de l'encre – celui de la Malnoue ? Un autre ? Rien ne ressemblait plus à ce qu'il connaissait – et il manqua s'embourber dans une vasière en repartant au hasard, terrifié. Les hommes le talonnaient et ne cessaient de s'interpeller. Brièvement, il ressentit l'affolement d'être la proie. S'ils le rattrapaient, les hommes le tueraient, ils l'avaient dit ! Il sentit que ses jambes commençaient à faiblir et à trembler et chercha un roncier pour y disparaître.

Une ombre surgit tout à coup face à lui. Son cri fut étouffé dans la grosse pogne. Cette fois, il mit un moment à reconnaître son vieil ami.

En une seconde, Totoche devina le danger. Des hommes approchaient et gueulaient comme pour une curée. Il traîna l'enfant à l'abri d'un fossé, disposa une brassée de fougères pour les couvrir. Paul découvrit Dédé flanqué de sa brouette. Garçon aussi était tapie là, silencieuse, la truffe frémissante.

Les deux hommes se concertèrent du regard. Totoche leva les doigts, trois, puis referma le poing. Dédé approuva du menton. Les autres étaient à dix mètres, gueulant toujours : leurs lanternes tournoyaient au rythme de leur progression. Ils attendirent qu'ils passent et bondirent à leur suite. Paul comprit qu'ils voulaient profiter de l'effet de surprise. Totoche fonçait déjà en poussant un hurlement inhumain, flanqué de Garçon qui jappait comme une enragée. Dédé suivait en gueulant avec la conviction d'un cochon égorgé.

Totoche sécha le premier gaillard d'un coup de poing. Le second, crocheté par Dédé d'un pied adroit, s'étala dans la boue et se remit debout en un bond, non pour se défendre mais pour s'échapper. Le troisième avait déjà disparu sans demander son reste. Suffoquant de rage, Totoche ramassa le sac à gibier et deux lanternes abandonnées. Dédé tenta de le calmer :

— Vont pas revenir de sitôt, ces bracos d'Aubigny. Z'ont pris les jambes à leur couilles !

Paul se mit à rigoler nerveusement. Il venait de sortir du fossé et se fit cueillir par le faisceau que Totoche venait d'allumer. Il eut peine à reconnaître sa voix, tant elle était dure.

— Dis-moi c'que tu fous là, en pleine nuit ? Qu'est-ce que t'as dans le crâne ? T'aurais pu prendre un coup de fusil ! Ou finir noyé, espèce de petit con !

Il secouait l'enfant, si bien que Paul se mit à sangloter en bredouillant :

— Borel voulait te prendre en flagrant délit. Alors je suis venu te sauver, parce que… il devient fou à te chercher !

Paul pleurait à gros sanglots et le braco s'en trouva désarmé. Brusquement calmé, il s'accroupit.

— Te bile pas, l'est pas né celui qui m'remettra au cachot. Seulement, me refais plus un coup pareil. S'il t'était arrivé malheur, t'imagines seulement not' Célestine ! Et elle aurait raconté quoi à ton père ? Qu'tu sers de gibier aux fumiers ! Ceux-là, y perdent rien pour attendre, la prochaine fois que j'les vois, j'vais leur apprendre qui est Totoche !

L'enfant reniflait. Il se savait pardonné, Totoche était sauvé, le reste n'avait plus d'importance. Puis il se rappela qu'il avait balancé sa lampe.

— Totoche, j'avais pris la lanterne à Borel et je l'ai plus. Je l'ai jetée quand je me suis enfui !

— Te bile pas. Tu n'as qu'à la troquer avec celle de ces fumiers.

— Et s'il remarque que c'est pas la sienne ?

— Ça m'étonnerait. Rien ressemble plus à une loupiote qu'une autre loupiote. Bon, tu dois rentrer avant qu'on découvre que t'as disparu. Dédé, tu peux le ram'ner dans ta bérouette ?

Dédé acquiesça, oubliant que son engin aurait dû servir au gibier.

— L'carrosse de Monseigneur est avancé !

Totoche ne dormit guère cette nuit-là. Pour la première fois de son existence, il se demandait si les risques pris à braconner en valaient la chandelle.

Peut-être pourrait-il lever le pied ou cesser de narguer Borel ? Sans compter qu'à jouer les provocateurs, il finirait par perdre Célestine, or sa bonne nature et sa gentillesse avaient fini par le piéger aussi sûrement que ses appas de belle femme !

Il était parti réfléchir dans son coin à champignons favori et avait ramassé un plein panier de cèpes. Il coupa le pied d'un bolet ventru en veillant à ne pas l'abîmer, ôta le surplus de terre et le posa avec précaution sur sa récolte. Ce serait le dernier.

Il entendit un peu tard un piétinement et choisit de se cacher dans les buissons. Avec un peu de chance, l'autre passerait son chemin sans le voir. Et si c'était Borel, il s'échapperait à toutes jambes. Il vit surgir le vieux comte et fulmina. Juste le jour où il songeait à se faire discret ! Antoine de La Chesnaye avait beau être plongé dans une profonde méditation, il remarqua aussitôt l'homme tapi à couvert et l'interpella, sarcastique :

— Alors l'ami, tout va comme vous voulez ?

Totoche prit soin d'ôter sa casquette et salua.

— On braconne ? Savez-vous que je pourrais déposer plainte ?

— Pour une misère de champignons ? C'est malheureux à dire, m'sieur le comte, mais pour sûr on avait plus de libertés du temps des rois…

Le comte songea que cette leçon d'histoire pour le moins douteuse amuserait sûrement quelques-uns de ses amis. Depuis le temps, il connaissait l'homme et sa réputation. Totoche l'intriguait ; sa liberté de ton était distrayante. Ici, comme ailleurs, on tolérait les bracos comme on le fait d'un gros orage ou de la fièvre des marais, pourvu qu'ils n'exagèrent pas trop. Cela, Borel ne le comprenait pas.

Il loucha vers le panier et siffla d'admiration.

— Les lapins, passe encore. Mais les cèpes, c'est tout de même plus rare. Surtout cette année.

— Qui vous a raconté cette fable ?

— Mon garde.

— Forcément, celui-là… Si je peux me permet', votre Borel, au lieu de traquer les pauvres bougres, y f'rait mieux de s'occuper du domaine. Tenez, vos grumes de chêne empilées sur le chemin de Closefontaine, si vous laissez aller, vous pouvez faire une croix d'ssus ! Ça grouille de termites pis qu'en enfer !

— J'irai voir ça, merci.

— J'devrais pas vous le dire, mais c't'homme-là connaît point les coins à champignons. Des cèpes, y en a tout plein cette année. Et c'était couru ! « Grésil à la Saint-Siméon, champignons à la Saint-Gilles »… Vous en voulez ?

Il tendait son panier, regrettant à peine le sacrifice puisque le comte semblait si bien disposé. Mais le vieil homme le surprit en refusant d'un geste.

— J'aime mieux les girolles, pour tout dire. Une belle omelette avec, quel bonheur !

— Je vois qu'on a les mêmes appétences, m'sieur le comte ! Moi aussi j'préfère.

— Puisqu'on en est aux confidences, je vous ferai un aveu… Madeleine, ma cuisinière, les gâche toujours un peu. Trop sèches, trop plates, et j'ai beau le lui répéter, elle n'y entend rien !

— C'est qu'elle doit faire noircir son beurre au lieu de blondir comme y faut, en douceur. Le prochain coup, d'mandez à Célestine ! Pour l'omelette, y a pas son pareil dans tout l'pays, c'est une reine !

Le comte ne put retenir un sourire. Le braconnier régalé par la femme du garde-chasse ? C'était plutôt cocasse, à moins que ces deux-là ne soient parents. Il ne connaissait pas tous les cousinages entre ses gens, la preuve. Cette pensée en amena une autre et il questionna Totoche presque distraitement :

— Au fait, puisque vous semblez renseigné de tout, savez-vous qu'elle héberge un petit Parisien ? Un drôle de gamin, vraiment singulier… Figurez-vous que ce garçon est persuadé d'avoir vu mon fameux géant. Il m'a parlé d'un cerf de dix-huit cors…

Par le diable, le galopiaud avait raconté ça au vieux ! Totoche se sentit bêtement jaloux et grommela :

— Une foutue légende, sauf vot' respect !

— Certes… Toutes les régions ont leur fable. En Écosse, on parle d'un serpent gigantesque qui hanterait les profondeurs d'un lac. En Gévaudan il y a la bête, alors pourquoi pas un cerf majeur en terre de chasse ? Il m'arrive quand même de me demander s'il n'y aurait pas un fond de vérité…

— Un grand seize, je dis pas, mais là…

— Vous avez sans doute raison, ce ne sont que des chimères. Il faut croire que les hommes aiment à rêver d'impossible…

Il hocha la tête et s'en alla sans saluer. Après tout, laisser Totoche à ses maraudes était déjà une forme de politesse.

13

Face au chenil, l'enfant se concentrait sur sa respiration et se répétait qu'il n'avait pas peur. La meute semblait placide, en attente d'un mouvement ou d'un ordre. La plupart des chiens étaient de race poitevine, des tricolores élancés et solides et parmi eux certains étaient timides, courageux, aboyeurs, grognons, obéissants ou frondeurs. Bientôt, Paul crut reconnaître Lucifer, un bleu de Gascogne plus robuste et trapu. Sur sa cuisse, il remarqua une tache blanche en forme de cœur. L'animal semblait plutôt gentil en dépit de son nom. Il se décida à approcher plus près et y parvint sans susciter de trouble, sinon un intérêt accru chez quelques mâles qui se levèrent en bâillant pour aller flairer le grillage. Un poitevin pissa dessus, aussitôt imité par un chien à poil rouge. Tapageaut et Vol-au-Vent ? C'est toujours eux que Borel appelait en premier.

— Gentils, les chiens ! Je reviendrai demain ! dit-il en reculant doucement.

Ce demi-succès le rendait presque heureux. Il hésitait à rentrer. En réalité, il brûlait d'envie de faire un détour par le manoir puisque c'était permis, juste pour le plaisir de revoir la bibliothèque. D'ailleurs, il avait déjà lu la moitié du Dickens, ainsi, il pourrait choisir le prochain livre qu'il emprunterait. Malgré la permission donnée, Paul avait du mal à croire qu'il pouvait pénétrer dans le manoir à sa guise, sans se cacher.

En passant devant les écuries, il aperçut le vieil homme occupé à panser son cheval et s'enhardit à le héler de loin.

— Bonjour !

Le comte leva la tête et sourit largement en lui faisant signe d'approcher.

— Alors, as-tu revu notre dix-huit cors, jeune homme ?

— Non, monsieur, et puis je suis occupé à l'école.

— Bien sûr, où avais-je la tête ! Quoi qu'il en soit, si ce fameux géant habite le sous-bois, les chiens finiront bien par le trouver. J'ai averti Borel d'ouvrir l'œil.

— Vous lui avez dit que c'était moi qui l'avais vu ?

— Certes non ! Je ne voudrais pas le vexer… et j'ai cru comprendre que vous n'étiez pas les meilleurs amis du monde. J'ai simplement prétendu avoir aperçu un gros cerf au cours d'une balade.

Paul se sentit brusquement mal à l'aise. Tuerait-on le cerf par sa faute ? Pour se distraire, il approcha d'un box ouvert. À l'intérieur, couché sur un tas de paille, un cheval somnolait.

— Il est malade ?

Le comte se rembrunit. Il parut hésiter à répondre, puis se décida.

— Non, seulement âgé et fatigué. C'était le trotteur de ma fille. Personne ne l'a plus monté depuis… qu'elle est partie.

— Alors il reste tout seul ?

— On le sort au pré lorsqu'il fait beau, mais il se fait vieux et cela devient de plus en plus difficile et je ne peux me résoudre à le faire abattre.

Sa voix se brisa. Il se détourna et reprit sa tâche. Paul aurait voulu trouver quelques paroles de consolation, mais s'il évoquait la fille disparue, il enfreindrait l'interdiction de Célestine. Le comte achevait de bouchonner Tempête. Puis il se pencha pour soulever son antérieur d'un geste assuré et, à l'aide d'un cure-pied, racla le sabot puis tapota sur la corne avant de laisser le cheval reposer sa jambe. Il fit de même pour chaque membre, puis se redressa avec un soupir.

— Aimerais-tu apprendre à monter, jeune Lacassagne ?

Plus tard, en y songeant, Antoine de La Chesnaye ne sut expliquer pourquoi il avait parlé ainsi, sans doute poussé par la sympathie et pour oublier son accès de tristesse. Comme l'enfant ne répondait pas, il insista, vaguement contrarié de son silence :

— Je t'ai posé une question.

— Je sais, monsieur... mais je ne m'appelle pas comme ça.

— Ah oui ? Pourtant c'est ainsi que tu t'es présenté, non ?

— C'est Célestine qui veut. Et moi j'en ai marre de mentir. En vrai, je m'appelle Caradec.

Paul avait répliqué impulsivement. Il aimait bien le vieux comte, et ça lui semblait moche de filouter un homme aussi chagriné !

Plus pâle qu'un mort, Antoine le fixait, sidéré.

— Caradec ?

— Oui, monsieur. Paul Caradec.

La Chesnaye se laissa aller contre le mur et ferma les yeux un bref instant. On aurait dit qu'il souffrait. Effrayé, Paul se demanda s'il fallait appeler Armand. Célestine avait dit vrai, pour une fois, il n'aurait jamais dû causer à tort et à travers.

Le cheval piaffa nerveusement et lança une brusque ruade qui atteignit son maître à l'épaule et l'envoya rouler au sol. Paul se précipita pour l'aider.

— Il vous a fait mal ?

— Ne t'inquiète pas, je n'ai rien de cassé. Donne-moi le bras que je me lève, je crois que la tête me tourne un peu. J'aurais dû faire attention.

Il se remit d'aplomb, laissant sa main s'attarder sur l'épaule du garçonnet. Des émotions violentes et contradictoires tourbillonnaient dans son esprit comme un essaim d'abeilles folles. Il fallait d'abord s'occuper de Tempête. Il saisit le cheval par la bride, tenta de l'apaiser avec des paroles douces, puis le fit entrer dans son box dont il referma la porte.

Paul Caradec.

Il sortit du box, osa enfin dévisager l'enfant, en quête d'une ressemblance. Paul semblait anxieux, un peu embarrassé. Soudain il la vit, comme une empreinte, une ombre ou un reflet lointain, quelque chose dans la rondeur des joues, le regard aussi, curieux et doux, cette vivacité qui éclairait Mathilde. Il se rappela alors son trouble, l'autre jour, en le voyant sourire. C'était donc cela ! Sa fille s'illuminait de la même façon. Il dut se faire violence pour ne pas empoigner l'enfant et le serrer contre lui. Il ne devait rien précipiter, pas avant d'avoir compris ce qui se tramait…

— Ça va bien à présent, je crois que je vais aller me reposer, mais je te ferai appeler plus tard. Rentre chez toi.

— Vous voulez pas que je vous aide ?

— Non. Ne t'inquiète surtout pas pour moi, j'ai le cuir solide.

— D'accord. Je m'excuse pour tout… Au revoir !

— À bientôt, Paul.

Le gamin fila derrière les dépendances. Antoine de La Chesnaye oscillait entre stupeur et émerveillement, ne sachant plus s'il avait envie de rire ou de pleurer.

— Alors ?

Célestine tortillait un pan de tablier entre ses doigts. Le comte s'efforça de ne pas laisser paraître son irritation. La braquer ne servirait à rien, et la colère avait fait assez de dégâts dans son existence.

Il avait fait appeler la gouvernante au salon et ordonné qu'on ne les dérange sous aucun prétexte. À présent, Célestine se tenait devant lui, le front baissé, muette. Malgré sa furieuse envie de la secouer, il conserva son calme.

— Pourquoi m'avoir menti ? Vous taire ne servira plus à rien maintenant.

— Je pensais pas à mal en le prenant chez nous.

— Donc vous saviez qui il était, n'est-ce pas ?

Elle hocha la tête, piteuse.

— Bien entendu. Comment auriez-vous pu l'ignorer…

Comme elle essuyait sa figure, il vit ses larmes. Cela l'ébranla mais il n'en laissa rien paraître. Après tant de duperies, il n'était pas question de se laisser sottement amadouer.

— Ainsi, vous aviez gardé des liens ?

— Oui.

— J'aurais dû le savoir. Vous l'aimiez beaucoup, n'est-ce pas ? Et elle aussi vous était attachée.

— Quand elle était petiote elle m'appelait « maman Célestine », et moi, je pouvais toujours la reprendre, ça lui échappait encore…

Ils se turent, tous deux plongés dans leurs souvenirs. Le comte sentait le danger à ressasser le passé, tout ce qui aurait pu être évité sans son fichu orgueil ! Mathilde avait aimé un homme alors qu'il voulait lui en imposer un autre, et pour cela il l'avait reniée, convaincu qu'elle finirait par revenir à la raison. Chaque jour, depuis sa mort, cela le torturait, chaque jour la douleur rongeait son vieux cœur et son corps fatigué.

— Je suis désolée, monsieur.

La brave femme le lorgnait avec tant d'inquiétude qu'il se sentit confus. Certes, elle avait menti, mais avait-elle le choix ? Depuis bientôt douze ans, il luttait pour cacher son malheur en oubliant qu'on ne joue pas la comédie à des gens qu'on côtoie quotidiennement. C'était aussi sa faute si Célestine avait cru bon de le protéger.

— Désolée de quoi ?

— De vous avoir caché tout ça. Son père devait partir, il savait point à qui le confier. J'ai pas eu le cœur de refuser.

— Je comprends… Vous avez bien fait. Et l'enfant, que sait-il ?

— Oh, presque rien, le pauvret. Juste qu'il devait passer pour un petit-neveu ici, à cause… à cause de vous. J'ai pas su quoi lui expliquer, alors j'ai raconté qu'il faudrait qu'il soit mon neveu sans quoi il ne pourrait rester ici, que vous n'aimiez guère les enfants, je suis désolée, monsieur !

— Sacrebleu ! Célestine, que ce soit clair à présent. Puisque vous avez commencé avec ces sornettes autant garder le cap, du moins jusqu'à ce que je m'explique avec Paul. Je lui parlerai le moment venu.

— Bien, monsieur.

— Son père... Jean Caradec... Il faut que je le voie. Faites-le venir ici.

— J'ai bien peur que ce soit pas possible. Pas avant deux mois... Il est trop loin.

Le comte réprima un mouvement d'irritation. L'impatience le gagnait. Il avait l'impression que toutes les années de tristesse le poussaient en avant et que le temps manquait.

— Où est-il donc... si loin ?

— En Algérie, pour les chemins de fer. Il a été réquisitionné par l'armée.

— Il n'avait personne à qui confier le petit ?

— Personne, à part moi. J'ai son adresse là-bas si vous voulez. Je peux...

— Vous êtes certaine qu'il a été réquisitionné par l'armée ? Alors apportez-moi cette adresse sans tarder, je m'occupe du reste.

— Bien, monsieur.

— Merci, Célestine.

— Merci de quoi donc ? Je vous ai menti.

— Merci de m'avoir ramené mon petit-fils. La lumière est revenue dans cette maison. Vous ne pouvez pas vous douter…

— Si, monsieur le comte, je sais.

Et elle le laissa là, au milieu du salon, avec cet espoir qui lui gonflait le cœur.

Demeuré seul, Antoine de La Chesnaye ne se perdit pas longtemps en réflexions. Il avait des relations au ministère, autant les utiliser. L'année précédente, son fils avait fait tout une histoire pour qu'ils disposent d'un appareil téléphonique, un caprice auquel il avait fini par céder. À présent, il bénissait Bertrand pour cette initiative qui lui ferait gagner un temps précieux.

Il décrocha le cornet acoustique et demanda à être mis en relation avec le général d'Hérouville. Après une éternité de crachotements, la voix enjouée de Gaspard résonna enfin dans la trompe.

— Antoine ? C'est bien toi ? Comment te portes-tu ? Toujours dans ta campagne ? On ne te voit plus jamais au cercle…

— Mes respects, vieux camarade ! Je sais, ça fait un bout de temps, mais j'ai un petit service à te demander…

Malgré le ciel d'orage qui noircissait à vue d'œil, Paul avait emprunté le chemin de Trémaille, quitte à se rallonger de deux bons kilomètres. La bande à Pachevot l'avait querellé plus vivement que de coutume, et il éprouvait le besoin de marcher pour se vider la tête. Dès qu'il fut certain de les avoir semés, il s'arrêta pour humer l'air. La température fraîchissait. Même s'il regrettait un peu l'été, l'enfant rêvait de découvrir sa forêt en plein hiver. Dans sa dernière lettre, Jean parlait de rentrer à Noël. Peut-être qu'il aurait le temps de la voir sous la neige… L'idée de quitter la Sologne le rebutait de plus en plus. Il était d'humeur maussade et éprouvait une angoisse vague, inexplicable. Où le grand cerf pouvait-il bien se cacher ? L'ouverture de la chasse aurait lieu le lendemain, Borel n'avait plus que ça à la bouche : le bois à faire, le matériel à graisser, et ces préparatifs suscitaient chez Paul autant d'effroi que d'excitation. Si l'animal vivait sur les terres du comte, les chasseurs le traqueraient… L'enfant tenta de se rassurer en songeant à la ruse que le grand mâle avait su développer pour vivre tant de saisons sans se faire prendre, mais l'idée de retrouver sa ramure clouée sur le mur du manoir le hantait.

Les premières gouttes s'écrasèrent sur lui, crevant l'épaisse frondaison. Soudain des torrents d'eau se déversèrent du ciel. Il se mit à courir en se protégeant la tête sous son cartable, mais en quelques instants le chemin se transforma en bauge marécageuse.

Plutôt que de continuer à l'aveuglette, il prit le parti de bifurquer pour rejoindre la chaussée.

Il n'avait guère parcouru plus d'une centaine de mètres quand un coup de klaxon retentit tout près. À travers la bourrasque, il reconnut la Dion-Bouton du comte. Armand jaillit de l'habitacle pour lui ouvrir la porte arrière et gueula :

— Monte, vite !

À l'intérieur de la limousine régnait une tiédeur réconfortante. Pris de tremblements violents, Paul serra les dents pour les empêcher de s'entrechoquer.

— Mon pauvre garçon, dit le comte, tu es aussi trempé qu'une grenouille ! Tiens, ôte ta pèlerine et enfile ça.

Il désignait sa propre pelisse.

— Ne discute pas, et ta chemise avec, elle est à tordre !

L'enfant se mit torse nu et se laissa envelopper dans l'étoffe épaisse qui sentait l'eau de Cologne et le cigare.

— Merci, monsieur.

— Ça se passe bien à l'école ? demanda le comte qui semblait chercher un sujet de conversation. Qu'as-tu l'intention de faire plus tard ?

— Je sais pas. J'aime bien la forêt et les animaux. Les étangs et les poissons aussi. Je voudrais rester dans la nature.

— Garde-chasse ?

— Non, j'ai pas envie de courir après les gens…

— Tu préférerais être braconnier, alors ?

Paul sourit timidement, n'osant approuver malgré le « oui » qui lui montait aux lèvres.

— Ma foi, je crois que tu as raison, cela me semble beaucoup plus amusant que de patrouiller en uniforme !

Derrière eux, la corne d'un avertisseur retentit, insistante. Armand préféra se ranger sur le bas-côté en bougonnant. À travers le carreau embué, ils distinguèrent le visage surpris de Bertrand. Père et fils se saluèrent brièvement, et la Voisin reprit de la vitesse. Vexé d'avoir cédé la place, Armand ne put retenir un commentaire acide :

— Votre fils semble impatient d'arriver ! Il devrait veiller à sa conduite, ça peut glisser dans les virages.

— Sans doute est-ce une façon d'épater Florence…

— Pas seulement elle : en voici d'autres qui suivent.

— Oh… Il aurait pu me prévenir ! Et une veille de chasse, en plus. Tant pis, laissez-les passer, Armand, rien ne nous presse…

Il soupira. La perspective de supporter des invités, surtout les amis parisiens de Bertrand, l'agaçait. En outre, ce débarquement intempestif contrariait ses plans. Il avait espéré apprivoiser l'enfant afin de lui révéler la vérité peu à peu, et pour cela il avait besoin d'être tranquille. Et voilà qu'au lieu de se consacrer au petit il lui faudrait jouer les hôtes pour quelques imbéciles et son snobinard de fils !

Dans la vaste cour du manoir, l'arrivée des automobiles n'était pas passée inaperçue. Alors que Célestine avançait d'un pas prudent, munie d'un immense parapluie destiné aux dames, le garde-chasse se précipita en ôtant sa casquette.

— Vous avez fait bonne route, monsieur Bertrand ?

— Ça va, Borel, ne restez pas planté là, occupez-vous des bagages.

Laissant les autres se réfugier sous l'auvent, il resta sous la pluie pour attendre la Dion-Bouton. Quand la limousine s'arrêta, un enfant en sortit et courut vers les dépendances. N'était-ce pas ce petit drôle qu'ils avaient croisé cet été, avec Florence ? Il fronça les sourcils. Le vieux avait dû le ramasser en route. Il avait parfois des accès de générosité malvenus. Bertrand détestait quand son père faisait mine de s'intéresser à des choses ou des gens sans importance. Il le soupçonnait d'exagérer son indulgence afin de le contrarier. Pourquoi, sinon, aurait-il toléré la présence des bohémiens sur leurs terres ? Sans en avoir la certitude, il se sentait visé par ces décisions, comme si l'on tenait à lui faire prendre conscience de son incompétence à gérer le domaine familial.

Ignorant les appels de ses amis qui s'étaient frileusement regroupés sous la marquise, il devança Armand et se dépêcha d'ouvrir la portière.

— Bonjour, père. Vous aviez un passager ?

— Bonjour, Bertrand. C'était bien la peine de me doubler pour traîner ainsi ! Fais donc entrer tes invités, ils ne font qu'encombrer le perron. Il pleut.

— Je tenais à vous accueillir…

— Pour me prévenir, sans doute, de ton arrivée ?

À l'office, la cuisinière, d'habitude si placide, se laissait gagner par l'affolement à mesure qu'on approchait du souper. Il restait deux poulardes à farcir et trois tartes à enfourner avant d'attaquer la pâte à brioche pour le lendemain. Bertrand avait appelé en fin de matinée pour prévenir qu'ils débarqueraient le jour même à huit et ils avaient trimé dur pour que tout soit prêt à temps. Bien entendu, le jeune maître voulait les plus grandes chambres et des repas à trois services.

Dans le grand salon, on entendit bientôt s'élever un brouhaha de rires accompagnés d'une musique endiablée, le « jazz », dont Florence raffolait depuis son voyage aux Amériques. La sonnette ne tarda pas à retentir. Armand soupira.

— Je l'aurais parié ! À tous les coups, ils voudront du champagne. Déjà, j'ai dû aller chercher les meilleurs bordeaux. Ils vont me vider la cave de Monsieur !

En poussant la double porte, chargé d'un jéroboam, le majordome faillit perdre sa dignité. Une femme ondulait, les bras ouverts, la mine aguicheuse. Sa robe fendue laissait entrevoir deux mollets maigrichons et, glissant de l'épaule, son décolleté trop lâche dévoilait la courbe d'un sein. Ses amies gloussaient, le nez plongé dans leur coupe, tandis que les hommes battaient des mains, déjà éméchés. Seule Florence semblait morose. Eugénie exagérait. Sa petite exhibition était vulgaire. Édouard s'était mis à beugler à tue-tête :

— Encore ! Encore !

Les autres applaudirent à tout rompre sans voir une porte s'ouvrir. Quand la joyeuse assemblée prit conscience de la présence du comte, la fille enivrée cessa de virevolter. Brutalement dégrisé, Bertrand s'avança, de façon à masquer la tenue trop légère de cette idiote d'Eugénie – héritière d'un banquier, un peu évaporée, charmante et assez drôle au demeurant – mais il était trop tard. Sans lui accorder un regard, Antoine de La Chesnaye se contenta d'interpeller le majordome.

— Armand, je dînerai dans la bibliothèque. Je ne suis pas très en forme et je tiens à me lever aux aurores pour l'ouverture. Vous me ferez monter un plateau. Pensez à éteindre les lumières. Sur ce, bonne nuit.

La nuit qui suivit l'orage, Paul eut de la fièvre. Au matin, il était brûlant. Après l'avoir ausculté sommairement, la nourrice conclut qu'il avait attrapé un gros rhume et qu'avec ses bouillons et du repos il se retaperait vite. Heureusement que le petiot n'était pas d'un tempérament maladif car avec tous les invités au manoir, elle n'avait pas le temps de le veiller. Après l'avoir bordé et obligé à boire un lait de poule, elle promit de repasser plus tard.

— Tu seras sur pied lundi, comme ça tu ne manqueras pas l'école…

Amorphe, l'enfant ne broncha pas. La fièvre lui évitait de cogiter et balayait l'angoisse latente qui l'oppressait depuis la découverte de la lettre.

14

Montaine avait un peu hésité à se rendre jusqu'à la barge du braconnier, mais cela faisait deux jours que Paul était absent, et son rhume constituait un prétexte honorable.

Si Totoche fut surpris de cette intrusion, il n'en laissa rien paraître. Pourtant, quand l'institutrice lui apprit l'absence de Paul, il sentit sa méfiance s'éveiller. Comment cette jeune dame pouvait-elle être au courant de leur amitié ? Il proposa un coup de vin, persuadé qu'elle déclinerait. Montaine accepta. Elle n'était pas femme à s'effrayer et la situation l'amusait. Elle but donc sans manières le petit vin aigrelet, reposa son verre et prit le temps de contempler le décor.

— Ça ressemble tout à fait à la description que j'en ai lue.

— Quoi donc ? Ma cambuse ? C'est-y que tu te payes ma fiole ?

Sous le coup de l'émotion, il l'avait tutoyée. Elle ne s'en formalisa pas.

— Je n'oserais jamais ! Pour tout vous dire, Paul en a fait un portrait saisissant dans une rédaction. Il a décroché la meilleure note, un 9 sur 10. Cela vous étonne ?

— Bougre non ! Le drôlet est malin comme pas deux mais j'aurais point cru ça, causer de ma bicoque à l'école ! Y a pas grand-chose à y voir !

Montaine protesta avec bonne humeur :

— J'y trouve au contraire un tas de choses et même une sacrée personnalité ! Paul vous a observé et c'est cela qu'il a décrit, un lieu qui vous ressemble. Une sorte d'hommage…

— Ça alors, j'peux dire que j'me sens tout faraud de mon élève.

— Le nôtre, si vous permettez !

— Il a dit mon nom ? On peut me reconnaître ?

— Ne vous inquiétez pas, je n'ai pas donné sa rédaction à lire. J'ai cru comprendre qu'un certain garde-chasse ne vous portait pas dans son cœur…

Ils demeurèrent un instant sans causer. Dehors, le crépuscule gagnait. C'était l'heure entre chien et loup, où tout paraît gris, un peu triste. Montaine soupira. Elle interrogea doucement :

— La solitude ne vous pèse pas trop ?

— Être seul, j'l'ai voulu. Tu as dû entendre que j'ai eu une femme, des marmots et même une maison avec un toit. Une vie comme tout l'monde.

— Il est arrivé malheur ?

— Rien d'aut' que l'appel de la nature…

De la main, il désignait le fleuve à travers le carreau et les arbres que le vent malmenait.

— Ensuite, avec le temps passé en cabane, ça s'est guère arrangé, tu comprends ?

— Alors vous êtes parti…

La rumeur racontait qu'à sa sortie de prison où il purgeait une peine pour faits de braconnage, Totoche avait abandonné sa famille, ou bien l'inverse, elle ne savait plus exactement. Combien de temps était-il resté enfermé ? Les gens se montaient vite la tête par ici… Une part de cet homme demeurait insaisissable, et c'était bien ainsi. À sa manière, Paul l'avait compris… Comme si Totoche avait pu suivre ses réflexions, il eut alors une question qui la bouleversa.

— Et toi, tu es heureuse ou t'as toujours le cœur en berne ? Oh, t'effarouche pas. Tu connais les commères du village… Pour toi, y a pas eu de médisances, juste de la compassion. Ton fiancé valait pas ton petit doigt !

Montaine préféra avaler ce qui restait de vin. L'affaire de ses fiançailles remontait à deux ans, pourtant la blessure la lançait toujours. Jamais personne n'y faisait allusion, et voilà que le premier qui osait lui en parler était un braconnier…

Elle savait pourtant que son histoire avait beaucoup fait jaser, l'institutrice promise au fils du notaire qui partait à Paris et s'installait là-bas alors qu'elle demeurait au pays, seule… Elle murmura :

— Au mois de novembre, je serai en âge de porter la coiffe des Catherinettes.

— La belle affaire ! Tu es jolie comme un cœur, tu trouveras un amoureux.

— Avec une génération sacrifiée à la Grande Guerre ? Vous êtes aimable de me consoler, Totoche, mais je n'habite pas la ville, il est probable que je resterai vieille fille… Hubert…

— Faut que tu te l'ôtes du souvenir si par malheur tu l'rumines toujours ! C'était pas un gars pour toi, ce godelureau, avec ses cheveux gominés.

— Je sais. Et croyez-moi, je fais en sorte.

— Alors tout va bien. Trinquons !

Elle s'esclaffa brusquement.

— Vous avez raison ! Je traîne un vieux chagrin inutile alors que je peux tout bonnement décider que c'est fini et larguer les amarres, comme vous ! Je dois vous paraître confuse et sotte, mais c'est si évident, ce soir ! Je ruminais cette déception, mon célibat, cette satanée guerre, mais en fait j'ai la chance d'avoir évité un mauvais mariage. Et quand bien même je resterais seule, la vie est belle, après tout !

Elle remplit leur verre d'un geste décidé, puis leva le sien.

— À la vie ! Et à notre élève qui a permis ce moment !

— Bien dit, Montaine Chassignac ! Au gamin !

Au creux de la grande ramure d'un chêne d'où partaient quatre branches maîtresses, Bella avait établi son fief, non loin du sentier que Paul empruntait pour aller à l'école. La cabane était faite d'une résille de gaules entrelacées, couvertes de fougères, si bien que l'abri demeurait invisible aux regards. En guise de plancher, la jeune bohémienne avait utilisé une porte de poulailler tapissée d'aiguilles de pin. Plus haut, coincée entre deux grosses branches, elle avait ajusté une paillasse, une couverture trouée et deux coussins. Un grand panier servait tout à la fois de coffre et de table à manger. Elle y serrait un bol ébréché, deux cuillères, un jeu de cartes, des osselets, une fronde, car elle aimait les jeux de garçons, et des bocaux pour ses trouvailles, lombrics, sangsue ou baies sauvages.

Ce jour-là, parce que la cabane était achevée et qu'elle se languissait toute seule, elle avait emmené Tommie, bien que son oncle l'ait interdit. Le petit singe était fragile, un coup de froid pouvait lui être fatal, mais le temps s'était remis au beau, il faisait doux, comme si l'été lançait son dernier sortilège. Elle songea qu'elle n'avait pas vu le temps passer, que le gadjo l'ensorcelait sûrement un peu car rien que d'y penser, elle sentait l'impatience la gagner. Sa grand-mère avait-elle perçu cela en lui donnant le philtre ?

Comme appelé par la seule force de sa volonté, Paul apparut soudain au bout du chemin et le cœur de la fillette bondit de joie. Il était revenu ! Cela faisait cinq jours qu'elle le guettait et son apparition la remplissait d'allégresse. Il lui avait manqué, même si elle ne l'aurait avoué à personne.

Elle lança un trille pour imiter la grive. Comme il ne bronchait pas, elle fredonna un air plus chantant qui l'alerta enfin. Il leva le nez, l'aperçut et sourit.

— Bella ! J'espérais te trouver !

— T'es pas à l'école ?

— Non. J'y retournerai demain. Mais ne cafte pas, j'avais promis d'y aller ce matin.

— Monte !

Bella avait noué trois bouts de corde autour du tronc ; Paul parvint sans mal à se hisser jusqu'à la cabane. Arrivé sur la plateforme, il siffla d'admiration.

— C'est toi qui as fait ça ?

— T'étais où ? Je te voyais plus.

— J'étais malade et comme j'avais pas trop envie de retourner à l'école j'ai bouffé des patates crues pour faire un peu durer la fièvre. C'est Totoche qui m'a donné le truc.

— Tu veux plus apprendre ?

— Si, c'est juste que j'étais pas trop en forme après mon rhume. Et puis…

— Et puis quoi ?

— Rien, c'est juste que la forêt me manquait… et toi.

Elle secoua la tête, pensive.

— T'as de la chance d'apprendre à l'école.

— Tu trouves ? Je croyais que tu préférais ta liberté ?

— Il y a des choses que je ne saurai jamais.

— Qu'est-ce que ça peut faire ? Tu sais danser, courir et nager, tu as voyagé partout, tu parles au moins deux langues et… tu construis des cabanes mieux que n'importe quel garçon !

— Vrai ? Elle te plaît ? On peut même y dormir, si on veut.

Elle désignait la paillasse bourrée de vieux foin. Il se hissa entre les branches et se laissa tomber dessus.

— J'en ai jamais vu d'aussi belle, juré !

Le singe agrippé à son épaule, elle le rejoignit. Jamais ils ne s'étaient trouvés aussi proches l'un de l'autre, sauf le premier jour, à l'étang, quand elle était nue. Dans le cocon de verdure, ils écoutèrent bruire les feuillages. Au bout d'un moment, elle se laissa basculer sur la paillasse. Le manque de place les tenait aussi serrés que des amoureux. Un étourdissement gagna Paul, comme au plus fort de sa fièvre. Il aurait voulu se retourner vers elle et appuyer son visage contre le sien, pourtant il se retenait de bouger, par peur de l'effrayer ou d'être maladroit. Un cri déchirant mit fin à son hésitation.

— Tu as entendu ?

— C'est un cerf qui brame…

— Pourquoi il crie comme ça ? Il est blessé ?

— Pas comme tu crois. Il est blessé d'amour. L'amour qui blesse les cœurs. Il est amoureux, alors il appelle les biches. Elles le font languir.

— Pourquoi ?

— Pour qu'il se batte s'il y a un rival qui traîne dans les parages. Parce que c'est le plus fort qu'elles suivront. Toujours.

Il n'osait plus la regarder, de crainte de se trahir. Elle le poussa du coude.

— Tu sais ce que ça fait d'être amoureux ?

Il secoua la tête.

— Et toi ?

— Moi ? Qu'est-ce que tu crois, gadjo !

Ce n'était pas une réponse, pourtant, en entendant le rire rouler au fond de gorge, il comprit qu'elle n'en dirait pas plus. Elle se releva d'un bond.

— Tu veux le voir ?

— Oui.

En vrai, il aurait préféré rester ici, avec elle, à écouter les cris déchirants de l'animal.

— Alors suis-moi. Si on va sous le vent, peut-être qu'on pourra l'approcher. Je braconne pas comme ton Totoche, mais je connais la nature, moi aussi.

Elle fourra le petit singe dans une poche de son tablier.

— Allez, viens !

Ils n'eurent pas longtemps à marcher. Le grand mâle avait choisi une clairière non loin de l'étang. Il se tenait en plein milieu, majestueux, la tête haute, l'échine parcourue de frissons. Paul suffoqua. C'était le dix-huit cors, le géant ! Il compta et recompta encore ses bois pour être sûr. Non, il ne rêvait pas !

L'animal bascula sa lourde tête en arrière et lança un mugissement rauque. Il piétina le sol un moment, puis laboura l'herbe avant de lancer un nouveau cri, plus long et mélancolique encore.

Soudain, à la lisière du taillis, un frémissement parcourut la végétation et une biche surgit, toute frêle comparée au géant. Il trotta aussitôt vers elle et se frotta contre son flanc jusqu'à ce qu'elle déguerpisse, l'entraînant à sa suite. Il émettait à présent de petits chuintements saccadés.

Bella se laissa doucement aller contre Paul, alanguie. Ils tournèrent la tête au même instant, se dévisagèrent, les lèvres entrouvertes. Combattant son vertige, parce qu'il n'osait pas encore l'embrasser, il bégaya :

— Il f… faut prévenir Totoche.

— D'abord je ramène Tommie. On ira ensuite.

Il ne protesta pas. De toute façon, elle avait toujours le dernier mot.

Une épaisse fumée noire entourait Totoche et Dédé. Ils étaient occupés à attiser leurs braises de « charbonnage », afin de se faire une réserve de charbon pour l'hiver avec le bois glané au cours de l'été.

Soudain, les gamins déboulèrent et Paul se mit à crier :

— Ce coup-ci, je l'ai vraiment vu !

— La Vierge Marie ?

— Te moque pas, le géant, près de l'étang !

— Comment ça se fait que tu soyes toujours le seul sur le coup ?

— J'étais pas seul, y avait Bella !

— Ouiche… et moi je dis qu'une gamine qui aurait vu un cerf, ça compte pour du beurre.

— Pourquoi ? Parce qu'elle connaît pas les mots justes, ou qu'elle dit cornes au lieu d'épois ? Elle parle peut-être autrement que nous mais elle en sait autant que toi sur le brame ! Puisque tu me crois pas, je t'emmène le voir !

— J'ai de la besogne, pour l'heure. Et tant qu'à faire, traîne pas dans mes parages. Avec cette fumée, je sens bien Borel s'amener de not' côté… pas la peine qu'il te tombe dessus. Allez, ouste, tous les deux !

Furieux, l'enfant partit sans saluer. En partageant sa découverte, il pensait offrir à Totoche un trésor… Le comte s'en souciait, lui, alors pourquoi pas le braco ? Et pourquoi mettait-il en doute sa parole ? C'était cela, surtout, qui le vexait. Comme si tout ce qu'ils avaient échangé n'avait servi à rien. S'il avait pu prévoir cet accueil, sûrement qu'il en aurait d'abord parlé au vieil homme, malgré le dérangement ! Sauf que la chasse était ouverte et qu'il ne voulait pas qu'on tue le cerf. À cet instant, Bella glissa sa main dans la sienne.

— Sois pas triste. Les gens grincheux, ça leur ferme les oreilles et les yeux.

— Totoche est pas comme ça !

— Aujourd'hui, si.

Ils avaient emprunté l'allée forestière et se retrouvèrent presque nez à nez avec Montaine et son cheval. La cavalière tira sur les rênes et mit pied à terre. Sous l'effet de la course, son teint avait rosi. Elle s'exclama d'un ton sévère :

— Paul ? Je te croyais malade…

— Oui, mais en fait, j'ai…

— Tu as préféré l'école buissonnière ?

— Je m'excuse, mademoiselle. Sauf que j'ai eu vraiment la fièvre.

— Mettons que tu as commis un demi-mensonge, alors, dit Montaine attendrie. Soit. Dans ce cas je te donnerai une moitié de punition. Tu vas me rendre un devoir. Tiens, tu me raconteras ce que tu as vu en faisant l'école buissonnière… ou plutôt, forestière.

Paul réfléchit un instant puis son visage s'illumina et il s'écria avec enthousiasme :

— D'accord !

— Tu me le rendras après-demain. Je veux au moins deux pages de cahier, mais tu as ton jeudi entier pour me l'écrire. Au revoir, les enfants.

Elle se remit en selle et, d'un léger coup de talons, remit son cheval au petit trot.

15

La cloche de l'église avait sonné l'angélus. Le soleil à l'horizon commençait à rougir, embrasant la clairière et l'étang de la Malnoue que les gens d'ici appellent aussi Beaumont, pas loin du lieu dit d'Orguefeuille. C'est alors qu'il apparut. Le plus beau et le plus grand cervidé jamais vu sur le domaine. On en parlait comme d'un animal de légende, mais il était bien là, sa ramure était une vraie parure. Pas moins de dix-huit cors qui formaient comme une couronne…

Sur la table de la cuisine, Paul s'appliquait. Il était si concentré qu'il ne vit pas Borel arriver. Pour une fois, le garde paraissait d'humeur guillerette. En avisant le gosse, le nez en l'air, il lâcha sur le ton de la confidence :

— Avec ces foutus romanos qui musardent dans les bois, chuis pas tranquille. M'en vais faire une ronde de nuit. Après on sait jamais, des fois que l'autre nuisible se pointe là…

Il ajusta la bandoulière de son fusil et alla à la porte du potager saluer sa femme occupée aux lapins.

L'homme n'était pas sorti depuis trois secondes que Célestine apparut par la porte de derrière. Elle semblait fébrile. Paul comprit pourquoi en la voyant s'emparer du torchon, puis se diriger vers l'escalier d'un pas dansant. On l'aurait prise pour une jeune fille. Il la suivit dans le couloir. Elle se tourna vers lui, les poings sur les hanches, le menton levé dans un geste de défi.

— Quelque chose te turlupine ?

— Ben non. Tu vas mettre ton torchon à sécher pour la nuit.

Elle gloussa avec bonne humeur :

— Voilà, tu as tout compris !

Malgré son ressentiment – il ne parvenait pas à lui pardonner tout à fait ses mystères – Paul fut touché par cette gaîté revenue. Il hésita à parler. Les mots brûlaient sa langue, une seule petite question : « Qui est Mathilde ? »

Un bruit dans la cuisine le coupa dans son élan. Ils restèrent immobiles, l'oreille tendue.

Borel, qui avait oublié sa pipe, était revenu. En avisant le cahier du mioche qui traînait sur la table, il y jeta un coup d'œil machinal et lut les premières lignes. Le mot *cerf* l'arrêta. Puis *dix-huit cors*… Sa première idée fut que le Parigot avait une sacrée imagination.

Ensuite, le trouble l'envahit. Pourquoi raconter ça ? Le gamin avait une vraie passion pour la forêt, lui-même devait le reconnaître. Il se dit que passer du côté de la clairière ne ferait pas un gros détour, ensuite il pousserait jusqu'au campement des Romanos…

Dehors, sur un coup de tête, il décida d'emmener Vol-au-Vent. Le clébard le défendrait au cas où les choses tourneraient mal avec les va-nu-pieds.

La lune était pleine. La forêt baignait dans sa lumière bleutée, diffuse. Dès qu'il se retrouva à couvert, le garde alluma sa torche. Au lieu de prendre par la pineraie comme de coutume, il bifurqua vers Orguefeuille. Il ne s'attendait pas à grand-chose mais mieux valait vérifier, histoire de ne rien laisser passer. Le Poitevin se mit à tirer sur la longe comme un fou, sûrement qu'il avait dû flairer une bête. Il le rappela à l'ordre d'un coup sec. Dans la boue à peine sèche du chemin, il repéra des croisillons, ce qui eut pour effet de raviver son aigreur. Le gamin continuait à fréquenter l'autre filou !

Si la rédaction disait juste, la rencontre avec le cerf avait dû se produire vers l'étang. Borel ralentit le pas et commença à balayer le sol du faisceau de sa lampe. En plein milieu du sentier, de superbes empreintes s'étalaient. En s'approchant, il distingua les caractères typiques d'un grand mâle : le pied rond et large, les pinces usées, les os arrondis, rapprochés du talon avec une sole sans creux. Soudain son excitation vira à la fièvre. Tudieu ! Était-il possible qu'il s'agisse du cerf géant dont parlait le gamin ?

Il se pencha pour effleurer le volcelest avec respect. À coup sûr, l'animal était un pèlerin qui vagabondait au gré des saisons, autrement on l'aurait repéré depuis longtemps ! La marque remontait à cinq ou six heures.

Il entreprit de suivre les empreintes, le chien vagabondant à ses côtés, truffe collée au sol. La piste les mena à travers un taillis épais de jeunes bouleaux mêlés de trembles où il faillit perdre la trace. Il retomba dessus presque par hasard, en suivant une sente quasi invisible vers les grands bois de chênes. Le cervidé avait traversé le bosquet avant de rebrousser chemin en allongeant le pas le long des petits étangs de Brémaille.

Puis soudain, il le vit et n'eut que le temps de coincer Vol-au-Vent en lui broyant la gueule.

L'animal se tenait de dos, hiératique, le mufle haussé. Caché derrière un épais buisson d'aubépines, Borel eut le temps d'admirer la ramure qui se déployait au-dessus de lui. Alerté par l'odeur du chien, le pèlerin s'enfuit à l'intérieur du hallier. C'était bien un dix-huit cors, Paul n'avait pas affabulé !

Il grommela un juron de dépit. Si seulement le Parigot avait causé ! Seulement voilà, ce satané gosse réservait ses secrets pour l'oreille de certains… Totoche, probablement. En attendant, sans son indiscrétion de tout à l'heure, le cerf aurait pu passer l'hiver tranquille, ou pire, se faire repérer par un autre maître d'équipage !

L'homme hésita à rebrousser chemin. Bien sûr, il pouvait rentrer, tirer Paul du lit pour l'interroger, mais à quoi cela servirait-il, sauf à se calmer les nerfs en poussant une gueulante ? Et puis, « sa » découverte changeait tout. Lui, Borel, passerait pour avoir dépisté le plus extraordinaire des cerfs qu'on ait jamais vu dans le pays et toute la gloire lui reviendrait !

Tôt le lendemain, Borel courut au manoir. Il avait à peine dormi, s'étant appliqué à repérer l'enceinte où le cerf se tenait. Peu après la mi-nuit, il était rentré, brûlant d'impatience. Même son obsession pour Totoche était balayée par l'idée du grand Pèlerin, ainsi l'avait-il nommé pour lui-même, et déjà il se préparait à l'affrontement. Une chasse à mort.

Il fut sur pied bien avant l'aube pour aller nourrir la meute. Devant les chiens gémissants, il réfléchit à ceux qu'il mettrait en tête, sans doute Tapageaut qui était fin de nez et puis Taillefer, un rapprocheur endurant au mal qui n'avait pas son pareil pour déjouer les ruses de sa proie. Celui-là n'était pas du genre à se dévoyer sur un change.

À l'office, il pria Armand de prévenir le maître qu'il l'attendait dehors. En avisant la mine de son garde-chasse, Antoine de La Chesnaye devina son émotion.

— Alors Borel, que se passe-t-il ?

— J'ai une fameuse nouvelle, si je peux m'permettre. J'ai repéré un cerf, tantôt… un dix-huit cors, monsieur. Un dix-huit, oui, vu par corps, ou je m'appelle pas Borel.

Le silence qui suivit l'étonna. Le comte accusait le coup.

— Vous l'avez vu par corps ?

— Affirmatif. Et je l'ai rembuché avec Vol-au-Vent au chemin d'Orguefeuille. Faut voir comment le chien tirait !

— Vol-au-Vent ! Ce Poitevin ne se trompe jamais… Et son pied, vous l'avez ?

— Un volcelest comme on en rêve, monsieur. La brisée est franche.

— Borel, vous faites ma joie. Allons-y !

Au même instant, Bertrand sortit sur la terrasse, emmitouflé dans une épaisse robe de chambre. Il tenait une tasse de café avec laquelle il salua.

— Père… Vous partez déjà ?

— Comme vous voyez.

— Je peux me joindre à votre chasse ?

Le vieil homme fit face à son fils. Devant ce grand niais trop pâle, une vague d'exaspération le submergea. Courir le risque que Bertrand serve une telle bête ? Ce serait pire que donner de la confiture à des cochons !

La violence de son rejet lui procura un bref éclair de honte. Il venait de songer à Paul et la comparaison était sans appel. Il jugeait durement son fils parce que celui-ci ne méritait pas mieux !

— La chasse à courre en robe de chambre ! Occupez-vous plutôt de vos amis… Avec ce qu'ils ont ingurgité hier, ils ne seront pas d'aplomb avant midi !

Il tourna les talons et fit signe à Borel qui patientait à quelques mètres de là, tête baissée, pour ne pas se mêler des affaires de la famille.

Menée à fond de train, la meute hurlante suivait Tapageaut et Taillefer. Aussitôt qu'on les avait découplés sur la voie, ils avaient empaumé aux environs d'Orguefeuille. Le cerf se forlongeait depuis maintenant deux bonnes heures. Chiens et cavaliers traversèrent une vaste clairière où des bûcherons s'affairaient à entasser des fûts de chêne. Les gaillards se redressèrent pour regarder passer le train, remués par l'envie de lâcher leur cognée.

Le comte était conscient de son égoïsme car il aurait pu convier quelques chasseurs amis, pourtant il ne regrettait rien ; il voulait vivre cette chasse avec pour unique compagnie son maître d'équipage. Ce serait un affrontement quasi égal entre le vieux cerf et lui, avec pour seuls témoins Borel et sa meute.

À un kilomètre de là, le Pèlerin galopait à travers la broussaille. De temps en temps, le souffle âpre d'une trompe le relançait droit au cœur du taillis. Il filait comme le vent, sans panique, escaladait les talus, bondissait au-dessus des fossés et des fondrières en évitant les coulées trop larges pour se glisser entre les fûts serrés des pins. Quand il fut certain de son avance, il stoppa un instant, puis repartit en sens inverse et, après un brusque écart, s'échappa sur la droite. Plus tôt, il avait accompli son premier hourvari, repassant dans la boucle qu'il venait d'achever afin d'égarer les limiers. L'animal n'en était pas à sa première chasse. Bien sûr, il pouvait encore chercher la colonie du grand Bosquet, s'enharder avant de taper au change en livrant un jeune mâle et fuir vers les marais. Pourtant, son instinct l'incitait à courir. À intervalles réguliers, il brisait sa course folle un bref instant pour écouter la rumeur des abois, le flanc parcouru de frissons.

Totoche était occupé à relever des collets quand il vit déboucher le cervidé haletant, l'encolure maculée d'écume. Une telle magnificence le laissa bouche bée. Il le regarda passer, immobile. Le gamin l'avait pourtant prévenu ! Et lui, il avait préféré faire la sourde oreille plutôt que l'écouter parce que ça lui semblait trop beau pour être vrai, par jalousie aussi, sans doute.

— Vindieu d'bon sang, t'as vu ça, Garçon ?

Les abois rauques se firent assourdissants. La meute redoublait de gorge, appuyée par le garde qui sonnait fort et haut. Le braconnier recula à couvert. Il ne craignait pas grand-chose, la voie était trop chaude pour qu'on s'intéresse à lui. Il retint Garçon le temps de voir filer les chiens sur la piste du cerf. Quelques instants après, le comte et Borel arrivaient à sa hauteur. Ce dernier cria en direction de son maître :

— Il mène un train d'enfer, faudrait pas qu'il se forlonge au diable.

— Appuyez, appuyez. La voie est bonne ! Les chiens peuvent aller de l'avant…

Borel lança son cheval au cul des derniers chiens en les forhuant pour qu'ils accélèrent.

Quand ils eurent disparu à leur tour, Totoche secoua la tête, frustré ; il aurait aimé se changer en oiseau et tout observer à distance : l'animal traqué et, derrière lui, précédant les cavaliers, la meute hurlante. Faute de mieux, il lui restait ses jambes et sa connaissance du territoire.

Le cerf avait perdu beaucoup de son avance, et la meute n'avait pas donné au change lorsqu'il avait retrouvé la harde. Il dévala une butte, rejoignit un ruisseau et entreprit de remonter le lit caillouteux sur une centaine de mètres. Si l'eau effaçait son odeur, ses poursuivants perdraient sa trace…

De fait, quand ils parvinrent au ruisseau quelques minutes après, les chiens se dispersèrent sur la rive en jappant et gémissant, désorientés par la perte subite de la voie. Borel, qui débouchait juste du bois, comprit aussitôt la ruse du cerf.

— Arrière ! Arrière !

Après avoir fait reculer les chiens en ordre, il mit pied à terre. Il n'eut pas à chercher très longtemps avant d'apercevoir l'empreinte sur le bord vaseux de la rivière. La pointe indiquait la direction prise par le cerf.

— Vers l'aval, dit-il. Il veut se perdre vers les marais ! Taillefer va nous reprendre ça !

Il flatta l'animal avant de se remettre en selle, puis siffla le départ. Le Poitevin était déjà en train de renifler la piste et aboyait pour rallier toute la bande qui empauma aussitôt la voie. La chasse reprit à fond de train.

Le soleil rendu à son mitan chauffait durement son échine. Cela faisait maintenant cinq heures que le cerf fuyait, et avec la fatigue venait la peur. Ses ruses avaient échoué, la meute se rapprochait.

Il creva la lisière du taillis, traversa une fougeraie. Les abois se firent plus sauvages, si proches qu'il crut presque flairer l'haleine de viande morte des molosses. Il rassembla ce qui lui restait de forces pour esquiver ses poursuivants qui venaient de déboucher dans la trouée, puis se jeta dans une mare large d'une centaine de pieds.

Quand les cavaliers atteignirent l'étang, les quarante chiens formaient un cercle autour de l'eau.

Immergé jusqu'à mi-corps, les muscles tremblants, le cerf courbait la tête dans une posture menaçante afin de faire reculer trois impatients qui nageaient vers lui en jappant. Malgré l'épuisement, il se tenait arc-bouté, ses bois immenses dardés comme des lances, prêt à en découdre. Les Poitevins finirent par reculer. L'animal était encore bien trop dangereux, même harassé. Ils attendraient qu'il se découvre pour lui sauter à la gorge.

L'hallali…

Antoine de La Chesnaye contemplait le Pèlerin, fasciné par sa beauté et sa ramure quasi surnaturelle. Jamais il n'avait vu pareille splendeur !

Borel était tombé à bas de son cheval et sortait la dague de son fourreau de cuir. Il la présenta au maître d'un geste cérémonieux. Ce dernier la saisit sans faire mine de démonter. Il lui suffisait d'entrer dans l'eau, de se porter vers l'animal et de frapper. Il savait exactement les gestes à accomplir. Et ce n'était pas la crainte de prendre un mauvais coup qui le retenait là, immobile, le regard fixé sur le géant.

— Monsieur le comte, pardon, mais faut le servir sans attendre. C'te bête-là, elle pourrait se reprendre. Rappelez-vous, le grand douze qu'on a perdu à Vauquois !

— Rangez donc cette dague. Ce cerf doit vivre. Trop grand. Trop beau. Un miracle…

Avant de réaliser ce qu'on lui signifiait, le garde sentit ses tempes palpiter sous le coup de la rage. Le maître déraillait. À la chasse, ils étaient comme les deux doigts de la main, toujours en accord, et là… C'était le comble, une outrance de déraison !

Il s'obligea à ravaler sa hargne.

— Monsieur le comte ! Un cerf pareil, on n'en rencontre qu'une fois dans une vie. Voyons, reprenez-vous !

— Borel, il suffit ! Je ne vous permets pas ! Il me semble que vous oubliez votre condition ! Rappelez les chiens immédiatement.

Le ton était sans appel. Furieux, le garde gueula sur la meute qui ne comprenait pas mieux que lui la raison de cette reculade. Il dut user de son fouet et tirer les meneurs par le collier.

Durant tout ce temps, Antoine de La Chesnaye n'avait pas quitté le Pèlerin du regard, guettant l'instant où celui-ci verrait le piège s'ouvrir.

Quand le cercle fut rompu et la voie libre, l'animal jaillit de la mare, ruisselant de sueur et d'eau. Un bref instant, ils se toisèrent, la bête somptueuse et l'homme sur son cheval, puis le cerf s'arracha de la berge et cavala vers la lisière du bois.

La cloche avait sonné, mais l'institutrice avait prié Paul de rester afin de vérifier sa punition. Quand les élèves eurent disparu, il tendit le cahier de brouillon et patienta, légèrement anxieux, cependant qu'elle lisait à mi-voix.

« … sa ramure était une vraie parure. Pas moins de dix-huit cors qui formaient comme une couronne. La couronne du roi de la forêt. »

Elle reposa le cahier, les sourcils froncés.

— C'est pas bien ?

— Au contraire…

— Vous avez pas l'air contente !

— Je me demande juste… Ce cerf, tu l'as vraiment vu, ou tu t'es contenté de l'imaginer ?

— Je l'ai vu comme que je vous vois et par deux fois, en plus ! La première, c'était dans l'allée cavalière.

— C'est bien ce que je redoutais. Écoute-moi bien, Paul, tu ne dois en parler à personne, tu m'entends : personne !

— Pourquoi ?

— Il serait en danger.

— Vous aussi, vous l'avez vu ? interrogea l'enfant.

— Je le protège depuis cinq ans.

— Comment on peut le protéger ?

— En gardant le silence. Il ne faut pas en parler autour de toi, surtout pas au comte. Un cerf aussi splendide, il le voudrait pour accrocher son massacre. C'est cela que tu souhaites ?

— Non !

— Tu dois prendre conscience ce qu'un animal de cette sorte représente ici, en Sologne. Un mot et il sera perdu. Tu comprends ? Tu te tairas ?

— Promis, juré !

Malgré son serment, un malaise le tourmentait. Il avait déjà parlé…

Arrivés dans la cour, ils aperçurent Totoche, flanqué de sa petite chienne, qui patientait à la grille. L'enfant courut vers eux, oubliant les consignes de prudence. Il n'eut pas le temps de se réjouir : Totoche lâcha avec un curieux sourire :

— T'avais raison pour le grand cerf.

— Tu l'as vu, toi aussi ?

— Et comment ! Un sacré seigneur. Le comte l'a pris en chasse avec Borel. Ils l'ont poussé jusqu'à l'hallali.

Paul sentit ses jambes mollir d'un coup. C'était sa faute ! Montaine, qui avait entendu les derniers mots, interpella le braconnier d'une voix blanche :

— Ils l'ont tué, c'est ça ?

— Ils l'ont acculé dans une mare. Après, il s'est passé une chose pas croyable. Le comte… Par Dieu, lui qui a dû en rêver toute sa vie… il l'a gracié ! J'ai ben cru que j'avais la berlue. Il a fait dégager les chiens et l'autre s'est ensauvé.

— Vous plaisantez ?

— Si tu m'crois pas, je peux te le montrer ton géant, pisque je sais où il est rembuché ! Je l'ai suivi à me crever la couenne pour rester sous le vent et finalement je l'ai rattrapé. Faut dire que le pauvre a pas été bien loin. Et je te jure que le spectacle valait la fatigue ! Quel cerf, crénom de nom !

Le comte avait ordonné à Borel de rentrer la meute. Les chiens avaient admirablement chassé et, à défaut de gibier, ils seraient récompensés d'une double ration de viande. Avant de laisser filer le garde, il l'avait chaudement remercié. Il ne lui tenait pas rigueur de sa rogne visible. Lui-même avait du mal à comprendre son geste ; néanmoins, il était seul maître en son domaine. La grâce accordée au cerf le remplissait d'une joie étrange, sauvage, bien plus délectable que toutes les mises à mort infligées jadis.

Hanté par la bête magnifique, il choisit de faire le tour de ses terres sans se soucier de ses vieux os. Après les heures passées à chevaucher, il faisait corps avec Tempête, savourant le soleil à travers les futaies, bercé par le chant des oiseaux… L'après-midi était bien avancé quand il éprouva l'envie de s'en retourner au manoir. Il se sentait heureux. Ce n'était pas seulement le bonheur d'avoir épargné le cerf, mais la certitude que Paul l'approuverait. Son petit-fils… Il sourit à l'idée de lui raconter.

Il vit la barrière se dessiner dans la lumière du crépuscule. Montaine Chassignac aimait à la sauter. Depuis un an ou deux, lui avait pris l'habitude de l'éviter, par prudence ou paresse. Ce soir-là, mû par le désir de finir sur un dernier exploit, il sut qu'il pouvait tenter le saut et, sans plus réfléchir, lança sa monture au galop.

Mais, à la dernière seconde, face à l'obstacle, le cheval se déroba et se cabra. Antoine se sentit partir à la renverse et cogna durement le sol. Il dut s'évanouir quelques instants, pas longtemps, car la lumière n'avait guère changé quand il rouvrit les yeux. Un poids affreux le clouait au sol. Il tenta d'appeler. Son cheval avait disparu.

16

L'état du comte fut jugé préoccupant par le médecin appelé à son chevet. Par chance, on l'avait retrouvé alors que la nuit venait de tomber. C'est Tempête, rentré seul aux écuries, qui avait alerté le palefrenier. Le garçon s'était dépêché de prévenir Armand qui avait aussitôt lancé les recherches avec les hommes du manoir.

Le diagnostic était sérieux ; outre une fracture fémorale et un traumatisme cervical, le plus inquiétant restait la plèvre perforée. Chaque mouvement arrachait au vieil homme un gémissement de douleur. Durant la nuit, il avait somnolé plutôt que dormi, aussi se sentait-il maussade et mal en point quand son fils vint s'enquérir de sa santé, le lendemain matin, peu après 10 heures. Plutôt que d'avouer l'angoisse sourde qui le travaillait, il tenta d'ironiser :

— Il y a péril en la demeure, comme tu peux voir…

Bertrand, qui venait de quitter la table du petit déjeuner, embaumait encore le café. Il protesta par courtoisie, ce qui ne fit qu'aggraver sa maladresse :

— Vous exagérez, père.

— Je crains que non. Cette chute va m'obliger à garder la chambre et, à mon âge, ce genre de relégation signifie souvent le début de la fin. Je m'inquiète de la bonne marche du domaine…

Bertrand répondit, sans pouvoir masquer sa rancœur :

— Je comprends, il n'y a personne autour de vous qui soit digne de confiance…

Le comte renchérit avec une hargne soudaine :

— Qu'as-tu fait pour m'inspirer confiance ? As-tu seulement travaillé une fois dans ta vie ?

— Est-ce ma faute ? Vous avez refusé de m'avancer les fonds lorsque j'ai voulu monter cette affaire de voitures ! Vous êtes injuste !

— L'injustice à présent ! L'argument ne me surprend guère de ta part, mais puisque nous en sommes aux explications, autant aller au bout. Tu parles d'une affaire ? Moi je prétends que c'était surtout une manière de pavoiser devant tes amis assez riches pour demeurer oisifs !

— Ainsi, voilà votre sentiment ! Vous me condamnez sans même me donner une chance ! Ma sœur, vous l'auriez aidée, elle !

Piqué au vif, Bertrand avait cherché à blesser en contrevenant à une règle absolue : personne, jamais, n'évoquait Mathilde. En voyant le sang déserter le visage déjà blêmi par l'insomnie, il repoussa un élan de culpabilité. Sans l'accident, cette dispute sordide n'aurait jamais eu lieu. Ils auraient continué à éviter les sujets sensibles. Pourtant, face à ce vieil entêté qui gisait à demi foudroyé, il sentit que quelque chose était sur le point de se produire, un infime basculement dans l'équilibre des forces. Le vieux avait perdu de sa superbe. Désormais un peu d'autorité lui revenait de droit, car il était l'héritier…

À cet instant, on toqua à la porte. Trop content de la diversion, Bertrand s'empressa d'aller ouvrir. Un enfant se tenait sur le seuil. Il le reconnut et s'apprêtait à lui claquer la porte au nez, mais son père intervint avec une vivacité surprenante :

— Entre, mon petit Paul, entre…

Pour ne pas envenimer la situation, Bertrand céda et alla s'accouder à la fenêtre. Cette fois, la mesure était pleine, n'importe qui valait mieux que lui ! Était-ce un début de sénilité ? Pourquoi diable son père allait-il s'enticher d'un enfant de domestique ? Le sentiment d'être en trop le submergea. Sans se soucier de lui, ces deux-là causaient d'un livre emprunté. Il chercha une façon honorable de s'esquiver avant de se rappeler l'incroyable récit du garde-chasse.

— Si vous permettez, père, une question me taraude… On m'a dit que vous aviez épargné un cerf magistral. Borel en était encore tout retourné.

— Parfaitement.

— Voilà qui est surprenant ! Pourquoi l'avoir gracié ?

— Pourquoi ? Mais pour rendre grâce, précisément…

Le comte n'avait pas quitté Paul des yeux. Il souriait avec douceur. Bertrand se sentit exclu, nié. Soudain, son agacement se changea en jalousie. Il tourna les talons et sortit sans saluer. Il ne se laisserait jamais plus mépriser ainsi, se jura-t-il…

La brume s'était levée. Le pâle soleil d'octobre n'avait pas eu le temps de sécher la terre, et le sol était mou sous le pas des chevaux.

Armée jusqu'aux dents, la petite troupe de Parisiens semblait incongrue dans cette nature, Bertrand en avait conscience. Or, loin de le déranger, ce ridicule l'amusait. Si seulement le vieux avait pu les voir et enrager, lui qui ne jurait que par sa Sologne ! Hormis sa fiancée, déjà habituée aux virées campagnardes, qui portait une tenue confortable, et lui, vêtu en fils de hobereau, les invités offraient un spectacle peu habituel dans cette contrée de battues. Yvonne et Eugénie étrennaient des amazones commandées en urgence dans une boutique de mode niçoise. Quant à ces messieurs, ils avaient fait tailler leurs costumes dans un magasin spécialisé, optant pour l'excellence.

Les tissus trop neufs brillaient au soleil. De loin, avec leurs boutons scintillants, on les aurait pris pour des maréchaux décorés.

Ils s'étaient mis en route en milieu d'après-midi. Les écuries du domaine ayant périclité au fil des années, ils avaient emprunté leurs montures chez le hobereau voisin, un banquier qui fréquentait occasionnellement le père d'Eugénie.

Borel surgit d'une coulée, la mine soucieuse. Conformément aux ordres, le garde-chasse était parti en avant, sur la trace du cerf. Bertrand poussa son cheval pour le rejoindre et, remarquant qu'une tache de boue maculait sa botte droite, frotta son mouchoir dessus. Quand il se redressa, l'homme le fixait. Il se sentit pris en faute, ce qui l'irrita.

— Alors ? Vous savez où il s'est rembuché ?

— J'ai point revu son pied, sauf sur une voie sortante, à croire qu'il a joué les filles de l'air ! Faudrait battre les bois pour être sûr de l'enceinte. Et se mettre en route de bon matin, parce que là, maintenant…

Était-ce une façon de le rembarrer ? Borel était sans doute aux ordres de son père, mais il n'avait aucune leçon à lui donner ! La colère rendit Bertrand intransigeant.

— Débrouillez-vous ! Rembuchez-le avec les chiens, ratissez le domaine, mais trouvez-le-moi !

— Monsieur le comte l'a gracié, vous pouvez pas…

— Cessez de discuter mes ordres, Borel ! Le comte est alité et il me revient de décider ! Vous n'aurez qu'à faire le bois chaque jour que Dieu veut ! Sitôt que vous l'aurez repéré, nous le chasserons !

D'un ton délibérément joyeux, parce que ses amis avaient assisté à la fin de leur échange, il s'exclama :

— Le temps que le garde-chasse se décide à débusquer l'animal, que diriez-vous de nous défouler sur quelques canards ?

— Vous parliez du cerf dont il était question, hier ?

Eugénie le fixait, les lèvres entrouvertes, un peu haletante. La chevauchée l'avait revigorée et cette campagne, si décevante sous la pluie, se parait d'un charme inconnu, illuminée par le soleil d'automne. L'or des feuillages, le parfum entêtant de la terre humide, l'éclat des mares frangées de roseaux, le mouvement ondoyant des joncs, tout lui semblait magnifique, singulier, inattendu ! Flatté, Bertrand marivauda, s'attirant un coup d'œil furieux de Florence.

— Absolument. J'ignore pourquoi mon père se montre si sensible, sans doute la fatigue, mais je n'aurai pas son indulgence. Nous sommes venus chasser, et je vous promets du sang !

Florence les dépassa sans mot dire. Elle boudait depuis leur arrivée, à cause de cette stupide histoire de danse débraillée. Pour la centième fois, Bertrand se demanda si leur mariage changerait son caractère.

Selon la rumeur, une fois passée la lune de miel, le tempérament des épouses s'affirmait. Il avait peu de souvenirs de sa mère, emportée trop jeune, mais il en gardait la nostalgie des femmes indulgentes.

Tous repartirent en devisant et riant, excités par la nouveauté de l'expérience. À l'approche de l'étang, dérangée par le bruit, une première volée de canards s'éleva vers le ciel. Les chasseurs mirent pied à terre et attrapèrent leurs fusils. Henri fut le premier à épauler, aussitôt suivi de Bertrand. Édouard et Florence les imitèrent avec un temps de retard. Trois coups de feu claquèrent, puis un quatrième. La jeune femme avait pris son temps. Elle aimait le fracas des armes, cette seconde suspendue juste avant que la mort frappe. Cette fois, pourtant, elle ne put rien savourer. Les garçons rechargeaient, faisaient feu, et leur précipitation gâchait son plaisir. Heureusement les canards étaient nombreux, et comme ils n'avaient guère l'habitude d'être chassés, plutôt que de s'enfuir à tire-d'aile, ils tournaient autour de l'étang, s'offrant comme des cibles à chaque passage. Fauchés en plein vol par des gerbes de plomb, plusieurs volatiles tombèrent en vrille. L'odeur âcre de la poudre piquait le nez et, malgré leurs yeux larmoyants, les chasseurs se sentaient brusquement invincibles. Ils tiraient avec une sorte de frénésie.

À trois cents mètres de là, en entendant les premières détonations, Bella avait dégringolé de son arbre et s'était mise à courir. Sans doute n'était-ce pas la Grande Guerre dont les Oncles causaient parfois, mais en découvrant le carnage, elle crut défaillir !

Elle arriva à l'instant où le fils du maître abattait un héron cendré, et une colère démesurée la saisit. Cet oiseau-là était sacré chez eux ! Et l'homme l'avait tué pour rien, par jeu ! Poussée par la fureur, elle courut se planter devant lui.

— Tuer tchirklo te portera malchance ! Sois maudit, gadjo !

Elle poursuivit dans sa langue natale, les doigts en crochets, pointés droit vers son cœur. Point besoin de traduire pour comprendre la menace !

Florence avait reculé pour se serrer contre ses amies qui se tenaient frileusement en retrait. Ce mouvement arracha Bertrand à sa paralysie. Mortifié de s'être laissé impressionner par une sauvageonne, il se mit à gronder :

— Tu vas me foutre le camp, petite sorcière !

— Et toi, va en enfer !

Elle démarra à fond de train à travers la lande. Sans réfléchir, il se lança à sa poursuite. Il était bien plus fort, pourtant elle filait devant lui, à peine chaussée, bondissant par-dessus les ornières, aussi vive qu'un cabri sauvage. Il accéléra le rythme. Cela faisait trop de cris et d'insultes, trop de défis lancés en pure perte !

Cette jeteuse de sorts paierait pour ses injures et pour celles des autres aussi ! Il tendit son bras, effleura ses cheveux qui volaient comme une flamme brune. Le souffle commençait à lui manquer, pourtant la fille était à portée de main. La terre sous ses pieds devint spongieuse et il sentit qu'il ralentissait. Faisant appel à ses dernières forces, il se jeta en avant tandis qu'elle bondissait au-dessus d'une vasière dans un envol gracieux. Lui ne l'évita pas et s'écrasa lamentablement, la tête frappant une boue grasse, répugnante. La gitane disparaissait déjà ; il crut entendre un rire de victoire. Il se remit debout avec difficulté, frotta la terre qui maculait son costume. Derrière, personne n'osait bouger.

Ils chargèrent les dépouilles des oiseaux dans leurs carniers, accrochèrent celles en reste à la selle, le cou ballottant contre le flanc des chevaux. Ainsi chargés et encore animés par la fièvre de leur chasse, tous acceptèrent avec enthousiasme le projet de leur hôte. Il s'agissait d'aller en équipage donner une bonne leçon à cette effrontée de bohémienne ! Bertrand connaissait leur repaire.

Le groupe déboula au milieu du campement, provoquant la fuite d'une nuée de gamins en haillons. Des femmes arrivèrent en courant de la rivière voisine où elles battaient leur linge, et, après avoir récupéré les petits, se tinrent à distance. Les gitans surgirent alors, entourant leur chef qui alla droit sur les cavaliers, la mine farouche. C'était un moustachu au visage tanné ; une fois arrivé devant les cavaliers, il leva le menton, pas impressionné pour un sou. Bertrand bomba le torse. Le temps était venu de mater ces gens !

— Elle est où, la sauvageonne ?

Au lieu de répondre, l'autre se contenta de le toiser, comme pour le mettre au défi.

— Où est cette petite garce ?

— Tu parles de celle qui t'a roulé dans la boue ?

Comme le gitan désignait son costume, Bertrand résista à l'envie de le piétiner pour lui faire payer son insolence.

— Tu oses me tutoyer ! Tu dois être le chef de cette bande de traîne-savates !

— Et toi, le chef de cette bande de tueurs ?

Bertrand sentit que parlementer ne servirait à rien. Avec ces pouilleux, la manière forte s'imposait.

— Je vous donne jusqu'à demain pour déguerpir. La marmaille, les bonnes femmes, tout le monde.

— Ton père ne l'autorisera pas.

— Mon père ! Tu ignores donc qu'il est souffrant, très souffrant, au point qu'il m'a chargé de diriger le domaine ? Je vous donne vingt-quatre heures pour déguerpir, toi et ta tribu !

Sur la petite place du camp, plus personne ne bougeait. Bertrand piqua son cheval, et ses invités le suivirent au petit trot, avec l'impression pénible d'avoir été chassés.

Après le départ des invités, Paul était retourné au chenil. Il avait fait une promesse au vieil homme. Se montrer courageux. Ce matin, quand le comte s'était enquis de ses progrès pour approcher la meute, la honte l'avait submergé. Le vieil homme luttait contre la douleur sans émettre une plainte, ce qui ne l'avait pas empêché de lui poser tout un tas de questions sur sa vie parisienne, ses notes à l'école, le roman de Dickens… Ensuite il avait raconté la traque avec Borel jusqu'à la mare de Poigny. Comment le géant s'était tourné vers lui, cette lumière qui perlait de son œil et qu'il n'avait pu se résoudre à éteindre.

— Tu sais, avait-il conclu, c'est un peu absurde à dire, surtout à mon âge, mais je crois qu'il s'est passé quelque chose d'important hier, devant cette mare où le cerf attendait la mort. J'ignore pourquoi, mais je reste persuadé qu'il aurait été sacrilège de foudroyer cela. Pourtant j'aime chasser et je n'ai jamais souffert de cette sensiblerie propre au gens des villes qui ignorent tout de nos coutumes. Je n'ai pas pu. Et je ne regrette pas, même maintenant que je me retrouve cloué ici. Ma dernière chasse…

Paul, impuissant à l'aider, avait chuchoté :

— J'apprivoiserai la meute, je vous promets.

Il déverrouilla la grille. Les chiens le fixaient benoîtement. L'un d'entre eux se dressa, les oreilles pointées, et aussitôt les mâles dominants approchèrent en jappant. Stoïque, il referma la grille derrière lui. La meute l'entourait. Certains sautaient pour l'atteindre, au milieu de la mêlée. Il fallait les calmer, sans quoi ils finiraient par se battre. D'une voix mal assurée, il lança :

— Arrière ! Lucifer, Tapageaut, Vol-au-vent…

Borel, lui, se faisait obéir à tous les coups. L'enfant dégagea le bâton qu'il tenait dissimulé et le brandit.

— Arrière ! Lucifer, Tapageaut, Vol-au-vent ! Arrière, j'ai dit !

Aussitôt les chiens reculèrent. Certains se couchèrent à l'écart en bâillant. Soucieux de savoir si leur obéissance s'expliquait par la menace ou par le ton de commandement, Paul cacha la badine et appela d'un ton sec :

— Vol-au-vent !

Un Poitevin s'avança vers lui, se dressa sur ses pattes de derrière et lui lava la figure à grands coups de langue. Aussitôt, les autres se pressèrent autour de lui, chacun quêtant une caresse, un bout de joue à lécher, une main à mordiller et l'enfant ne put s'empêcher de rire aux éclats. C'était donc ça, la meute féroce qu'il redoutait : des molosses qui ne songeaient qu'à jouer et à le léchouiller !

Le comte serait content, il avait tenu sa promesse ! Comme il lui tardait de courir lui dire, pour le distraire de son mal de poitrine…

À cet instant, Paul réalisa que ce n'était pas à Totoche qu'il avait pensé en premier, mais au vieil homme alité. Avec les bobards de Célestine, il avait le sentiment d'avoir perdu du temps, des moments qu'ils auraient pu passer ensemble, à discuter de livres, de chasse…

17

Cinq longues journées avaient passé. L'état du malade ne s'était guère amélioré ; mais quand le médecin avait proposé de le faire transférer dans un hôpital de la ville voisine, Antoine s'était insurgé. Hors de question. Pas avec Bertrand qui semblait vouloir prendre racine. Déjà, le comte avait dû intervenir pour empêcher qu'il chasse les gitans. C'est Borel qui l'avait prévenu. Quelles que soient ses idées, le garde-chasse affichait une fidélité sans faille.

Il y avait eu une scène terrible quand le père avait fait installer les gitans sous ses fenêtres, alors même que son fils croyait en être débarrassé. La dispute laissa le malade exsangue, désespéré de voir s'exacerber le tempérament colérique de Bertrand et sa propre impuissance à le comprendre.

Ce dimanche-là, en fin d'après-midi, le comte exigea qu'on ouvre les croisées. Il ne supportait plus ces volets fermés comme pour un enterrement, l'odeur des potions, l'attitude compassée des visiteurs. À vrai dire, seule la présence de Paul le rendait heureux. Comme Célestine faisait mine de ne pas l'entendre, il gronda :

— Tirez-moi ces rideaux, ça m'étouffe. J'attends de la visite.

— Avec la pleine lune, vous ne pourrez pas vous reposer.

— Je m'en moque ! J'aurai bien le temps quand je serai mort… Mon petit Paul est en retard…

— Je lui ai dit de s'occuper ailleurs. Il risque de vous fatiguer.

— Au contraire, ça me repose de parler avec lui. J'apprends à le connaître tant que… Dites-lui de revenir.

Il s'agita malgré la douleur et gémit.

— Que fabrique Caradec ? Le général l'a fait libérer de sa mission voilà une semaine. Il devrait être arrivé, non ?

— Laissez-lui le temps, c'est un long voyage.

— Interminable, oui…

Il émit un pauvre rire étranglé, chassa la main qui venait à son secours.

— La vie est imprévisible. Songez, cet homme m'a pris ma fille et je lui vouais une haine violente. À présent, je n'ai qu'une hâte, le voir et lui parler. Je crois que je pourrais même l'aimer si Dieu m'en laissait le temps…

Une musique aigrelette s'éleva du parc, assourdie par les carreaux fermés.

— Vous entendez ?

Le comte écoutait, à demi redressé sur ses oreillers. Il souriait.

— Ouvrez donc la fenêtre, je vous prie.

Sur la pelouse, derrière l'allée de chênes, les gitans s'étaient regroupés autour d'un feu de joie. Ils jouaient de leurs curieux petits violons, chantant et battant des mains. La gamine qui traînait avec Paul dansait nu-pieds, pareille à une Esméralda.

— C'est-y permis, un tel tapage ! s'indigna Célestine. Tiens, le petit est là. Faut dire qu'il a de la compagnie, cette petite gitane qu'il suit partout !

— L'émoi des premières amours…

Le vieil homme soupira de nostalgie. Paul… amoureux, et d'une sauvageonne en plus ! Il avait bien raison. Ce qu'il avait pu se gâcher la vie à vouloir se conduire selon des codes de son milieu !

La gouvernante maugréait toujours.

— Ils braillent alors que vous êtes dolent ! Ne croirait-on pas qu'ils festoient !

— Célestine ! Cessez de jouer les grincheuses ! C'est moi qui ai demandé à ce qu'on les installe ici. C'est pour moi qu'ils font la fête : une façon de me rendre hommage.

Bercé par la rumeur joyeuse, Antoine de La Chesnaye se perdit dans ses souvenirs de jeunesse, souriant au plafond.

Au salon, les Parisiens avaient entamé un concours de bridge qui s'éternisait. Bertrand ne voulait plus entendre parler de chasse tant qu'on n'aurait pas trouvé ce fichu cerf et alors ils iraient à courre, comme au temps des rois ! En attendant, on s'ennuyait ferme et on mangeait trop. À cause du malade, il n'était plus question de crier ou de passer des disques de jazz, sinon en sourdine. Aussi, quand les gitans se mirent à chanter, cela causa un certain trouble. Les dames auraient voulu sortir, s'amuser un peu, mais c'était impossible à cause de leur hôte qui se serait senti insulté. Pour dissiper le malaise ambiant, Édouard lança :

— Tu me dois six mille francs, mon cher.

Bertrand fit la grimace.

— Tu attendras notre retour à Paris. Je n'ai plus un sou en poche !

En voulant se resservir de vieux bordeaux, il réalisa que la bouteille était vide et sonna, clamant avec un entrain exagéré :

— Faisons une pause, les amis ! À l'heure où les Anglais s'abreuvent de thé, nous trinquerons au Bordelais !

Édouard en profita pour rejoindre les filles qui lorgnaient sans trop de discrétion vers le parc. Le majordome parut enfin.

— Armand, remontez-nous d'autres bouteilles du même cru !

L'autre s'excusa d'un air embarrassé :

— Il n'y en a plus, monsieur. Monsieur votre père m'a fait porter les dernières aux…

Armand évitait son regard.

— Aux quoi ? Allez-vous répondre à la fin !

— Aux romanichels, monsieur.

Bertrand en eut le souffle coupé. Il affecta de rire, secouant la tête comme s'il jugeait l'affaire ridicule.

— Dans ce cas, apportez n'importe quoi qui se boive !

Cette rebuffade paternelle serait la dernière ! Devant ses amis, l'affront prenait des proportions intolérables ! Il s'empressa d'ouvrir la grande croisée et sortit sur la terrasse.

Ils étaient tous venus, les hommes, les femmes, les gamins, les vieux. Ils avaient disposé un brasero sur une brouette où flambait un feu de joie et s'étaient regroupés autour, les musiciens avec leurs crincrins, les autres frappant dans leurs mains. Une fille tournoyait autour des flammes, plutôt gracieuse. Était-ce la gitane qui lui avait jeté un sort ?

Il sentit des bras l'entourer, flaira le parfum sucré de Florence.

Parmi la petite foule, un homme se tourna vers la terrasse, comme averti de leur présence. Le chef ? Il leva son verre puis bascula la tête et le vida cul sec. Bertrand serra les poings. Ces gueux ne perdaient rien pour attendre !

Il préféra parler plutôt que de laisser le silence s'installer.

— Pourquoi je reviens ici, au fond ? Mon père m'a toujours ignoré. Jamais un mot gentil, jamais un encouragement…

— Il est d'une autre génération, chéri, sans doute ne sait-il pas montrer son affection. Ne soyez pas trop dur, songez qu'il est mourant.

— Cela n'excuse pas tout… Je me souviens, j'avais huit ans. Je rêvais de monter à cheval, comme lui ! Je lui ai demandé un poulain pour Noël. Il a refusé, prétextant que je devais d'abord apprendre l'équitation. Alors, en grand secret, j'ai passé mes jeudis au manège. Je voulais qu'il soit fier de moi.

— Il l'était certainement !

Elle le berçait, pressée contre lui, tandis qu'il s'animait.

— Un jour, un poulain est arrivé au domaine. J'étais fou de joie. Je pensais qu'il me reviendrait, alors j'ai redoublé d'efforts, mais je me trompais. L'animal était destiné à ma sœur qui n'avait pas cinq ans ! Au fond, Mathilde était le fils qu'il aurait voulu. Je n'y suis pour rien si elle est morte, pourtant on croirait qu'il m'en veut, même de ça…

Il perçut un sanglot, attendit un instant. Quand il fut certain que Florence pleurait, il se tourna vers elle, lui souleva le menton.

— Ma pauvre chérie, qu'est-ce qui te fait pleurer ?

— Mais, toi, ce petit garçon incompris… C'est tellement triste !

— Ah… parce que tu m'as cru ? Il est vrai que mon père a toujours préféré Mathilde, mais cette fable de garçonnet priant pour un poulain, par Dieu, je n'étais pas si pitoyable !

Elle le dévisagea, choquée. Partagée entre l'exaspération et un reste de pitié, elle protesta :

— Bertrand, je t'en prie… J'ai peine à te comprendre depuis que…

Il se pencha sur elle et l'embrassa avec une telle voracité que, vaincue par sa fougue, elle se tut.

Le crépuscule était tombé, et avec lui le froid qui annonçait un hiver rigoureux. Paul se rapprocha des braises, les mains tendues. Célestine lui avait donné la permission de rester avec les gitans, puisque le comte voulait bien. Il chercha des yeux sa fenêtre, vit la croisée entrouverte. Une onde de tristesse l'accabla.

La Chovihani, qui avait suivi son regard, intervint :

— Sais-tu pourquoi le comte nous protège ?

Bella, qui venait de se rasseoir après sa danse, supplia la sorcière.

— Tu le sais toi, Mémé !

— Le vieux gadjo n'aimerait pas que je trahisse son histoire, mais je crois qu'il est temps de remuer les vieilles cendres… Quand il était jeune, on prétend qu'il se serait entiché d'une tsigane. Elle était très belle, et plus farouche que Sara la Noire. Bien sûr, la chose était défendue, un comte ne s'acoquine pas avec une enfant de Balval. Vent et feu… Mais autant contrarier les flammes en les attisant ! Puisque le jeune homme ne voulait rien savoir, ses parents ont fait en sorte d'empêcher l'alliance. Lui a été envoyé en Italie et la fille est devenue folle de douleur. On dit qu'elle a lancé un sort parce que ça a recommencé… la même histoire.

— Quelle histoire, Mémé ? supplia Bella. Il l'a revue ?

— Jamais.

— Alors ?

— Pas lui, sa fille…

Cette fois, Paul crut comprendre. Il fut bien un peu étonné qu'elle sache tant de choses mais, après tout, la vieille était sorcière…

— La fille du comte, celle qui est morte ?

— Mathilde, oui.

Mathilde. Deux syllabes si familières qu'elles semblaient faire partie de lui. Le choc fut si violent qu'il cessa de respirer.

Mathilde, la fille du comte.

Sa maman.

La chapelle se situait non loin du bois de chênes, à la limite nord du parc.

Paul avançait à pas lents sur le sentier. Il aspira l'air humide du matin. Bella se tenait à ses côtés, inhabituellement grave. La veille, après avoir écouté son histoire, la Mémé lui avait révélé ce qu'elle savait. Cela avait surpris Bella. La Chovihani accordait rarement sa confiance, encore moins à un gadjo. Mais le garçon était spécial…

Suivant les indications de la vieille, Bella et Paul empruntèrent un petit pont en bois, posé sur un ruisseau. Comme Bella s'attardait, il sentit l'inquiétude le gagner.

— Tu crois que c'est ici ?

— Mémé a dit juste après le petit pont. Sa mémoire ne la trompe jamais.

— Juste après, c'est un peu court ! Dans quel arbre ?

— Le grand chêne au bord de la pineraie.

Paul avança de quelques pas. Il avait à peine dormi et ce matin, il était parti en oubliant de manger sa tartine. Célestine avait mis son silence sur le compte de la grosse fatigue. Il ne lui avait rien dit.

Il scruta le bosquet, en quête d'un arbre plus haut que les autres. Émergeant de la masse des roux et des jaunes pâlissants, il l'aperçut, un chêne gigantesque qui étirait ses ramures dorées encore mordues de taches vertes et semblait recouvrir une partie du taillis. Son écorce profondément crevassée lui donnait l'aspect d'un antique géant. Paul pensa au cerf et se demanda si c'était un signe que la forêt lui envoyait.

— Regarde !

La gitane pointait son doigt vers un agrégat plus sombre dans le feuillage.

Elle s'élança la première à l'assaut du tronc tortueux, s'aidant des nœuds et des aspérités. Il la suivit avec presque autant d'aisance. L'excitation avait chassé sa lassitude. Très vite, ils parvinrent au niveau des branches qui s'étageaient commodément et rendaient l'ascension presque facile. Ils tombèrent sur les vestiges de la cabane à une quinzaine de mètres au-dessus du sol. On avait posé là une plateforme en rondins et des cloisons en planches rugueuses dont il ne subsistait que des chicots rongés, pourris par l'humidité. Sur l'une des branches qui faisaient office de bardage, Paul aperçut une inscription gravée dans le bois.

— C'est là ! Tu vois ?

— Je sais pas lire, avoua Bella.

— Tu disais que tu avais appris.

— J'ai dit ça comme ça.

Elle rougit. C'était la première fois qu'elle laissait paraître de l'embarras, et cela l'émut. Il se tourna vers les entailles et les effleura du bout du doigt, avec une sorte de timidité.

— C'est un peu déformé mais ça forme deux lettres. Un « M » et un « J ». Comme Mathilde et Jean…

Bella tendit la main à son tour.

— « M » et « J ». Je m'en souviendrai.

— Je t'en apprendrai d'autres, si tu veux. Toutes les lettres de l'alphabet. Tiens, regarde.

Il sortit son couteau, celui que Totoche lui avait donné au début de l'été, et entreprit de graver l'écorce grise.

— Ça, c'est un « B » et ça, un « P ». Sais-tu pourquoi ?

Elle secoua la tête, mais ses yeux brillaient si fort qu'il sut qu'elle mentait.

— Bella et Paul.

Ils restèrent ainsi un moment, silencieux. Paul ne voulait pas rompre le charme. Il était surpris de son audace et bousculé par ses pensées : sa mère qui s'était tenue là, le vieil homme mourant… son grand-père. Plus tard, il irait parler à Célestine. Une voix douce le tira de sa torpeur.

— Tu as déjà fait un baiser d'amoureux, un vrai ?

Il voulut répondre que non, que jamais il n'avait embrassé une fille, ni en vrai ni en faux, mais qu'il avait vu des couples le faire au cinéma de son quartier. Pourtant, il se contenta de secouer la tête.

— Ça, moi je peux t'apprendre…

Elle se pencha et il regarda son visage effacer le ciel en remplissant tout l'espace de son champ de vision : le velouté de sa peau, son œil noir, brillant, sa bouche rougie, puis il ne distingua plus rien car il avait clos ses paupières.

Ses lèvres avaient goût de pluie ou de la mousse des sous-bois. Puis la langue agile glissa entre ses lèvres, s'enroula autour de la sienne comme un serpent. Le tourbillon l'emmenait ailleurs, très loin, au-delà des secrets, à la frange d'un univers inconnu.

Paul attendit la nuit. Par chance, Borel s'était décidé à partir en tournée. Avec l'abondance du gibier, les bracos s'en donnaient à cœur joie ! Au moment de monter se coucher, faute de savoir comment l'annoncer, il lança abruptement :

— J'ai fait l'école buissonnière, aujourd'hui. J'ai été à la cabane de mes parents. Parle-moi de Mathilde.

Devant son air grave, Célestine comprit qu'il ne servirait plus à rien de feindre. Le gros poids qui l'étouffait depuis des mois s'allégea d'un coup. Paul avait changé, mûri. Elle chercha ses premiers mots.

— Ta maman, je l'ai élevée depuis toute petiote. Monsieur le comte l'adorait. Sa fille, c'était son trésor. Avec Bertrand les choses étaient point si faciles, le garçon se montrait un peu chafouin, des fois. Lui, je m'en suis guère occupée vu que je suis arrivée au manoir à ses six ans et qu'on l'a mis en pension, alors forcément je n'y étais pas si attachée… Mathilde, en revanche, était comme mon enfant, et pourtant j'étais encore bien jeunette. Elle a grandi comme une plante sauvage. Elle était si gracieuse et effrontée, une vraie sauvageonne ! Mais une fois devenue jeune fille, voilà que Monsieur se met en tête de la fiancer à un garçon tout délicat et bien poli, un duc ou je ne sais trop quoi, tu penses bien que Mathilde s'en fichait comme d'une guigne ! Et puis elle a rencontré un homme dans la forêt… Lui posait une ligne de chemin de fer, elle venait de la forêt, comme à son habitude. Cet homme, c'était Jean Caradec, ton père. Je me suis souvent demandé ce qui serait arrivé sans leur rencontre, mais pour sûr elle n'aurait pas épousé le petit duc… C'était un coup de foudre. Ils se sont aimés si fort que c'était impossible à empêcher, et puis le sentiment, ça ne s'étouffe pas comme une couvée d'œufs, seulement Monsieur n'a pas pu le comprendre. Ils ont vécu leurs amours dans cette cabane perchée que tu as visitée. Comme s'ils étaient seuls au monde. Par malheur, tout finit par se savoir, et on les a aperçus et dénoncés au comte. Quand il l'a su, le comte a tout fait pour les séparer, il est même parti à la gendarmerie porter plainte puisque ta maman était encore jouvencelle, et ça a causé un beau désordre. Jean ne pouvait plus rester, on l'aurait mis en prison, alors elle s'est enfuie avec lui à Paris.

— Mais pourquoi ?

Brusquement, Paul sut pourquoi le vieil homme traînait sa tristesse comme un sac de plomb : il avait chassé sa fille, et rien ne pouvait la ramener ni racheter sa stupide colère. Célestine, qui lisait ce combat intérieur sur sa figure crispée, intervint d'une voix douce :

— Tu sais, ça n'a plus d'importance à présent. Ce qui liait tes parents a été plus fort que tout. Ils s'aimaient tant que c'était beau à voir ! Et puis Mathilde t'emportait avec elle ! Tu étais dans son ventre, un bébé à naître, un bébé de leur amour !

— Sauf qu'ensuite elle est morte… Ma mère est morte parce que je suis né.

— Ne t'avise point à gober ces sornettes ! Les médecins ont pas pu la sauver, c'est ainsi ! C'est pas ta faute, mon petit, tu dois être heureux, c'est ce qu'elle aurait voulu plus que tout au monde… Le comte, lui, est devenu fou de douleur. On l'entendait hurler pire qu'une bête blessée. Il n'avait pas voulu répondre aux lettres de ta maman, il avait refusé de la revoir, et un jour, un triste jour, c'est dans un cercueil qu'elle est revenue… conclut Célestine, la voix nouée par les sanglots.

— Pourquoi tu m'as pas raconté la vérité ? Tu croyais que j'étais trop petit ?

— Sans doute… Et puis ton père refusait. Il croyait que ce serait mieux pour toi. Tu sais, des fois, on se fait une montagne de choses toutes simples. À présent, veux-tu que je te montre quelque chose ?

Ils emportèrent une lampe à pétrole. Sa flamme bleue les précédait sur le sentier et dans cette nuit obscure, leurs longues chemises blanches dépassant des pèlerines, on aurait cru deux fantômes frileux. Après un quart d'heure de marche, ils parvinrent devant la chapelle. La nourrice fouilla ses poches pour en sortir un trousseau muni d'une seule grosse clef ouvragée.

— Le comte me l'a donnée au cas où… C'est le caveau de famille. Viens…

Elle traversa la travée centrale pour le mener vers une volée de marches qui descendait dans une crypte. Dedans, des tombeaux en pierre s'étageaient sur plusieurs niveaux. Sur l'un d'eux le nom de Mathilde, née de La Chesnaye, était gravé.

Il tendit la main, hésitant. Sa mère se trouvait là, dans ce caveau, pourtant il ne sentait rien, juste un grand vide.

— Demain, tu pourras lui porter un bouquet de bruyères. Tu veux ?

Il acquiesça alors qu'une vague de larmes lui montait aux yeux, sans qu'il sache bien ce qu'il pleurait, le soulagement d'avoir résolu ce mystère, la peine ou ce vertige d'absence.

— Tiens.

Célestine attrapa un cierge qu'on avait rangé là. Elle piqua la bougie sur un présentoir en pierre et lui laissa allumer la mèche. Ensemble, ils regardèrent la petite flamme brûler un long moment.

À condition de s'excuser auprès de Mlle Chassignac dans l'après-midi, Célestine permit à Paul de manquer l'école pour rendre visite à son grand-père. Il courut à la grande maison, grimpa les marches quatre à quatre, pénétra à bout de souffle dans la chambre du malade éberlué sans même toquer à la porte. Ensuite, toujours muet, il jeta la photographie de ses parents sur la couverture.

En reconnaissant Mathilde au bras de Jean, Antoine de La Chesnaye accusa le choc. Il saisit le portrait d'une main tremblante et l'examina avec ferveur.

— Comme elle est belle… Et elle est toujours présente, dans ton cœur et dans le mien, n'est-ce pas ?

— Pour moi, elle a jamais été là.

— Ce n'est sans doute pas une grosse consolation, mais à présent tu sais qui tu es. Cela importe, non ?

— Je sais surtout ce que vous lui avez fait ! Moi, ça me change pas !

Le comte murmura avec amertume :

— Crois-moi, mon petit, il n'y a pas de jour, pas d'heure où je ne songe à elle.

— C'est avant qu'il fallait l'aimer, quand elle était vivante !

Paul lui arracha la photographie et la remit dans sa poche. Gagné par le désespoir, le vieil homme retomba sur sa couche. L'enfant continuait, incapable de se résoudre au pardon.

— Vous l'avez chassée, vous avez refusé de la revoir ! Vous étiez même pas à son mariage !

— Sans doute, mon garçon, pourtant chaque jour, chaque heure, je regrette.

— Et ça sert à quoi ?

— À rien. Je n'ai pas su comprendre ma fille ni accepter son bonheur. Et j'ai rendu tout le monde malheureux. Il y a une seule chose qui survit à ce naufrage. Tu es là, maintenant. Et toi, tu as besoin d'être aimé. Ne le refuse pas à ton grand-père… mon petit.

Il ne dit plus rien, craignant de l'effaroucher. Il devinait le chagrin de Paul. Il fut tenté de l'appeler à lui, de lui demander pardon. Soudain, l'enfant se retourna et se précipita vers le lit, droit dans ses bras. Malgré le poids qui l'écrasait douloureusement, le vieil homme étreignit son petit-fils de toute sa maigre ardeur.

Célestine attisa la flambée qui dansait dans la cheminée, jetant une lueur mouvante dans la chambre assombrie. Seules deux bougies éclairaient le chevet. Le comte s'était plaint de la lumière trop vive, puis s'était assoupi. Parfois un gémissement lui échappait. La nourrice se demanda pourquoi le docteur tardait tant.

Les enfants se glissèrent dans la pièce sur la pointe des pieds. Juste avant de sombrer dans une somnolence agitée, le comte avait demandé à Paul d'aller chercher la gitane, son amie. Le bruit de leurs chaussures glissant sur le plancher le tira de son demi-sommeil. Il parut soudain affolé.

— Mathilde ! Tu es revenue ?

Il leva une main tâtonnante. Un pauvre sourire éclairait sa figure blême. Voyant cela, la nourrice fit signe à Bella d'avancer près du malade en mimant l'acquiescement. La gitane saisit la main parcheminée, la pressa entre les siennes. Le comte émit un râle d'étonnement

— Ma douce, c'est bien toi ? Je t'ai crue morte… Si tu savais…

Le comte se mit à sangloter de joie – ou de tristesse. La nourrice saisit la bassine pleine de compresses ensanglantées qu'elle n'avait osé emporter pour ne pas abandonner le malade. Le moment était venu de les laisser. Avant de refermer la porte, elle adressa un dernier regard à l'homme qu'elle avait servi si longtemps. Il lui était arrivé de le haïr, et puis elle l'avait plaint. Depuis que Paul était là, il avait réveillé en elle une tendresse immense.

Penchés vers le mourant, pareils à deux anges gardiens, les enfants tenaient sa main. Le vieil homme bredouilla dans un souffle :

— Je voulais demander pardon à ton mari, pardon de l'avoir jugé indigne de toi sans le connaître… Tu le lui diras ? Quand je ne serai plus là, il te faudra veiller sur le domaine, la forêt, les étangs. Et puis il y a le cerf. C'est une bête merveilleuse qui nous honore de sa présence. Nous lui devons respect et protection. Comme dans la légende de saint Hubert que je te racontais quand tu étais petite, tu te rappelles ?

— Oui…

— Où est ton fils ? Mon petit Paul…

— Je suis ici, grand-père… Tu sais, le dix-huit cors, je l'ai vu ce matin. Il se baignait dans l'étang des Herteignes. Des herbes étaient accrochées sur sa ramure. Il était tout brillant, on aurait cru qu'il était fait en or…

Le comte sourit, apaisé. Ses paupières se fermèrent, et il soupira tandis que ses doigts s'ouvraient doucement.

Devant lui, courant droit vers une brume cuivrée, le grand cerf galopait en majesté.

18

De larges pièces de calicot noir avaient été drapées dans le hall du château, en signe de deuil.

Quand tout fut prêt, le corps lavé et vêtu, les gens du domaine des Herteignes affluèrent afin de rendre un dernier hommage au défunt. Ils étaient venus en nombre, les villageois qui le connaissaient depuis toujours, ceux du bourg, les métayers et jusqu'aux saisonniers qui travaillaient occasionnellement sur les terres. Dans le pays, le comte avait la réputation d'un homme sévère, mais juste et généreux. Et si parfois Antoine de La Chesnaye se laissait emporter, jamais il n'aurait causé d'affront par simple caprice.

Les gens défilaient devant sa dépouille, tête basse, marmonnant une prière ou un adieu, le cœur tordu à la pensée des temps à venir. Le jeune comte devenait le nouveau maître, or on le connaissait peu et on ne s'y fiait guère, surtout depuis qu'il vivait à Paris et ramenait des imbéciles infoutus de faire la différence entre une sarcelle et un colvert. Debout à la fenêtre,

Bertrand recevait les condoléances avec, il est vrai, beaucoup de dignité. Florence se tenait à ses côtés.

Paul courut de bon matin avertir Totoche, mais le braconnier préféra s'en tenir à ses habitudes : il ne viendrait pas jouer les hypocrites, ce serait faire affront au vieux comte. Il le saluerait plutôt en buvant un coup, le nez levé au ciel et vogue la galère ! Ce serait sincère et puis c'était sa religion…

Tout le temps de la toilette funéraire, l'enfant patienta aux cuisines. Célestine finit par l'appeler, une fois sa tâche terminée. À présent, il se pressait contre son tablier en observant le défilé. L'avant-veille, il s'était découvert un grand-père, et voilà que le vieil homme n'était plus…

Enfin, le curé parut, précédé par les enfants de chœur qui agitaient les encensoirs. Dans leurs aubes amidonnées, Paul reconnut Ernest et le petit Pourriol qui s'appliquaient à balancer d'épaisses volutes d'encens avec une allégresse mal dissimulée. Sûrement qu'ils s'en vanteraient à l'école, ces funérailles leur donnaient l'occasion de pavoiser ! L'abbé Biron entreprit de fendre la foule des petites gens. Il débitait la prière des trépassés avec une conviction inhabituelle, pas mécontent de rattraper le comte qui s'était montré un paroissien bien peu assidu. Dieu avait toujours le dernier mot !

— Maintenant tu peux quitter ce monde, âme chrétienne, au nom de Dieu le père tout-puissant qui t'a créée, au nom de Jésus-Christ, fils du Dieu vivant qui a souffert pour toi, au nom du Saint-Esprit qui a fait sa demeure en toi par la grâce du baptême. Qu'aujourd'hui tu vives dans la joie et la paix du Paradis…

Paul écoutait ce charabia avec autant de crainte que de dégoût. Totoche avait raison, ces curés semblaient de fameux bonimenteurs avec leur airs compassés et leurs habits trop riches !

La nourrice profita du mouvement pour lui chuchoter à l'oreille.

— Va embrasser ton grand-père.

Il s'approcha du lit, le cœur battant à tout rompre. Le vieil homme lui parut étranger. Le trépas avait figé ses traits en un masque cireux, méconnaissable. Paupières baissées pour ne pas voir le mort, il effleura la peau froide sans rien ressentir, sauf l'effroi d'avoir perdu un protecteur. Il recula en lorgnant vers la nourrice. Elle lui indiqua la sortie d'un léger coup de menton.

Par chance, Bertrand n'avait pas vu l'enfant se pencher sur la dépouille de son père. Visiblement éprouvé par son deuil, il écoutait le pharmacien qui lui secouait sa main sans se résoudre à céder la place.

— Quel malheur tout de même, un homme d'une telle valeur ! On n'en fait plus de semblables, figurez-vous que nous avons encore conversé l'autre jour…

Le défilé dura deux bonnes heures, puis, comme il tarissait, le nouveau comte fit signe au majordome. Il était de tradition de recevoir les armoiries de la famille au premier jour du deuil et Armand, parce qu'il avait servi le comte toute sa vie, était chargé du rituel. Le majordome se tenait prêt. Il approcha, portant un coussinet de velours sur lequel un gros anneau brillait.

— La chevalière de feu Monsieur votre père…

Émue par la solennité du moment, Bertrand saisit le bijou et l'enfila à son annulaire gauche. L'anneau tournait, trop grand pour lui. Il faudrait sans doute le faire resserrer. Il réprima un élan de contrariété en s'apercevant que le domestique attendait toujours.

— Oui ?

— Les romanichels souhaiteraient s'incliner devant la dépouille. Puis-je les laisser entrer ?

— Naturellement… Les braves gens.

À travers les tentures, il aperçut le groupe qui patientait dans le parc et ajouta avec délectation :

— Mais ensuite, je ne veux plus les voir. Faites-les déguerpir.

D'un seul élan, la masse s'abattit sur le tuteur, le fichant profondément en terre. Il faisait suite à une enfilade de piquets qui composaient un axe parfaitement rectiligne.

Deux géomètres arpenteurs s'affairaient à la lisière du bois de Trémaille, prenant des mesures avec leur appareil, maniant leur masse avec habileté. À quelques pas, la Sauldre sinuait entre les replis du terrain argileux, interrompant la ligne des piquets. Maintenant que la rangée était plantée, ils déroulèrent un ruban résistant afin de marquer les limites cadastrales.

Le géomètre expert en charge du chantier déplia un plan à l'intention du jeune comte. Bertrand l'avait mandé en urgence pour établir le tracé topographique de ses terres, au mètre près.

— Voyez, on est ici. Au bord de la rivière qui marque la limite nord du domaine. Ensuite le cours s'élargit…

Il désigna un point sur le plan, puis éloigna son doigt au-dessus du tracé bleu qui représentait la Sauldre.

— On reprendra la construction du mur à deux kilomètres, précisément là où le cours d'eau ne constitue plus de limite naturelle.

Bertrand fronça les sourcils, contrarié.

— Pas question de laisser cette portion ouverte à tous les intrus… Vous ne connaissez pas ces gueux !

— Mais la rivière, monsieur, ne…

— La rivière est aisément franchissable en plusieurs points, or je ne veux plus qu'on entre dans le domaine comme dans un moulin. Le mur d'enceinte devra en faire le tour sans interruption. Suis-je assez clair ?

L'expert préféra céder, sidéré. Après tout, si cet imbécile souhaitait dilapider sa fortune, grand bien lui fasse ! Satisfait, Bertrand se hâta de rejoindre Tempête qu'il montait désormais de préférence à son propre cheval.

L'enterrement remontait à trois jours, et déjà sa vie avait changé. Lui dont le tempérament passait pour flegmatique – son père disait paresseux – se découvrait animé d'une singulière énergie. Tout l'intéressait. L'état de ses métairies, les coupes de bois, l'entretien des allées cavalières. Il sifflota, ragaillardi à l'idée qu'il suffisait d'un héritage pour vous changer un homme. Paris ne le tentait plus guère et il n'y retournerait pas de sitôt, du moins pas avant d'avoir pris toutes les dispositions qu'il avait en tête pour le domaine. Il lui faudrait néanmoins songer à acquérir une automobile plus luxueuse, adaptée à sa nouvelle condition.

En remontant l'allée cavalière, il songea que Borel n'avait toujours pas rembuché le grand cerf. Il décida que c'en était assez : il l'accompagnerait cet après-midi même pour vérifier qu'il cherchait avec assez d'assiduité ! Ce serait une façon d'affermir son autorité et d'effacer le sentiment tenace d'avoir déçu son père, car Bertrand se persuadait que la mort du cervidé le vengerait de tout !

Il était en train de se débattre avec les contre-sanglons de Tempête quand Montaine arriva aux écuries sur le dos d'Alezan. Ils se saluèrent poliment, un peu contraints de se retrouver si proches.

L'institutrice avait hésité avant de partir en promenade. Bien souvent, le jeudi matin, le comte l'accompagnait, et son absence ne faisait qu'aviver son chagrin. Antoine l'avait beaucoup aidée lors de sa rupture avec Hubert.

La maladresse de Bertrand lui arracha un sourire fugitif qu'elle ne parvint pas à dissimuler tout à fait. Humilié, il chercha à lui faire ravaler son insolence.

— Vous ne connaissez donc pas les nouvelles consignes, mademoiselle Chassignac ?

— Suis-je concernée ?

— Ma foi, vous et les autres… Le domaine redevient propriété privée, ce qu'il n'aurait jamais dû cesser d'être. Je suppose que mon père était d'accord pour vous laisser monter Alezan ?

— Vous l'ignorez sans doute, mais j'ai connu ce cheval encore poulain et je l'ai soigné quand il était malade. Alors, oui, votre père a eu cette bonté. Cela est-il remis en question ?

— C'est à moi d'en décider.

— Certes… Et donc ?

— Vous ne m'aimez guère, n'est-ce pas ?

Oubliant les usages, il l'affrontait du regard, tout plein d'un désir de revanche. Montaine prit le temps de mûrir sa réponse, autant pour l'agacer que pour endiguer sa propre colère. Elle n'était pas prête à s'humilier, fût-ce pour un cheval ! Elle détacha soigneusement chaque mot, ainsi qu'elle le faisait pour expliquer une leçon ardue à ses élèves.

— Je ne vous connais pas vraiment, mais, pour être tout à fait franche…

— Allez-y !

— … le peu que je sais de vous m'est plutôt antipathique.

— Eh bien, me voilà prévenu !

Il s'éclaira subitement.

— Vous avez eu raison d'être franche. Je vous autorise à monter ce cheval… jusqu'à nouvel ordre.

— Merci.

— C'est un plaisir de vous obliger… mais, j'y songe…

On y était ! Après ses largesses venaient les exigences ! Montaine s'efforça de rester sereine. Dire qu'il lui était arrivé de plaindre Bertrand en entendant les doléances d'Antoine ! Cet homme faible et tyrannique était odieux !

— Pourquoi ne pas vous joindre à moi pour une petite chasse ? J'ai envoyé Borel faire le bois, bien que je commence à douter de ses capacités. Nous partirons après le déjeuner avec un piqueux et quelques chiens.

— Chasser ? Quoi donc ? J'ai ouï-dire que vous aimiez tirer les canards…

Une peur glacée l'envahissait. Il eut un petit rire suffisant.

— J'ai mieux que du gibier à plumes, cette fois ! Vous avez peut-être entendu parler du dix-huit cors qui hante le bois. Je puis vous assurer que vous n'en verrez jamais un semblable !

— Le cerf gracié par votre père ?

— Celui-là même. La bête a causé sa chute. Je vous promets que l'animal aura le sort qu'il mérite : sa tête accrochée au-dessus de la cheminée !

— Comment pouvez-vous…

L'écœurement lui coupa le souffle. Mais rien de ce qu'elle pourrait dire ne convaincrait Bertrand, au contraire, sa résistance l'excitait, au contraire. Elle reprit contenance au prix d'un effort terrible et parvint à demander presque naturellement :

— Puis-je repartir avec Alezan ?

— N'étiez-vous pas de retour ?

— Si fait. Mais j'ai changé d'avis.

— Comme le font toutes les femmes…

Pour ne pas être tentée de le gifler, elle remonta à cheval et piqua un galop. Il fallait trouver un moyen d'arrêter Bertrand… Dieu merci, Antoine ne pouvait plus le voir agir !

Au Raboliot, les visages étaient soucieux. Borel et Totoche s'étaient repliés à une table, au coude à coude. Célestine et Paul leur faisaient face. Cette proximité, qui aurait causé une petite révolution en temps normal, ne suscitait guère qu'un étonnement vite balayé par la rumeur.

Au bar, Dédé étreignait férocement sa chopine. Dans un geste de solidarité inédit, Lucien lui avait fait crédit. Les chasseurs des Herteignes occupaient le reste du zinc. Plus loin, aux tables, il y avait la bande de Basse-Fosse et ceux de Poigny, trois pêcheurs d'étang, braconniers sur les bords, et deux saisonniers qui avaient assisté aux funérailles. Quand Borel avait déboulé, un peu plus tôt, la nouvelle avait fait sensation. Le fils du comte lui avait commandé de rembucher le cerf que son père avait gracié ! Avec le passage des géomètres, qui avait fait grand bruit au pays, la mesure était comble !

Totoche choqua son godet afin d'obtenir l'attention de l'assemblée. Il avait peu bu, afin de garder les idées claires. L'heure était grave, et il s'agissait de ne pas commettre de faux pas avec l'époux de sa maîtresse. Borel, sur ce coup-là, ferait un allié avantageux. Il venait de le prouver en dénonçant les projets de l'imbécile qui lui servait de maître. On verrait ensuite comment régler les comptes.

— Le Bertrand s'est mis en tête de tout chambarder dans le pays. V'là maintenant qu'y veut changer la forêt en prison. Son mur d'enceinte, vous savez c'que ça augure ? La mort !

Paul se risqua à demander des précisions.

— Pourquoi c'est si grave, ce mur ?

Totoche expliqua :

— Parce que les grands animaux, les cerfs, les chevreuils, les sangliers, y z'ont besoin d'espace. Une saison, y vont à un endroit, plus tard y se déplacent pour trouver leur nourriture, se reproduire, attendre la migration… Le gibier, c'est point de la bête de basse-cour, ça se barricade pas !

Borel acquiesça vigoureusement. Ils avaient un problème commun en la personne du jeune comte, et il sentait la nécessité d'avoir le braconnier dans son camp.

— Après le brame, les cerfs ont besoin d'une nourriture fichtrement riche pour refaire leurs bois, alors ils vont la quérir dans certaines zones forestières. Not' pays, c'est point une terre d'abondance mais on a un trésor… la forêt et les landes qui l'enserrent, l'air et le sable et l'eau qui suinte de partout. Alors l'autre, avec son foutu mur, il nous condamne et la forêt avec ! Plus de champignons ni de châtaignes, ni de bois de chauffage. Les bêtes partiront et nous…

Borel assena un coup de poing sur la table.

— Et v'là maintenant qu'y veut tuer le grand pèlerin en prime ! Et y m'commande sans vergogne de lui rembucher !

À cet instant, Montaine apparut sur le seuil. Totoche, qui faisait face à la porte de l'auberge, s'esquiva pour la rejoindre. Pendant ce temps, un chasseur renchérit, la mine sombre :

— À ce que j'ai entendu dire par le médecin de Sauveterre, paraît qu'y veut aussi organiser des chasses payantes. Ils vont lâcher de la volaille et tirer ces oiseaux-là comme au ball-trap. Et ces messieurs de Paris paieront cher pour ça !

Il cracha par terre pour montrer ce qu'il en pensait.

— Même un Parisien oserait pas agir comme ça avec des animaux ! L'Bertrand est pourtant bien né d'ici !

— Ça en fait pas un Solognot pour autant, foutre de…

— Fais gaffe au pt'it !

— Ça va, j'me tais… Mais j'en pense pas moins !

Le brouhaha enflait, la colère enflammait les visages. L'aubergiste leva les bras afin d'attirer l'attention.

— Y veut plus de nous aut's sur le domaine, ben on n'a qu'à p'us y aller !

Un ancien aux idées jugées révolutionnaires se mit à brailler à son tour :

— Lulu a raison. Faut résister et vive la grande jacquerie !

Galvanisé, Lucien leva le poing et les plus éméchés l'imitèrent. C'est le moment que Totoche choisit pour revenir avec Montaine. Il voulut attirer l'attention de l'assemblée, mais, conscient que personne n'écouterait, il grimpa d'un bond sur une table qui manqua craquer sous son poids.

— Silence ! Mlle Chassignac vient de me prévenir que Chesnaye irait tantôt chasser le cerf, comme Borel l'a dit ! Paraîtrait aussi qu'il tiendrait l'animal pour responsable du trépas de son père. Ce cerf, le comte l'a épargné… Y aurait-y un seul gars ici pour ignorer la tradition ?

C'est un gars de Poigny qui répondit pour tous :

— On ne tue pas une bête graciée, c'est sacrilège.

— Faut empêcher ça…

Montaine les regardait. Paul aussi. Eux, les chasseurs, les bracos, ils voulaient protéger le grand cerf !

19

Jean Caradec avait débarqué la veille dans le port de Marseille. Le voyage en train acheva de l'abrutir. Sa fatigue avait au moins un mérite ; elle balayait les questions inutiles sur Paul et l'accueil qu'on lui ferait. Ces questions le torturaient depuis le lundi précédent, quand il avait été convoqué dans le bureau du capitaine de section. Le général d'Hérouville requérait son retour sur le continent sans autre précision, sinon qu'il devait se présenter au domaine des Herteignes, au comte de La Chesnaye. C'était pour le moins inquiétant. Antoine de La Chesnaye avait forcément découvert l'identité de Paul. Il se sentait coupable d'avoir exposé l'enfant… Bien sûr, il n'avait pas eu trop le choix, mais si seulement il avait préparé Paul, s'il lui avait dit une part de vérité !

Il arriva le jeudi en milieu d'après-midi et, malgré sa lassitude, fit les quatre kilomètres qui séparaient la gare du village au pas de charge. Il voulait voir Paul d'abord, s'assurer que rien de grave n'était arrivé, lui demander pardon aussi. Le hameau n'avait guère changé en douze ans, il était simplement plus silencieux. C'est avec Mathilde qu'il aurait dû y revenir, remonter la rue centrale, leur fils courant devant eux…

Il se rendit d'abord à l'école, mais ne vit aucun mouvement derrière les fenêtres. Il consulta sa montre, sentit l'inquiétude croître. Les volets des maisons n'étaient pas tirés, cela le rassura. On ne déserte pas un village comme ça, sauf en période de guerre. Il existait au moins un endroit où il était sûr de trouver du monde. Il rebroussa chemin d'un pas vif, aperçut bientôt l'enseigne du lapin. Il ouvrit la porte et dut cligner des yeux pour s'accoutumer à la pénombre. Une silhouette solitaire était avachie contre le bar. Il se racla la gorge.

— Y a pas grand-monde, dites !

L'homme sursauta, montrant une trogne de pochard.

— Hein ?

— Vous pourrez peut-être me renseigner… Les enfants sortent à quelle heure ? Il n'y a plus personne à l'école. Je cherche mon fils.

— L'école ! Tu causes du lieu d'perdition où s'fabrique l'enseignement ?

— Si vous préférez…

— Le jeudi, y en a pas ! Et c'est qui donc, ton fils ?

— Paul Caradec… Jeudi ! Bon sang, j'aurais dû y penser !

— Le Paul de Paris ?

— Vous le connaissez ?

— Tout le pays l'connaît cette petite canaille ! Attention, quand je dis canaille j'veux point dire canaille tout à fait, même qu'y a pas plus brave et culotté que ce gadouillot, ma foi ! Et pis tant qu't'y es, faut m'tutoyer pasque sinon on s'ra fâchés. Moi, je m'nomme Dédé !

— Et moi Jean. J'aurais volontiers causé, mais je suis pressé de le voir. Il serait pas chez les Borel ?

— Tu trouveras personne. Y sont tous à la battue.

— Quelle battue ?

— La battue que le village organise, bon dieu, mais moi, ma guibolle est aussi tordue que ma gueule, Alors y m'ont demandé de garder le bar.

— Et je peux la trouver où, ta battue ?

— Halte-là ! C'est-y que t'as le feu aux fesses ? J'peux pas courir mais j'connais le coin mieux qu'ma poche.

— Tu pourrais me conduire un bout de chemin ?

— Chuis ton homme, foi de Dédé ! En plus, faut que j't'instruise sur c't'affaire de battue, vu qu'elle est fichtrement embistrouillée !

Ils sortirent de l'auberge. L'homme récupéra une brouette posée contre le mur et se mit en marche d'un pas plus vif que sa boiterie ne le laissait supposer.

— J'veux bien te mener à ton gaminet, mais faut t'équiper. Tu sors d'où, vêtu comme un bourgeois ?

— Du train. Et avant du bateau. Si j'avais su, j'aurais pris mon barda, mais j'ai préféré laisser mon paquetage à la gare pour pas trop m'encombrer.

— C'est pas grave. Tu chausses du combien ?

— Un bon quarante-deux.

— Ça ira. On va aller chez un copain, ça nous f'ra pas un gros détour…

Sur la barge du braconnier, ils dénichèrent un accoutrement complet : des bottes, une vareuse, et la *casquouette* en cas de *bérouasse*, car même si le temps menaçait point, fallait se tenir disposé en toute occasion, c'était sa philosophie du « toujours-prêt », au Dédé !

Totoche fit halte au cœur du sous-bois pour attendre les autres. Voilà deux heures qu'ils avançaient, inspectant chaque coulée en quête de traces, de fumées récentes ou de touffes de poils. Ils avaient sondé chaque souille où le grand mâle aurait pu s'ébattre, allant jusqu'à flairer les relents musqués dans l'air, cherchant des cicatrices sur les troncs, en vain.

Leur petite bande était composée d'une demi-douzaine de chasseurs, tous braconniers, et du gamin. Borel n'avait pipé mot en le voyant. Son rôle, à lui, consistait à tenir la chasse aussi loin que possible du gibier ; Mlle Chassignac l'accompagnerait, puisque Bertrand l'avait invitée.

Le reste des volontaires s'était disséminé dans le grand bois, en trois groupes de six. Le comte ne devait pas se douter de leur présence ; en cas de rencontre, on devait prétexter une chasse au sanglier ou au chevreuil, selon les circonstances.

Une fois que les chasseurs l'eurent rejoint, Totoche distribua ses consignes. Puisque le cerf ne se trouvait pas dans la partie ouest de l'enceinte, ils remonteraient vers la lande, en direction du marais.

Tout à coup, il vit surgir un gitan du taillis. Bella fonçait droit vers eux, suivie d'une douzaine de romanos. Celui qui semblait être le chef s'avança en le toisant sans rien laisser paraître, ni méfiance ni sympathie.

— On vient défendre le grand cerf. On lui doit bien ça.

— Au cerf ? Toi, tu lui dois quelque chose ?

— Au comte. Le gadjo est un père pour nous.

L'homme parlait du mort comme s'il était toujours vivant, sans chercher à impressionner. Ces façons simples plurent à Totoche.

— Bon, on doit se dépêcher de déloger l'animal avant ce salopard de petit comte. Le garde-chasse est de not' côté, mais l'aura beau faire, si la meute le flaire, y peut pas les emmener à contre-voie. On a l'avantage du nombre et si on le rembuche, on le fera fuir loin d'ici, hors du domaine. Nous six, on va prendre par le taillis et remonter vers la route de Poigny. Toi, tu traverses par le bois de Baudet et si tu croises des piquets peinturlurés, hésite pas à les virer, ça lui fera la nique à l'héritier… Les gosses, vous allez avec qui ?

— Avec toi !

Paul observa Bella. Il brûlait d'envie de lui prendre la main. Depuis leur baiser à la cabane, ils ne s'étaient pas revus, pas même croisés aux funérailles, et il se sentait stupide, d'une timidité paralysante. Cela ne dura pas. La fille vint le rejoindre en lui décochant un de ses sourires lumineux, et le monde retrouva son équilibre.

Armés d'un bâton, les enfants furent chargés de couvrir l'aile gauche de la formation. Ils débouchèrent sur la lande non loin de l'étang de Malnoue. Un grincement les arrêta. Ce son familier, Paul l'aurait reconnu entre mille. Il chuchota à son amie :

— Voilà Dédé.

— Comment tu le sais que c'est lui ?

— Sa brouette…

Et en effet la roue apparut d'abord, puis le cabrouet et enfin ce brave Dédé en compagnie de Totoche, mais c'était impensable puisque le braconnier tenait l'aile droite, à l'autre bout de leur ligne de battue ! Paul cria, au mépris des consignes :

— Totoche !

L'homme vira sur lui-même. Sous la casquette informe, Paul reconnut son père. Ils coururent l'un vers l'autre, s'étreignirent.

— C'est pas possible ! Je laisse un gamin pâlichon et je retrouve un gaillard tout en muscles !

Paul s'esclaffa, le cœur dilaté de joie. Il avait retrouvé son père !

— Dis-moi, mon grand, qui est ce Totoche dont j'entends parler depuis que j'ai débarqué ? Sans compter que je porte ses habits…

— C'est moi.

La grosse voix les fit sursauter. Derrière eux venait d'apparaître un colosse barbu, l'œil aussi noir que le poil. Le braconnier avait jailli du sous-bois, prêt à engueuler les gamins qui faisaient un tel tapage, or voilà qu'il découvrait Dédé en compagnie d'un étranger dans ses propres affûtiaux ! Il allait se lancer dans une fameuse gueulante quand Paul désigna l'inconnu avec une telle fierté qu'il en eut le cœur serré.

— C'est mon père !

Ensuite, tout aussi fanfaron, il annonça :

— Lui c'est Totoche, le meilleur braco du pays de Sologne, il m'a tout appris ! Et elle, c'est Bella !

Il montrait une gamine aux cheveux en broussaille et aux immenses yeux noirs. Jean Caradec sentit que quelque chose lui échappait. Il voulut expliquer sa présence, mais déjà le chasseur l'apostrophait :

— « Ni dieu ni maître » toi aussi ?

— Euh, oui… c'est mon fils qui t'a raconté ça ?

— Lui-même ! Écoute, on n'a pas le temps de faire les présentations, faut qu'on reparte. Tu marches avec nous, camarade ? Pour défendre nos libertés… Dédé a dû t'expliquer, il s'agit pas seulement d'un cerf, vois-tu.

Les hommes se sourirent. Un seul coup d'œil leur avait suffi pour s'évaluer.

D'ici une heure, la nuit serait tombée. Le petit groupe reprit sa progression. L'intuition soufflait à Totoche que le cerf ne pouvait pas être loin. Ils avançaient en silence dans la pénombre grandissante, l'oreille tendue. Un bruissement les figea un instant. Un coq faisan jaillit comme une balle au-dessus des arbres, dans un frisson affolé de plumes rouges. Jean en profita pour interroger :

— Traquer un cerf dans une forêt aussi dense, tu penses pas que ça revient à chercher une aiguille dans une botte de foin ?

Paul intervint trop vite pour laisser le braco répondre.

— Non, vu que Borel l'a rembuché dans ce bois. Il a trouvé son pied : un beau volcelest. Toute façon, il est dans l'coin parce que le soir il va toujours au gagnage chercher sa nourriture. C'est pour ça qu'on se dirige vers les prés, après le bois.

Rembuché. Volcelest. Gagnage. Quelle sorte de langue parlait donc Paul, son propre fils ?

— Et quand on l'aura trouvé, il se passera quoi ?

— Ben, rien. On lui sauvera la vie !

C'était une idée si folle pour les habitants d'un village de Sologne que l'ouvrier douta d'avoir bien compris. Il n'eut cependant pas le temps de poser d'autres questions, car le chant sinistre du cor de chasse déchira le silence.

— Foutredieu ! Ils ont dû trouver la voie ! marmonna Totoche.

Le soleil rasant illuminait l'allée cavalière quand ils la traversèrent en vitesse, juste à temps pour plonger dans les fourrés. Un cavalier arrivait. Paul, qui se tenait en lisière, jaillit soudain de son abri et se mit en plein passage, les bras levés.

— Mademoiselle !

Montaine Chassignac tira sur les rênes au risque de culbuter, puis démonta, hors d'haleine. Jean s'était précipité vers son fils pour l'arracher du sol, si bien qu'ils se trouvèrent face à face, le temps d'un regard. Déjà Totoche empoignait le bras de l'institutrice pour l'emmener à couvert. Ils échangèrent quelques mots.

Caradec avait eu peur et mesurait soudain le danger de cette traque. Contre qui se liguaient-ils, ces chasseurs à clandestins ? Dédé avait évoqué le frère de Mathilde, et le braco semblait très remonté contre lui… et Antoine de La Chesnaye ? Que disait-il de cela ?

Paul lui tira la manche en désignant l'amazone qui avait manqué le renverser.

— C'est ma maîtresse d'école.

— Allons bon, elle chasse, elle aussi ?

— Oui ! et elle est de notre côté !

— Mon grand, ce n'est sans doute pas le moment, mais le comte m'a fait venir ici, contre tous les usages car j'aurais dû rester encore six semaines sur mon chantier. Sais-tu quelque chose à ce propos ?

— Je savais pas que tu devais venir, mais ça m'étonne pas que le vieux comte t'ait fait appeler. Papa, je te promets de t'expliquer plus tard, mais pas maintenant ! Le cerf, s'il meurt, ce sera ma faute, et je m'en voudrai toute ma vie, tu comprends ?

— Pas vraiment, mais j'attendrai puisque tu me le demandes.

En réalité, Jean Caradec éprouvait un immense soulagement de voir que son fils ne lui en voulait pas. Il n'était donc pas au courant ? Et le vieux ?

Il avait attendu cinq jours, il pouvait bien patienter encore quelques heures…

Montaine venait d'informer Totoche qu'elle avait quitté la chasse pour ne pas être témoin de l'hallali. Avec Borel, ils avaient tout tenté pour désorienter la meute, mais les limiers s'étaient créancés au cerf et n'avaient rien voulu savoir. À présent, il était trop tard. En se remettant en selle, elle adressa une moue désolée à son élève et s'éloigna au galop. Le braconnier revint vers eux, la mine triste. Brusquement, il se redressa d'un coup, comme piqué au vif.

— Toi, Bella, file prévenir ta tribu que la battue est terminée ! Inutile que les tiens s'en mêlent, parce que c'est foutu ! On sait où est le cerf, mais il a déjà les chiens au cul… alors, vite ! On va tenter de les rejoindre.

Le Pèlerin s'immobilisa brusquement pour écouter, les naseaux dilatés, expulsant des saccades de buée blanche. Les chiens gueulaient au loin. Ils étaient sur sa trace. Il huma à pleins poumons la fragrance de la terre argileuse, cherchant les effluves plus acides de l'eau stagnante et repartit au petit trot d'abord, puis au galop. Crevant la lisière des pins, il voulut franchir le cours d'eau qui lui barrait la voie et buta sur une banderole tendue sur des piquets. D'instinct, il s'en écarta, car l'obstacle venait de l'homme. Il chercha une issue pour rejoindre l'autre côté, s'affola d'entendre les abois grossir. La forêt entière sombrait dans la fureur, les jappements semblaient jaillir de partout. Il piétina en rond un moment, puis, au lieu de continuer vers l'ouest, repartit dans le bois, droit sur la meute, rompit au hasard, traversa une clairière. Son souffle douloureux déchirait sa poitrine. Il continuait pourtant, s'élançait au-dessus des fossés, puis replongeait dans les coulées profondes, aiguillonné par la meute toute proche. Avec l'épuisement venait le désespoir. Ses ruses éventées, talonné de trop près, il ne pouvait plus ni rebattre sa voie ni trouver une harde pour tenter de semer ses poursuivants. Il était seul.

Le premier chien jaillit en hurlant, et aussitôt ce fut une masse indistincte de gorges vociférantes, de souffles empestés, et la terreur, partout. Coincé entre un talus et un rocher, acculé par les molosses qui formaient un demi-cercle, le cerf trépigna sur place, les pupilles voilées de terreur. Brusquement, il parut se calmer et leur fit face, ses bois gigantesques rasant le sol. Il était prêt. Il allait se battre à mort.

Les chiens déchaînés avaient déjà commencé à rétrécir le cercle autour du gibier. Ils pouvaient presque sentir le goût du sang, et ça les rendait à demi fous. Débouchant de la coulée, Borel et Bertrand stoppèrent à une dizaine de mètres de distance, estomaqués par la masse du cerf, sa puissance palpable. Le garde sentit une giclée de bile remonter dans sa gorge. Il avait tout tenté pour perdre la voie, et les chiens ne s'étaient pas laissé berner.

D'un haussement d'épaules, il s'arracha à sa contemplation. Puisque le maître y tenait… Il s'empara de la dague, la lui tendit, tête basse, mais l'autre fit reculer sa monture d'un pas.

— Allez-y, Borel, je vous le cède.

— Monsieur, je ne suis que piqueux, et un piqueux ne sert pas les cerfs. Encore moins celui-ci…

En son for intérieur, il l'injuriait. Cette triple bourrique d'incapable tremblait d'en finir ! Il entendit remuer, vit que le comte empoignait son fusil. D'abord il crut comprendre de travers, car un blasphème pareil, c'était pas dieu possible ! Bertrand épaulait, calé sur sa selle, en lâche qu'il était !

Outré, il cria :

— Monsieur ! Non !

Mais l'autre visait. Un coup de feu claqua, assourdissant. Tempête se cabra, envoyant son cavalier rouler au sol. Le cerf, après avoir tressailli, restait debout. Bien que meurtri, Bertrand s'était redressé. Il découvrit le gamin des Borel qui avançait vers la meute en la menaçant d'un bâton :

— Arrière ! Arrière ! Vol-au-Vent ! Lucifer ! Arrière !

Les chiens s'écartèrent, puis battirent en retraite devant ce petit démon. Aussitôt, profitant de la trouée qui venait de s'ouvrir, le cerf s'enfuit à travers bois. Au lieu de réagir, Borel observait la scène, un demi-sourire aux lèvres.

Bertrand croassa, autant de stupeur que de colère pure :

— Qui a tiré ? Ce morveux ?

Le garde-chasse hocha la tête en signe de dénégation.

— Ma foi, j'en sais rien, monsieur, mais avec ce bout de bois en guise de carabine ce s'rait fichtrement tordu ! Je crois plutôt que votre tireur est ici…

Totoche sortait du bois, le fusil encore fumant. Bertrand éructa, la bouche remplie de postillons tant il fulminait.

— Misérable ! J'aurais le droit de t'abattre, tu sais ? J'invoquerais la légitime défense et je serais gracié !

Le braconnier tourna les talons après avoir fait signe au gosse de le suivre. Cette tranquillité acheva d'enrager Bertrand. Il épaula, à moitié fou ; cette fois, une charge furieuse le cloua au sol. Un homme lui arracha son fusil et se tourna vers lui, le visage tordu de mépris. Bertrand de La Chesnaye en bafouilla d'exaspération.

— Qui es-tu, toi, maudit ! Sais-tu à qu…

— Je sais. Et je suis un revenant, faut croire.

Jean s'avança vers l'homme à terre et le releva pour lui décocher un direct à l'estomac. Ce misérable allait tirer sur son fils !

Plié en deux, Bertrand cherchait son souffle, incapable de se redresser. Malgré sa vision brouillée, il aperçut le garde-chasse qui demeurait les bras ballants.

— Aide-moi, bougre de crétin !

— Non, monsieur, c'est terminé. Fini. J'vous aiderai plus. Pouvez garder vos ordres et votre place de garde-chasse. J'en veux plus, j'vous la rends.

Ensuite il siffla les chiens qui affluèrent en vague disciplinée, talonna son cheval et s'éloigna sans lui accorder un regard.

Bertrand attendit qu'ils aient disparu pour hurler sa colère.

— C'est moi qui te renvoie ! Toi et ta femme, vous êtes congédiés ! Alors vous pouvez préparer vos bagages, parce que d'ici une semaine je ne veux plus vous voir sur mes terres !

Il criait à s'en déchirer la gorge, et pourtant la douleur lui parut moins cruelle que la honte qui l'avait envahi.

Le lendemain, père et fils partirent après le déjeuner. La journée était belle, le froid piquant. Sans doute y aurait-il de la neige pour Noël, Totoche l'avait prédit. Ils empruntèrent les sentiers que Paul connaissait maintenant presque aussi bien que le braconnier. Ce qui le liait à cette terre, plus que ses mésaventures, c'était une compréhension profonde qu'il ne parvenait pas bien à exprimer, sauf que ça coulait dans son sang.

Jean, de son côté, tentait de faire le point. La veille, Borel avait découvert la vérité sur l'identité du gamin. Étrangement, il n'en avait pas tenu rigueur à sa femme, trop abasourdi par sa rébellion et les conséquences qui en découlaient. La nourrice avait relaté les derniers instants du comte, sa volonté de voir l'époux de Mathilde avant que l'agonie ne l'emporte. Cela avait troublé et vaguement déçu Jean. Antoine de La Chesnaye était mort avant d'avoir pu lui parler. Pour dire quoi, d'ailleurs ? Quêter un pardon que seule une morte aurait pu lui accorder ? Ces révélations, après la fatigue du voyage et la battue, l'avaient sonné, si bien qu'il avait préféré remettre la grande discussion avec Paul au lendemain. À présent, on y était…

Comme l'enfant s'était mis à courir, il accéléra le pas pour le rattraper. Il revoyait Mathilde arpenter les bois, riant de sa gravité d'homme. D'une certaine manière, son deuil pouvait prendre fin en ces lieux où tout avait commencé et où tout se dénouait maintenant. Il comprit alors l'importance pour Paul d'avoir connu son grand-père…

Débouchant de la forêt, ils remontèrent le chemin de halage, passèrent la barge du braconnier et le pont de pierre avant de s'enfoncer dans la campagne. Cette fois, c'est Jean qui menait la marche. Après avoir parcouru trois ou quatre lieues, ils parvinrent au chemin de fer. Ils longèrent la voie sur une centaine de mètres, puis Jean désigna l'orée du bois.

— C'est ici que j'ai vu ta maman la première fois, près du gros chêne. Avec les copains, on posait le système d'aiguillage… Un aiguillage, ça évite que deux trains se rencontrent, eh bien moi j'ai rencontré l'amour de ma vie. Au premier regard, j'ai su que c'était elle.

Pour Paul, beaucoup de choses demeuraient mystérieuses, mais il n'était plus aussi pressé de savoir. C'était la première fois que Jean évoquait Mathilde avec cette liberté. Il s'éloigna en sautillant tandis que son père s'égarait dans ses souvenirs.

Sur le chemin du retour, l'enfant repéra quelques champignons qu'il glissa dans sa carnasse.

— Des coulemelles… Célestine sera contente !

Jean ne put s'empêcher de rire.

— Dis-moi, tu es devenu un vrai rat des champs ! Les animaux et maintenant les plantes ! Qu'est-ce qu'ils vont dire, tes copains !

— On est obligés de rentrer ?

— Tu sais bien que oui.

— J'ai pas envie.

— Tiens donc ! Et Jacquot ? Émile ? Tu ne veux pas les retrouver ? Ce ne serait pas à cause de cette gitane à qui tu fais les yeux doux ?

— Te moque pas ! De toute façon, si t'es pas d'accord, on ira se cacher dans une cabane et on s'enfuira !

Jean ravala un tressaillement. Non seulement son fils avait grandi, mais il avait découvert une vérité trop longtemps cachée.

— Ne te fâche pas, mon fils. Rien n'est plus beau que la rencontre de deux êtres faits l'un pour l'autre, je suis bien placé pour le savoir, mais tu ne peux pas décider de ta vie à onze ans… C'est ma faute, j'aurais dû te parler de ces choses bien avant. Pourtant…

Il hésita, cherchant les mots justes pour expliquer ce qui l'avait poussé à garder le silence. Paul l'écoutait avec une attention douloureuse.

— Finalement, je crois que les choses se sont passées comme elles devaient. Mieux vaut apprendre par soi-même, même quand c'est difficile. Si je t'avais tout expliqué, tu te serais méfié de ton grand-père.

— Le comte a dit qu'il voulait te demander pardon de t'avoir fait du mal.

— Ce n'est pas tant à moi, plutôt à ta mère…

Son fils hocha la tête avant de lui prendre la main.

— Viens… je vais te montrer où elle est !

La chapelle avait gardé les traces des récentes funérailles, une odeur de bougies consumées et des bouquets fanés. Mathilde reposait désormais aux côtés de ses parents.

Tandis qu'ils se recueillaient, Jean ressentit le chagrin de son fils. Dix ans plus tôt, Célestine l'avait convaincu de laisser la dépouille de Mathilde revenir au manoir, sur la terre qu'elle aimait tant, et il avait souvent regretté de ne pas avoir une tombe où pleurer sa femme. À présent, il réalisait que cette chapelle froide et triste ne représentait rien à ses yeux. Il préférait la chaleur de leurs souvenirs. Pour Paul, c'était différent. Il était l'enfant de Mathilde, un La Chesnaye autant qu'un Caradec, qu'on le veuille ou non.

Quand ils sortirent, la forêt s'embrasa d'or rougeoyant. Un vol de canards passa, très haut dans le ciel, dessinant un v quasi parfait. La vie continuait.

De loin, ils aperçurent une cavalière retournant aux écuries.

— On dirait ta maîtresse d'école.

— C'est elle.

— Ah…

L'après-midi même, Borel et Totoche se rejoignirent à l'étang. Ils voulaient causer tranquilles, en terrain neutre, mais finalement ils passèrent deux heures à pêcher, juste pour le plaisir, en échangeant à peine quelques mots. La battue semblait avoir balayé cette rivalité qui leur avait pourri l'existence, et ils se sentaient presque sots d'y avoir cédé. Borel avait passé une nuit blanche à réfléchir à son existence, et l'imminence de son renvoi le poussait à reconsidérer beaucoup de choses : ses colères inutiles, son aveuglement à propos du gamin.

Finalement, c'est Totoche qui céda le premier à la tentation de savoir. Le départ de Célestine le peinait plus encore qu'il ne l'aurait imaginé.

— Où vous irez, alors ?

— À Romorantin, chez mon frère.

— En ville !

— En ville, ouais. Ça va me faire mal de laisser tout ça.

Du geste, il désignait la forêt, l'eau scintillante. C'était si beau qu'il en aurait pleuré. Il continua d'une voix assourdie :

— J'ai pas le choix. Le comte cherche déjà un nouveau garde. Ce niaiseux connaît personne dans le coin, personne qui l'aiderait en tout cas, du coup l'a pas trouvé mieux que d'appeler une agence de Paris où ils placent les domestiques ! Tu imagines c'te berdinerie ? Un garde-chasse avec des bonnes à tout faire !

— J'arrive pas à y croire… C'est que tu me manquerais presque, dis ! Qui va me courir derrière, à présent ?

L'autre gloussa.

— J'sais pas. Ça me fait mal à reconnaître, mais pour moi c'est pareil ! J'aurais jamais cru ça possible, me languir d'un fumier de braco !

Le braconnier se leva.

— Maintenant que tu pars, je peux bien te montrer… Tiens, on va échanger nos bottes.

— Nos bottes ? Et pourquoi diantre ?

— Parce que je veux te donner mon attrape-couillon. Tu verras, c'est très utile quand t'as les gendarmes ou… les gardes-chasse aux fesses. Avise-moi ça !

Il s'accroupit afin d'actionner le mécanisme des semelles pivotantes.

— Bordel de moi ! s'étouffa Borel. C'est d'la sorte qu'tu m'feintais à chaque coup ! Et moi, pauvre berlaud, je m'faisais enfumer !

— Je te les donne. Comme ça, en partant, ce sera pareil que si tu t'en r'venais par chez nous ! Suffira de tourner tes semelles, et chaque pas te rapprochera d'ici.

Borel grommela entre ses dents, secrètement touché :

— Alors on fait l'échange à la vieille borne, on s'ra à mi-chemin. Faut rentrer.

Il était déjà tard, et le ciel prit une couleur d'encre alors qu'ils parvenaient à la croisée des chemins. Comme Totoche allait se déchausser, une voiture qui venait les prit dans le rayon de ses phares et, l'espace d'un instant, ils se crurent surpris par ce fumier de Bertrand. L'automobile pila à leur hauteur. Le conducteur, un étranger, salua Borel après avoir avisé son écusson.

— Monsieur Germain Borel ? Le garde-chasse ?

— Ma foi, plus pour très longtemps.

— C'est vous que je cherchais !

L'homme sortit de son auto. Il brandissait une sacoche qu'il entreprit de fouiller.

— Voilà pour vous.

Il tendait une feuille de papier à en-tête officiel qui fit craindre le pire au garde-chasse, mal habitué aux choses administratives.

— C'est quoi ?

— Une convocation.

— Et pourquoi ça ? C'est y qu'on m'accuserait d'avoir braconné quelque chose ? Ce s'rait le comble !

— Non, monsieur Borel, juste une affaire notariale. Je vous attends demain matin à l'adresse indiquée.

Bertrand noua sa cravate avec soin. Il avait choisi ses habits les plus stricts, les mêmes que ceux des funérailles. Son inconséquence appartenait au passé. Il avait tourné la page et se sentait un homme neuf !

Derrière lui, sur le lit, Florence sirotait son thé avec des mines de chatte. Voyant qu'il l'observait dans le miroir, elle soupira paresseusement.

— Chéri, où cours-tu si tôt ? On ne se voit presque plus, je m'ennuie.

— Une petite formalité à régler… ensuite, si tu veux, nous irons faire un tour en voiture.

— C'est que j'ai un tas de rendez-vous à Paris ! J'ai le sentiment que cela fait un siècle que je n'ai pas rencontré de gens intéressants.

— Nous verrons. J'ai des choses importantes à régler et un domaine à faire tourner, ma chère…

Dans le grand escalier, Bertrand éprouva une bouffée d'ivresse qui le consola de ses déboires. Tout cela était à lui ! Les trophées, les tableaux, le bureau de son père et sa sainte bibliothèque, les meubles, la tourelle et chaque pierre de ce manoir, tout lui appartenait ! Enivré, il redressa un tableau en passant et commença à siffloter *la Madelon* avant de se reprendre pour pénétrer dans le grand salon où le notaire devait attendre depuis au moins une demi-heure. Il avait fait exprès de traîner, pour goûter sa nouvelle puissance.

D'abord, il crut avoir la berlue devant l'assemblée endimanchée qui se tenait là, face à un homme aux allures de corbeau. Outre les Borel et les domestiques, il eut la surprise de reconnaître la brute avec qui sa sœur s'était mésalliée, le gitan moustachu, la fille qui l'avait insulté… Même le gamin dont s'était entiché son père était présent !

— Puis-je savoir ce que ces gens font chez moi ?

— C'est moi qui les ai convoqués.

Le notaire, imperturbable, enchaîna :

— Nous n'attendions plus que vous, monsieur de La Chesnaye. Veuillez vous asseoir pour entendre la lecture du testament…

Sans attendre, il saisit un porte-documents pour en tirer une page manuscrite. Bertrand se laissa tomber sur une bergère. Paralysé d'étonnement, il tentait de suivre les paroles du singulier personnage.

— Testament daté et signé, le testateur étant parfaitement sain d'esprit, ainsi que j'ai pu le constater en me rendant sur place…

Il chaussa des besicles, se racla longuement la gorge.

— Je, soussigné, Philippe, Louis, Antoine de La Chesnaye, déclare que ceci est mon testament, qui révoque toute disposition antérieure. Je lègue les biens suivants aux personnes suivantes… Pour les Gitans, représentés par M. Joseph Weiss, la jouissance sans limite de durée des terres comprises entre les limites du domaine, le ruisseau de La Vilotte et le chemin de Bois Baudet, soit une superficie d'environ deux hectares. Pour Germain Borel et son épouse Célestine, la pleine propriété de leur logement, du potager et du jardin attenant.

Borel serra la main de son épouse. Son teint avait viré au brique. Célestine se moucha discrètement.

— Mêmes dispositions pour Armand Lemercier et son épouse Madeleine dans la dépendance dite « du moulin »…

Bertrand revenait lentement à la vie. Des donations… ce n'étaient que quelques donations, dommageables, certes, mais rien d'irréparable. Néanmoins, une peur affreuse lui nouait les entrailles. Il tenta de se redresser, feignit un air d'indifférence. Son tour venait, à présent.

— À mon fils, et tenant compte du fait qu'il a déjà gagé une partie du patrimoine familial, je lègue de quoi vivre enfin de son travail… soit la nue-propriété de ma fabrique de vinaigre à Orléans, rue du Faubourg-Bannier, et du logement attenant.

— Mais enfin, Maître… et le reste ?

— Le reste ?

— Oui, vous êtes donc sourd ? Tout le reste !

— Sourd, non… Il y a aussi un cheval nommé Alezan qui revient à une demoiselle Montaine Chassignac.

Le reste se fondit dans le brouillard car Bertrand de La Chesnaye, indigne héritier d'Antoine, comte de La Chesnaye, venait de s'évanouir.

Totoche entra au Raboliot comme une tornade.

— Savez pas quoi ? Bougre de vache !

Au bar, outre Lulu, les habitués se pressaient, Dédé, Anselme, le Roger de Poigny, trois gendarmes et le facteur à peine remis de sa tournée. Le braconnier cracha, à bout de souffle :

— Le gamin, le petit Paul, l'est institué *légateur* universel ou que'que chose d'approchant. Et son père, celui qui nous arrive tout droit d'Alger, bien le v'là *exécutaire testamenteur* ! En gros, le drôlet a hérité du domaine avec le manoir ! La forêt, le cerf, tout est sauvé !

Ce fut une explosion de joie ! Mais Lucien leva la main, perplexe.

— Y a un truc qui cloche. Pourquoi le Parigot hériterait du comte ?

La figure plissée de malice, le braconnier sembla soudain tergiverser.

— Ma foi, ça vaut bien un coup de gnôle comme annonce !

Plutôt que de pinailler, l'aubergiste s'empressa de le servir. L'autre leva le coude et but cul sec.

— Il se trouve que Paul, c'est le petit-fils du comte. Le garçon de la Mathilde, celle qui est décédée à Paris.

— Alors, là, tu m'en bouches un coin ! Donc, si je te suis bien, il serait comme qui dirait l'héritier ! Alors là… Allez, c'est ma tournée !

Le braconnier explosa d'un rire tonitruant :

— Crénom ! Lucien qui paie son coup, on n'avait pas vu ça depuis la mort de sa femme…

Bertrand sortit du manoir, soutenu par Florence. Il semblait avoir vieilli de vingt ans. Armand suivait, chargé de deux valises qu'il rangea dans le coffre de la Voisin.

— Attendez !

L'enfant devait les avoir entendus. Paul Caradec, son neveu, avait prétendu le notaire... Un frisson secoua Bertrand quand il aperçut les domestiques massés derrière lui. Il s'efforça de répondre sans trembler ni crier.

— Quoi encore ?

— Vous pourrez revenir nous voir, oncle Bertrand. Le domaine est ouvert à tout le monde, maintenant.

Ce satané drôle n'ironisait même pas, et cette sincérité bienveillante lui sembla pire qu'une bordée d'insultes. Bertrand se détourna sans répondre. Il claqua la portière, démarra d'un coup, piètre satisfaction, une des rares qui lui restaient. Il fallait mettre le plus de distance possible entre sa honte et lui.

Florence tendit la main vers lui, sans doute pour le consoler.

— Pas maintenant, je conduis ! lança-t-il sèchement.

Elle serra les lèvres mais se garda d'insister, vexée. Dans le rétroviseur, la silhouette du gamin planté devant l'imposante façade de pierre diminua, puis disparut dans le tournant de la route. Bertrand accéléra encore, recherchant la griserie de la vitesse pour effacer l'humiliation.

Ce qui se passa ensuite fut si rapide que par la suite, il ne put rappeler à lui que quelques images fragmentées. Du taillis, sur la droite, surgit le grand cerf lancé en plein galop. Alors que le choc était inévitable, l'animal s'élança dans un bond gigantesque qui le fit planer assez haut pour esquiver le capot et atterrir de l'autre côté. D'un coup de volant brusque, Bertrand encastra la Voisin dans un arbre. En relevant sa tête, il vit qu'il s'agissait d'un chêne énorme, symbole de justice.

Il perçut un sanglot étouffé et s'inquiéta soudain de Florence, mais sa place était vide. Il la chercha du regard, encore étourdi, perçut le claquement rageur de la portière. Sa fiancée s'éloignait à grands pas en criant « Plus jamais ! ».

Anéanti, Bertrand de La Chesnaye posa la tête sur le volant et se mit à pleurer.

ÉPILOGUE

Accroupi dans la neige, Totoche observait le sol. Sa tenue de garde-chasse l'engonçait encore un peu, trop neuve. Les empreintes ne laissaient aucun doute. Le champ de topinambours avait été dévasté. Ici et là, des tubercules à moitié dévorés surgissaient du ravage. Interpellant les autres, il grogna :

— Y en a toute une harde. Quinze ragots et trois laies avec un gros quartanier.

Borel s'accroupit. Du pouce et de l'index, il mesura l'écartement des pinces.

— T'as vu juste. L'a ben quatre ans, ton sanglier.

Paul acquiesça avec sérieux. Tant de gravité aurait pu porter à rire, surtout chez un drôlet, mais ce môme-là méritait le respect, et pas seulement à cause de son titre.

— Un beau mâle de cent trente kilos, au moins !

Les deux gardes approuvèrent.

— T'as bien retenu mes leçons, y a pas à tortiller ! lança Totoche.

— Holà ! T'es pas le seul à instruire son monde !

Entre l'ancien braco et Borel, la rivalité s'était bien atténuée, maintenant qu'ils œuvraient dans un même but, sauf quand il s'agissait d'éduquer l'enfant.

— Alors ce sont des sangliers qui ont fait ce chambard ? demanda Jean.

Borel en profita pour reprendre l'avantage. En cas d'invasion, c'était encore lui qui décidait.

— Si on les laisse faire, y vont saccager les cultures. Et demain, ils seront dans les vignes.

Totoche s'adressa à l'enfant, moqueur :

— Ce que je recommande, m'sieur Paul, c'est une battue.

Paul ne comprit pas tout de suite qu'on attendait de lui une décision. Il la formula avec prudence.

— D'accord, on fera ça demain matin.

Entrant dans le jeu, Borel renchérit :

— Le rendez-vous à quelle heure, m'sieur Paul ?

— Euh… 9 heures ?

— C'est qu'y nous mène à la dure, le patron !

— 9 heures, t'appelle ça à la dure ? railla Totoche. Moi je dis qu'il y a pas mieux si on veut tout le monde. Surtout si le patron doit retourner à l'école ! Ça lui fera un fameux souvenir dans sa grande capitale !

Le lendemain, ils étaient tous là, les Borel, Totoche, Montaine, Joseph et Bella, Dédé et une cinquantaine de chasseurs et de rabatteurs, certains avec des chiens courants tenus à la longe. Une couche de neige recouvrait la campagne et malgré la grisaille et le froid, l'atmosphère était à la fête.

Borel s'avança vers le gamin qui attendait sur le perron.

— M'sieur Paul, je peux procéder ?

— Oui, oui… Borel.

L'enfant avait encore du mal à se sentir à l'aise dans ce rôle de maître. À l'école, où il était retourné afin de récupérer ses affaires, la bande à Pachevot avait gardé ses distances. *Tête de veau* n'existait plus. On le considérait par en dessous, avec une sorte de respect craintif. Il n'aimait pas ça.

Il s'obligea à écouter le garde-chasse.

— Totoche a rembuché une compagnie de sangliers. On va donc les pousser hors du domaine, et ma foi, si on peut en tirer quelques-uns… de bons gigots pour Noël, ça f'ra l'affaire de tout le monde !

L'assemblée des chasseurs éclata en vivats et en applaudissements.

— Un peu de silence, vous autres ! Monsieur Totoche va donner les consignes !

L'ancien braconnier s'avança avec fierté. C'était sa première chasse officielle depuis sa nomination, s'agissait pas de la louper.

— J'ai les pieds tout frais dans Belleroche, qui ressortent pas. La ligne de rabatteurs va pousser depuis le chemin de Marnière…

Paul s'efforçait de l'écouter quand il sentit une coulure glacée lui geler le dos. Bella venait de lui glisser une boule de neige dans le cou. Il ravala un cri. La gitane était la seule qui ne se pliait pas au « jeu de l'héritier », et il aimait cette résistance.

— Avec ce vent, les sangliers vont sûrement remonter droit vers la Sauldre. C'est là qu'on postera notre première ligne de tireurs. Borel la dirigera. La seconde ira se tenir sur la refuite de Garenne. Tu la connais, Ruault ? Tu emmèneras trois gars par là, et surtout tu m'en embusques un au chêne-cuve. Ce coup-ci, on peut faire du bruit, alors vous gênez pas : sonnez les gars, sonnez, qu'on sache bien ce qui se passe ! Allez, en route !

On acquiesça bruyamment, pressé de partir, sauf Célestine qui retournait aux cuisines afin d'aider Madeleine pour le retour des chasseurs. Ce serait un fameux buffet…

La gouvernante chercha le gamin des yeux. Il cavalait, poursuivi par Bella. D'un bond, elle venait de l'envoyer bouler dans une congère en riant aux éclats. Célestine éprouva un pinçon d'appréhension qu'elle chassa aussitôt. À quoi servait de se faire du mouron ? Les choses tourneraient comme elles devaient, surtout si on évitait de leur faire obstacle.

Coincé dans la couche de neige, Paul n'essaya même pas de se débattre. Son calme enrageait Bella, il le savait. Assise à califourchon sur lui, elle brandissait une boule de neige ; comme il ne mouftait pas, elle choisit un autre angle d'attaque.

— Alors, quand c'est que tu m'épouses ?

— À notre âge, on a pas le droit.

— Chez les Gitans, si. Tu veux pas de moi ?

— Je suis trop jeune, je te dis.

— Tant pis pour toi, je me trouverai un autre mari !

Elle lui écrasa la boule de neige sur le nez et s'échappa d'un bond.

— Tarde pas, les gadjos attendent leur petit comte pour prendre la tête de la battue !

— Bella, attends ! Je m'en fiche de la chasse ! Et j'ai pas envie que tu te trouves un autre fiancé !

Ravie, elle lui offrit son plus beau sourire.

Les chasseurs progressaient à travers la campagne par petits groupes. Jean et Montaine s'étaient retrouvés peu à peu distancés, ou bien ils l'avaient fait exprès, l'un parce que la chasse l'intéressait assez peu, l'autre parce que son cœur s'emballait à chaque rencontre.

Quelque chose chez Jean plaisait à l'institutrice. Elle songea que c'était sûrement à cause de Paul et s'empourpra à cette idée. Inutile de se raconter des histoires, l'enfant n'était pour rien avec le fait que son père la troublait !

Comme s'il avait perçu une part de ses pensées, Jean lui toucha le bras afin d'attirer son attention. Il chuchota :

— Vous croyez qu'on peut bavarder ?

— Si on ne crie pas, je pense, oui. D'autant qu'on est à la traîne.

Elle pouffa. Il devait la prendre pour une idiote provinciale. Si elle l'avait mieux connu, elle aurait deviné ses efforts pour parler correctement, sans manger les négations. Jean Caradec se sentait impressionné en sa compagnie, et pas seulement parce qu'elle avait de l'instruction.

— Je voulais vous prévenir que nous devons retourner bientôt à Paris.

— Déjà ?

— Mon fils est trop jeune pour diriger les Herteignes, et moi je n'y connais rien. Borel et Totoche feront ça très bien, en attendant…

— En attendant quoi ?

— D'y voir plus clair… Ce domaine devrait revenir à tout le monde. Pas d'héritage sans partage. Je veux dire… ce n'est pas juste le domaine de Paul. Il est aux bêtes et aux gens qui vivent dessus. Vous comprenez ?

— Bien sûr. Simplement, je n'ai guère l'habitude d'entendre cela.

— Et moi, je dois me faire à l'idée que mon fils est un futur comte.

Les mots glissèrent avant qu'elle puisse mesurer leur portée.

— Il faudra me laisser une adresse.

— Une adresse ?

— Oui que je puisse… enfin, que je puisse vous écrire.

Rougissante, elle était encore plus belle.

— Pour me dire quoi ?

Elle hésita, puis le fixa avec une assurance soudaine.

— De revenir vite.

Elle voulut se reprendre, mais son regard l'arrêta, brillant, aussi doux qu'une caresse. De sa main, il effleura ses cheveux et sourit.

La ligne des chasseurs s'était resserrée à la lisière du bois où Totoche avait rembuché les bêtes, la veille au soir. Soudain, les chiens furent dessus, grognant et gueulant autour d'un énorme roncier où la compagnie des sangliers s'était retranchée. Acculée par la meute, empêchée de fuir dans le hallier par les hommes qui formaient une courbe mortelle, la harde se mit à galoper entre les arbres. Des coups de feu tonnaient, crevant le ciel. Deux bêtes tombèrent.

La ligne avançait toujours. Soudain, on entendit la trompe de Dédé, posté à la rivière. C'est lui qui avait été chargé d'avertir au passage de la harde, or les sangliers étaient sortis du bois et traversaient la rivière gelée qui marquait la limite du domaine.

Dans la plaine enneigée, très loin de là, le grand pèlerin entendit la sonnerie des hommes. Comme pour y répondre, il laissa échapper un long râle qui monta dans le silence ouaté de cette journée d'hiver.

LEXIQUE

A

ABOIS : Lorsqu'un chien est devant une bête qui lui fait face ou « tient le ferme », on dit qu'il est aux abois.

AFFÛT (être à l') : Se dissimuler dans un endroit aménagé pour observer ou tirer le gibier.

ALLURES : Façon d'aller de l'animal de chasse que l'on détermine à l'observation de ses empreintes.

ANDOUILLER : Ramification que présentent les bois des cervidés.

APPUYER LES CHIENS : Entrer avec les chiens dans l'enceinte de chasse pour les aider dans leur recherche de la « voie ».

ATTAQUER : Mettre les chiens sur une rentrée de gibier.

AVEINAU : Petite épuisette.

B

BAGUENAUDER : Se dit des canards lorsqu'ils s'amusent dans l'eau.

BAGUER UN CHEVREUIL : Mettre une bague (obligatoire chez les cervidés) sur un des membres postérieurs du chevreuil, indiquant la date à laquelle le chevreuil a été tué.

BALLER : Mouvement de balancement des tétines d'une laie.

BAUGER (se) : Se coucher dans un endroit généralement situé dans un fourré épais (mot relatif au sanglier).

BÊTE DE GARDE : Gros solitaire, sanglier restant à proximité d'une compagnie constituée de laies (qu'il couvrira) et de leurs jeunes.

BILLEBAUDER : Chasser devant soi, au hasard.

BOUCHURE : Haie en bordure de forêt.

BOUERBE : Boue épaisse.

BOULTINER : Se dit d'un lièvre lorsqu'il « broute » l'herbe.

BOUTOIR : Extrémité du nez du sanglier.

BRAME : Cri du cerf en rut.

BRANCHER (coq faisan) : Se dit d'un oiseau qui se perche sur une branche pour la nuit.

BROCARD : Chevreuil mâle âgé d'au moins un an.

BUISSON CREUX : On fait buisson creux lorsqu'on ne trouve aucun animal dans une enceinte.

C

CAPUCIN : Lièvre.

CÉPÉES DRAGEONNANTES : Touffes de tiges et rejets se développant à partir de la souche d'un arbre coupé.

CHAMBRANLE : Ornement de bois ou de pierre qui encadre sur trois côtés une baie ou une cheminée.

CHAUDRON : Battue marchante, les chasseurs en cercle se dirigeant vers le centre.

CLABAUDER : Donner de la voix pour rien au cours d'une chasse (se dit d'un chien).

COLLETER : Action de poser un collet.

CONTREPIED : Suivre une voie à l'envers, en allant du côté d'où vient la bête.

CRIAILLER : Cri d'un faisan.

CURÉE : Terme de vénerie signifiant la distribution des morceaux de la bête de chasse aux chiens.

D

DAGUE : Sorte d'épée à lame courte ou grand couteau dont on se sert pour se servir un animal.

DAGUET : Cervidé à sa première tête (dans la seconde année de l'animal).

DÉBARDER : Enlever d'un bois les arbres qui ont été coupés.

DÉBECQUER : Enlever le bout du bec d'un faisan pour éviter qu'il se batte avec ses congénères.

DÉBOUTURE : Tronçon de souche dure que l'usage reconnaît au bûcheron solognot.

DÉBUCHÉ : Gros gibier sortant d'un bois.

DÉCOUPLER : Détacher les chiens courants couplés pour les lancer sur la voie.

DÉFENSES : Longue canine de la mâchoire inférieure du sanglier (trophée du chasseur).

DÉJUGER : Se dit d'un animal qui ne met pas ses membres postérieurs dans les traces des antérieurs.

DÉNIAPER : Froisser un drap, le mettre en pièces.

DÉSAILER : Couper l'extrémité des ailes d'un oiseau pour l'empêcher de voler.

DÉVOYER SUR UN CHANGE : Se dit d'un chien qui, poursuivant un animal qui passe au milieu d'autres, ne reconnaît plus la voie de celui-ci.

E

ÉCOUTES : Oreilles du sanglier.

ÉCOUVILLON : Instrument qui sert à nettoyer le canon d'un fusil.

EMBLAVURES : Terres emblavées, c'est-à-dire ensemencées de céréales.

EMPAUMER : Trouver la « voie » et la suivre sans hésiter avec ardeur.

EMPAUMURE : Ensemble des andouillers situés aux extrémités des merrains des bois des cervidés.

ENDAINER : Mettre en andain du foin ou des branches. Andain : Alignement au sol d'une bande de fourrage, céréales, laissée en ligne après la fauche ou branchages rassemblés en tas par les bûcherons lors de coupes de bois

ENHARDER : Lorsque des animaux se mettent en harde.

ÉPOIS : Cors poussant à l'extrémité des merrains de la tête du cerf.

ÉRAILLURES : Endroit où une étoffe est légèrement écorchée.

F

FAIRE LE PIED : Relever les traces du grand gibier et les étudier en vue d'une chasse.

FAISANDERIE : Endroit où l'on élève des faisans.

FARDIER : Chariot à petites roues servant à transporter de lourdes charges.

FERME : L'animal de chasse stoppe sa fuite et tient tête au chien, « être au ferme », « tenir ferme », « faire ferme ».

FERME ROULANT : L'animal de chasse fait des fermes successifs.

FORHUER : Exciter les chiens à la voix.

FORLONGER (se) : Se dit d'un gibier qui prend une grande avance sur les chiens.

FOUGERAIE : Lieu planté de fougères.

FOYARDS : Nom usuel du hêtre.

FRÂCHER : Froisser la végétation (se dit du sanglier). Un frâchis est l'endroit où un sanglier s'est relaissé.

G

GAGNAGE : Terrain cultivé ou pré où les animaux sauvages vont se nourrir. On dit d'un animal qu'il va au gagnage.

GARENNES : Terriers de lapins.

GAULIS : Bois de jeunes taillis.

GIBECIÈRE : Besace où le chasseur range son gibier.

GLAPISSEMENT : Cri du renard.

GRAILLONNER : Se racler la gorge pour se débarrasser des mucosités.

GRÉS : Les deux canines de la mâchoire supérieure du sanglier ; elles servent à aiguiser les défenses.

H

HALLALI : Cri ou sonnerie pour annoncer la mort de la bête lors d'une chasse à courre.

HALLIER : Bois composé principalement d'épines, de ronces et de taillis serrés.

HÈRE : Cerf de six mois à un an.

HOURVARI : Désordre parmi les chiens suite à une ruse de la bête de chasse qui revient sur sa voie.

HOUSEAUX : Guêtres de cuir.

HUCHEMENT : Cri caractéristique de certains oiseaux nocturnes.

HURE : Tête du sanglier.

L

LA PASSÉE : « Faire la passée », attendre, le matin ou le soir, le gibier d'eau qui se déplace d'une zone à l'autre.

LAYON : Sentier étroit ouvert dans une coupe.

M

MAILLÉS : Se dit du jeune perdreau lorsque son plumage est couvert de mouchetures.

MALARDS : Canards colverts mâles.

MANCENNES : Pousses d'un arbrisseau appelé *Viburnum arvensis* dont on se servait autrefois pour lier des fagots.

MERRAIN : Perche de la tête des cervidés d'où partent les andouillers.

MEULE : Bourrelet circulaire qui forme la base des bois des cervidés.

MUE : Chute des bois des cervidés ou changement de poil, de plume des animaux en général.

N – O – P

NIOUFFER : Pousser de petits cris maladroits.

ŒILLARD : Généralement en bois, c'est l'extrémité amovible d'une bonde d'étang.

OUVRÉE : Surface que l'on peut piocher en une journée.

PIERRURE : Excroissance se développant sur les meules des cervidés. Elles contribuent à la beauté du trophée.

PIÉTER : Se dit du gibier à plume lorsqu'il s'enfuit à pattes plutôt que de s'envoler.

PIGACHE : Se dit d'un sanglier qui a une pince plus longue que l'autre.

PINCEAU : Touffe de poils visible sous le ventre de l'animal permettant d'identifier un mâle, notamment chez les sangliers.

PINCES : Extrémité des deux doigts médians des sabots du sanglier et des cervidés.

PINERAIE : Plantation de pins.

PIQUEUX : Valet de chiens à cheval, qui a la responsabilité de l'équipage de chasse à courre.

Q – R

QUARTENIER : Sanglier de quatre ans vivant en solitaire.

QUEUE DE DÉTENTE : Pièce du mécanisme d'une arme, qui fait partir le coup.

RABÂCHER : Se dit d'un chien qui revient sans arrêt sur la même voie.

RAGONNER : Se dit d'une laie lorsqu'elle ronchonne après ses petits.

RAGOTS : Sangliers de deux et trois ans vivant en compagnie.

RÂLEMENT : Bruit de râle.

RALLIER : Rappeler les chiens et les remettre sur la bonne « voie ».

RAMILLE : Nom donné aux plus petites et dernières divisions des rameaux.

RAPPROCHEUR : Chien capable de suivre la voie d'un animal jusqu'à sa remise, de le mettre sur pied et de le lancer.

RELAISSER : L'animal de chasse laisse passer les chiens, il se rase.

REMBUCHER : S'assurer, en suivant sa voie, qu'une bête est bien rentrée dans l'enceinte de chasse.

REMISE : Lieu où un gibier se tient.

REMPAUMER : Retrouver la voie d'un gibier et la suivre.

RIBOULER : Se dit d'un chien lorsqu'il tourne les yeux en tous sens.

ROMPRE : Se dit d'un animal qui, après un écart, sème les chiens.

S

SENTE : Petit sentier.

SERVIR : Achever un animal au moyen d'une dague.

SOLITAIRE : Se dit d'un sanglier qui ne vit plus en compagnie.

SOUILLER : Se vautrer dans un endroit fangeux (se dit du sanglier).

STÉRER : Évaluer le bois par stères.

SUITES : Testicules du sanglier.

SURGEONS : Rejets qui naissent de la souche d'un arbre.

T – V

TAPER AU CHANGE : Se dit d'un chien ou d'une meute de chiens qui se lancent derrière un animal qui n'est pas la bête de chasse.

VAUTRAIT : Équipage de chiens spécialisés pour le courre du sanglier.

VELOURS : Peau vascularisée recouvrant les bois des cervidés lors de la repousse.

VENELLE : Petite rue ou chemin.

VOIE : Ensemble des empreintes permettant d'identifier un animal.

VOLCELEST : Se dit d'une empreinte de cervidé imprimée dans le sol ou la végétation.

Pour l'éditeur, le principe est d'utiliser des papiers composés de fibres naturelles, renouvelables, recyclables et fabriquées à partir de bois issus de forêts qui adoptent un système d'aménagement durable. En outre, l'éditeur attend de ses fournisseurs de papier qu'ils s'inscrivent dans une démarche de certification environnementale reconnue. »

PAPIER À BASE DE FIBRES CERTIFIÉES

hachette s'engage pour l'environnement en réduisant l'empreinte carbone de ses livres. Celle de cet exemplaire est de :
850 g éq. CO_2
Rendez-vous sur www.hachette-durable.fr

Composition et mise en page : PCA

Achevé d'imprimer en France par Laballery
Dépôt légal 1re publication octobre 2017
72.8287.0 - ISBN : 978-2-01-702845-1
Édition : 03 - Dépôt légal : décembre 2017
N° d'impression : 712017